THOMAS ENGSTRÖM

# VÄSTER OM FRIHETEN

Thriller

Bonnier Pocket

www.bonnierpocket.se

ISBN 978-91-7429-385-2
© Thomas Engström 2013
Första utgåva Albert Bonniers Förlag 2013
Bonnier Pocket 2014
UAB PRINT-IT, Litauen 2015

Till och tack vare Gabriella

*En demokrati kan inte föra krig.*
GENERAL WALTER BEDELL SMITH

# PROLOG

marrakech
marrakech-tensift-al-haouz / mar
sön 10 juli 2011
[11:05 / gmt]

Det fanns modiga västerländska diplomater i Nordafrika, och tyvärr var USA:s generalkonsul i Marocko inte en av dem. Han hade av hela sitt hjärta föredragit en annan sorts förmiddag.

Kungliga marockanska gendarmeriet hade spärrat av flera kvarter i medinan i Marrakech. Vid Ben Youssef-moskén var det tvärstopp, men ett par poliser väntade som utlovat på konsuln. De hjälpte honom resten av vägen: vuxna män som inte hann undan i tid föstes åt sidan, pojkar med fickorna fulla av turisternas sedlar blev knuffade och sparkade. Endast åsnor och de beslöjade tiggarkvinnorna från bergen slapp ordningsmaktens otåliga behandling. Gatorna blev allt smalare, men efter det inre kravallstängslet var det tomt på civilister.

Vid brottsplatsen stod ett tiotal uniformerade poliser och svettades. Temperaturen hade redan nått trettiosex grader. Männen tystnade när den amerikanske konsuln uppenbarade sig. En av dem höll vakt vid ingången till lokalen. Han bar överdimensionerade kaptensklaffar, marinblå uniform, kemiskt vita handskar och revärer. En gul och kanelbrun femkantig skylt med ordet

"Barberare" på arabiska och franska hängde i blänkande rena kedjor alldeles ovanför marockanens korta blanka hår.

"Välkommen, monsieur", sa kaptenen och tog hastigt i hand. "Ni kanske vill ta en titt där inne?"

"Jag är inte helt klar över vad som har hänt."

"Tre av era landsmän har mördats."

"Var det inte fyra?" invände konsuln. "Er kollega sa i telefon att –"

Kaptenen nickade tålmodigt. "Tre av era, plus en marockan. Honom hittade vi för en stund sen. Barberaren, verkar det som. Där borta." Han pekade mot en raserad mur. En rivningstomt låg i dvala bortom den; över glasskärvor, armeringsjärn och sopor tronade en uttjänt cementblandare. Intill den rostiga maskinen täcktes några kvadratmeter ojämn mark av en turkos presenning.

"Och allt är orört där inne?" sa konsuln och slet blicken från plastskynket till barberarsalongen.

"Vi har bara tagit fingeravtryck."

Amerikanen nickade. Det var dags.

Till hans fasa följde ingen med in i lokalen.

Det första han såg var ansiktsuttrycket på den döde i stolen. Förvirring snarare än skräck: som om det sista som hänt honom var att någon uttalat en ofattbar lögn. Konsuln brände stora delar av dagens energi på att försöka se åt ett annat håll. När det äntligen lyckades blev det förstås neråt, och där var blodet.

Diffusa fotavtryck syntes strax invid pölarna på det schackrutiga golvet. Vilda mönster hade stelnat över speglarna. Amerikanen putsade glasögonen. Det gällde att se myndig och samlad ut; han var synlig genom glasrutorna i den tunna, gulmålade aluminiumdörren. En liten teve var uppsatt på väggen. France 24 visade bilder av europeiska stridsflygplan över Benghazi och Tripoli och Misrata, av markpersonal på italienska flygbaser. Ljudet var avstängt.

Effekten av lysrören, det lila väggkaklet och luftkonditioneringen – tillnyktrande, jämfört med det varma röda diset utanför. Och de tre liken. Förutom det i stolen låg två framstupa på golvet. Alla var män kring trettio. Ingen av dem hörde hemma här. Inte medan de levde, inte nu. Inte någonsin.

Den vältränade mannen i stolen var iförd vitt linne och khakishorts. Han hade en silverkedja runt halsen. Konsuln balanserade för att inte trampa i blodet när han böjde sig fram. En id-bricka. Amerikanska marinkåren, löjtnant. Fickorna var tomma. Pass och plånbok saknades. En tatuering löpte från högra axeln och långt ner på armen: överst "USMC", därunder en örn med en handgranat i vardera klo och nederst orden: "SEMPER FI, MOTHERFUCKER". Han hade en del kontanter på sig, ingen uppseendeväckande summa.

De båda andra såg ut att vara civilister. Den ene jeansklädd, i urtvättad T-shirt med ett delvis synligt tryck på ryggen: "Information Wants to –". Den andre var klädd i samma stil. Mer blod på honom. Bägge saknade plånböcker. En av dem hade skägg. Ett par nersölade amerikanska pass låg intill en skål med raklödder på ett rullbord. Fotona bekräftade deras identitet.

Skjutna i huvudet alla tre med två skott vardera. Det var inget vanligt rånmord, det var en avrättning. Ett terrordåd, möjligen.

Konsuln tänkte igenom läget. Hade han missat någonting? Så förflöt ett par minuter. Liken hade knappt börjat lukta, inte så att det översteg parfymdoften i lokalen, och det var svalt och egentligen rent där inne. Han hade upplevt värre. Eller rättare sagt, det hade han inte. Men han hade mått sämre.

För detta var så långt ifrån hans bord man kunde komma. Konsulatets ärenden brukade handla om turister som blivit av med passet. De sällsynta dödsfallen involverade i allmänhet pensionärer eller narkomaner. Här fanns dessutom en militär koppling. En oerhörd tur. Konsuln slapp ringa några anhöriga eller tänka igenom hur brottsutredningen skulle samordnas med amerikanska myndigheter. Han behövde inte ens få hem liken till USA. Det var bara att skicka ärendet vidare. Bitterheten över att ha blivit förbisedd vid olika befordringar var med ens mer lätthanterlig.

Hettan utanför salongen var nu ännu värre. Poliskaptenen stod kvar med ryggen mot dörren. Han släckte sin cigarett. Marquise, noterade konsuln. Tjusig lakritsgrön förpackning som förde tankarna till den koloniala inredningen på Café de la Poste några kilometer därifrån. Av doften kunde man tro att det var röken från en cigarill.

Konsuln förde kaptenen lite avsides, bakom en lastkärra med plastflak och stulna däck.

"Jag skulle uppskatta", sa han samlat, "om det vore möjligt att hålla journalisterna borta, alltså tills vidare…"

"Tills vidare är de borta", sa kaptenen. Tonfallet var svävande.

Var det läge för en muta?

Konsuln tittade någon sekund för länge på mannens vita handskar och mörka, blankpolerade pistolhölster. "Otäckt det här", mumlade han och nickade mot salongen.

"Det är en stor, stor tragedi", sa kaptenen sakta. "Mitt djupaste deltagande. Hela Marocko sörjer."

"Tack."

Muta överflödig.

"Och oroa er inte, monsieur. Ingen vill höra talas om några mördade utlänningar. En engångsföreteelse, finns ingen anledning att skrämma upp omvärlden." Han log svagt. "Det är inte Algeriet det här."

Konsuln kostade på sig att besvara leendet, även om det stred mot hans diplomatträning att alls reagera när någon talade illa om ett tredje land. "Då är vi överens."

Kaptenen kastade en blick på sin klocka. Breitlingkopia.

"Tack än en gång", rundade konsuln av.

En honnör blev svaret. Konsuln la huvudet på sned, nickade och log besvärat som civilister gör när militärer visar dem vördnad.

Bortom avspärrningen var det fortfarande kaos. Mopederna: magra snorungar och feta kvinnor i niqab som tävlade om vem som först skulle köra ihjäl någon. Vagnarna: överlastade, skeva, dragna snabbare av gamlingarna än av åsnorna. Bilarna: en omöjlighet. Ingen poliseskort den här vändan. Men när konsuln var förbi det värsta gick det snabbt att ta sig tillbaka till porten som ledde ut ur stadsdelen. Efter åtta år på samma post hade han lärt sig att undvika lokalbefolkningen. En fråga om utstrålning.

Ut genom ringmuren. I hettan i en taxificka på genomfartsleden Route des Remparts väntade chauffören i konsulatets vita, dammiga Lincoln Navigator, som stod med motorn på tomgång för luftkonditioneringens skull. Det var knappt två timmars bilfärd tillbaka till Casablanca på den nya, välsignade motorvägen. Gott om tid för att förbereda samtalet till ambassadören i Rabat. Resan var nödvändig eftersom det inte fanns någon säker telefonlinje från lokalkontoret i Marrakech.

En sak var den amerikanske generalkonsuln lyckligt förvissad om: han skulle aldrig någonsin få klarhet i vad som hänt hos barberaren, hur det hänt, varför det hänt, vem som velat det. Han skulle aldrig ens få gåtan formulerad för sig på ett konkret sätt. Verklig inblick var förunnad ett skralt fåtal – en strimma betrodda övermänniskor som framlevde tillvaron i ett skuggrike de själva skapade sig. De befann sig på andra sidan av en gräns han själv bara kunde ana. Insikten var så trösterik att konsuln halvvägs till kusten somnade mitt i ett samtal med chauffören. Och sov gott.

# SÖNDAG

```
                        amerikanska ambassaden
                        berlin pariserplatz / de
                             sön 17 juli 2011
                              [09:10 / cet]
```

Clive Berner, alias GT, utgjorde en stadig kostymsilhuett på taket till USA:s ambassad. För två veckor sedan hade han noterat att kavajerna inte gick att knäppa längre: han hade passerat hundratjugofemkilosstrecket. I samma veva hade en centimeter försvunnit från de hundrasjuttiofyra han en gång toppat med. Det gällde att ta udden av fetknoppsintrycket, att förvirra betraktaren med tydliga detaljer. Därav den grå valrossmustaschen. Därav pilotbågarna i guld med det illröda senilsnöret.

Det var en bra söndag för CIA:s sextioettårige stationschef i Berlin. Den tidiga morgonen hade varit strålande och än var sommaren välsignat befriad från varje tillstymmelse till värmebölja. En bit bort, snett till vänster och i jämnhöjd med honom, anförde Brandenburger Tors segergudinna sitt fyrspann som om hon just inlett en kavallerichock mot staden. Hon ingöt en känsla av världshistoria, av fältherreskap. Hur tyskarna kände inför ett segermonument i hjärtat av sitt evigt besegrade rike kunde amerikanen bara spekulera i.

GT:s goda humör berodde på att sekreteraren ringt vid halv

åtta på morgonen och räddat honom från ännu en gudstjänst. Åtta söndagar i rad hade han släpats med till Anglikanska kyrkan på Preussenallee. Religiositeten var hans hustrus tilltagande livsprojekt. Hennes tanke var att det skulle föra dem samman.

Branddörren fem meter bakom honom öppnades. Den gråmålade stålpjäsen hölls upp av Johnson, som skeppats över från Langley ett år tidigare. Än hade han minst fyrtio procent av sin regelbokstrogna oskuldsfullhet i behåll.

GT drog i sig en sista nypa av Berlins tröga högsommarluft och följde en orange luftballong med blicken.

"Då kan vi sätta igång", sa Johnson. "Sir?"

"Jag kommer."

De gick två trappor ner. GT gjorde sitt bästa för att inte flåsa högt. Det räckte inte.

Johnson drog passerkortet och slog koden: ett nytt sexsiffrigt elände att lära sig varje vecka. Än en gång förvånades GT av mannens parfym, en mjölkig, blommig historia. Någon borde prata med honom.

I den breda korridoren där den ljusblå heltäckningsmattan äntligen hade tvättats var det tyst som i ett bårhus. Stängt överallt. GT tog sig förbi Johnson och öppnade dörren i ljus ekfaner. Mässingsskylten till höger om dörrkarmen förkunnade:

## DR. CLIVE BERNER
## SAMORDNARE I REGIONALA FRÅGOR

Hur många intetsägande officiella titlar hade han haft genom åren? Ett tjugotal. Såhär i ett allierat land var det mest av artighet mot värdnationen – spionage var trots allt förbjudet överallt. I neutrala och fientliga länder var det mer på allvar. Ju längre det dröjde innan infödingarnas säkerhetstjänst fattade vem som var vem i CIA:s lokala hierarki, desto bättre.

Det var inget dåligt kontor för en "regional samordnare". Trettiofem kvadrat, två skottsäkra och bombsäkra och insynssäkra fönster. Ett stort, fastskruvat skrivbord i samma blonda träfaner som dörren – han hade hellre tagit dit ett i äldre stil, men hysterikerna på DSS, som ansvarade för säkerheten på ambassaden, hade sina idéer.

Mörkröd matta istället för ljusblå, precis som i ambassadörens mottagningsrum. Väggmonterade bokhyllor med den samlade tyska litterära kanon i Reclam Verlags kycklinggula mjukpärmsutgåvor. En stryktålig arbetsstol. En modern, låg soffa i grått filttyg med tre tillhörande fåtöljer vid ett fastskruvat kubistiskt bord i det förhatliga ljusa träet. Inga kuddar, förstås. På bordet en låg kaffekanna i rostfritt och tre vita koppar, plus senaste numren av *Frankfurter Allgemeine*, *The Economist*, *Berliner Morgenpost*, *Die Zeit*, *Wall Street Journal Europe*, *Newsweek*, *Der Spiegel*. Och så *Le Monde Diplomatique*, tyskspråkiga utgåvan; trevlig läsning för den som ville sparka igång blodtrycket med lite lagom antiamerikansk hatpropaganda. GT log saligt. Om han bara orkat hade han förälskat sig i sin sekreterare för länge sedan.

Han hängde kavajen på en krok vid spegeln och sträckte på sig. En skjortknapp uppknäppt, ingen slips. Den tunna ljusgrå kavajen var ny och satt nästan bra över bröstet. Skräddarsydd. Lika bra att beställa tre till i andra färger.

GT satte sig bredbent i soffan med armbågarna på soffryggen, Johnson i en av fåtöljerna med benen i kors. Alfahanne, betahanne. Efter en halvminut anslöt sig Almond, som var stationens operativt ansvarige och GT:s andreman.

Så unga de var, hans mannar. Hade de alltid varit så unga?

"Det här är situationen", började Almond med ett allvar

som skar sig mot hans patologiska solbränna. "Nitton noll fem igår kväll lördag, lokal tid, ringer en engelsktalande kvinna till växeln. Hon ber att få prata med ambassadör Harriman. Växeln avslår begäran och ber kvinnan att återkomma på måndag."

GT gav honom en nollställd blick. "Ja?"

"Fem minuter senare, nitton tio, ringer kvinnan tillbaka. Samma telefonist tar samtalet. Kvinnan är nu upprörd." Almond drog fram en fickdator ur bröstfickan och tryckte på play.

*"Men hur svårt kan det vara?"* sa kvinnan på inspelningen. *"Lyssna på mig nu. Jag har viktig information."*

*"Jag kan självklart vidarebefordra ett meddelande till ambassadören när han är tillbaka"*, sa telefonisten, som var av manskön och hittills inte imponerade på GT. *"Vad gäller saken?"*

*"De mördade amerikanerna i Marrakech"*, sa kvinnan. *"Hallå?"*

Tystnad. Ännu mer tystnad.

GT skakade på huvudet.

*"Jag förstår"*, sa telefonisten. *"Om ni kan lämna ert namn och nummer så –"*

*"Jag pratar bara med Ron"*, sa kvinnan.

*"Ambassadören är inte här idag, och jag föreslår som sagt att ni lämnar ert namn och återkommer på –"*

Och klick.

Almond stängde av inspelningen.

"Marrakech?" sa GT.

Johnson harklade sig. "Jag har undersökt saken, sir. Vår generalkonsul i Casablanca bekräftar att –"

GT gjorde en rullande rörelse med handen.

Det tog Johnson en halv sekund att justera ansiktsuttrycket och ändra tonläge. "Tre amerikaner hittades mördade i Marrakech för en vecka sen. Män i trettioårsåldern. En militär, två civila. Skjutna på en inrättning i stan."

"En inrättning."

"Ja, sir. Jag beklagar vagheten. Marockanska, vad heter det, gendarmeriet. De ska ringa mig."

"Eller så kanske du ska gå och ringa dem?"

"Jag har redan –"

"Gå och ring igen."

Johnson nickade och dröp av.

"En av civilisterna var en trettiosjuårig IT-konsult från Frankfurt", sa Almond när dörren stängts.

"Tysk? Var de inte amerikaner alla tre?"

"Peter Mueller. Dubbelt medborgarskap. Född i Kalifornien, kom hit i tioårsåldern."

"Varifrån kommer de här uppgifterna?"

"Min pratglada vän på Verfassungsschutz", sa Almond stolt. Det var inte så svårt att skaffa sig källor hos en allierad säkerhetstjänst, men det var betydligt bättre än att inte ha några källor alls. "Men", fortsatte Almond. "IT-konsulten. Peter Mueller. Vad vet vi om honom? Jo, att han har umgåtts ända sen tonåren med vår favorit Lucien Gell."

GT stelnade till.

"Nej."

"Jodå", sa Almond och nickade flera gånger. "Jodå."

Lucien Gell. Tysk medborgare. Grundare till Hydraleaks, den organisation CIA för länge sedan identifierat som verklig arvtagare till de försvagade föregångarna och konkurrenterna. Lucien Gells organisation var skickligare och mer ljusskygg. Hydraleaks drev inte själva några hemsidor utan fungerade mest som en förmedlare mellan läckor och media. Istället för att försöka kringgå de vanliga tidningarna och tevekanalerna valde man omsorgsfullt ut vilket forum som bäst passade vilken läcka, ibland hela vägen fram till en viss journalist som kunde tänkas vilja driva frågan. Man sökte också upp läckor aktivt, bearbetade dem, rekryterade dem – ett tillvägagångssätt som påminde om GT:s gamla arbete under kalla kriget när han värvade agenter från öst.

"Jag visste att du skulle gilla det", sa Almond och slickade sig om läpparna.

GT reste sig, gick längs med bokhyllan och stirrade på alla titlar.

Pressen på Tyskland var stor att hjälpa amerikanerna att få tyst på Hydraleaks. Men det var egentligen bara om informationen som läcktes var hemligstämplad i Tyskland som Hydraleaks personal gjorde sig skyldig till brott mot tyska sekretesslagar, vilket man omsorgsfullt undvek. Därför hade de tyska myndigheterna fram till nyligen inte varit till någon större hjälp. Men det fanns andra lagbrott här i världen än förräderi och medhjälp till sekretessbrott. För nio månader sedan hade tyskarna väckt åtal mot Lucien Gell för skattebedrägeri, eftersom han trots en vidlyftig livsstil aldrig kunde redovisa varifrån organisationen fick sina pengar. Åtalet väcktes i hans frånvaro – han hade gått under jorden strax dessförinnan.

I GT:s ögon var Lucien Gell ett narcissistiskt kräk som måste stoppas. Ingen hade sett till honom sedan november 2010. Det fanns ett stående direktiv från CIA-högkvarteret i Langley om att försöka lokalisera honom och kartlägga hans rörelser.

"Vad hade Mueller för funktion inom Hydraleaks?" sa GT med näsborrarna på vid gavel. Han slog sig åter ner i soffan. Blodhunden hade vaknat.

"Nummer tre eller fyra", sa Almond ivrigt. Han hade förberett den här tråden helt på egen hand, vilket var klokt. Om Johnson skulle invigas var det GT:s beslut.

"Vilka håller på och utreder morden?"

"FBI, helt säkert. Och tyskarna. Men det är förmodligen ingen vidare samordning mellan dem."

"Nån av våra avdelningar då? Kanske antiterrorgruppen i Hamburg?"

"Det är möjligt. Jag kan kolla upp det."

"Nej, låt bli det." GT drog efter andan och hällde upp en kopp kaffe. "Det här kan vara nåt stort", mumlade han.

"Ja, sir."

"Det var ett tag sen vi åstadkom några stordåd på den här stationen."

"Ni har väldigt höga krav på er själv, sir."

"Du vet vad jag menar."

"Ja, sir." Almond drog ett streck med pekfingret i bordsskivan och skulle säga något när hans mobil ringde. Samtalet var över på fem sekunder.

"Vi har lokaliserat kvinnan." Han vände sig till GT. "Hon ringde från en restaurang i Parchim."

"För fjorton timmar sen."

"Ja."

"Så vi har lokaliserat telefonen."

"Just det."

"Inte kvinnan."

"... exakt, sir."

"Vi har folk på väg till Parchim, hoppas jag."

"De väntar bara på klartecken, sir."

GT blundade och hörde Almond slå ett nummer och säga: "Sätt igång. Jag upprepar, sätt igång."

De satt tysta i en halvminut.

"Det här trippelmordet", sa GT sedan. "Jag har inte hört talas om det. Har du?"

"Nej."

"Har det figurerat i media?"

"Nej, sir. Inte vad vi har kunnat se."

Marockanerna. Snart de enda på hela planeten som inte läckte till höger och vänster. Tänk att få arbeta i en lagom korrumperad polisstatsmonarki.

"Men samtalet till växeln", fortsatte GT att tänka högt. "Vem som helst kan ha lyssnat på det, eller hur?"

"Sir?"

"DSS, NSA, DIA, FBI... inkommande samtal till öppen linje på en diplomatisk beskickning, det är ju sånt som varenda jävel kan ta del av."

"Det har ni nog rätt i."

GT trummade med fingrarna på det sträva sofftyget.

Kvinnan hade velat prata med ambassadören. Visst. Folk kunde ju vilja prata med alla möjliga människor. Det var inte det viktiga, det viktiga var vilken information hon satt på.

Uppenbarligen hade någon fattat beslutet att hemlighålla den marockanska incidenten. Rimligen av utredningsskäl. Men förr eller senare skulle ett konkurrerande organ – försvarets underrättelsetjänst DIA, signalspanarna på NSA, snutarna på FBI, vem som helst – få höra samma inspelning som GT just hört.

"Finns det nån röd flagg på det här? Nånting i databaserna som rör Marrakech, mördad soldat, mördade amerikaner i Marocko, nåt i den stilen?"

"Inte vad vi har kunnat hitta. Vill ni att jag ringer runt och frågar på annat håll?"

"Absolut inte."

FBI var en sak. Dem kunde man alltid skaka av sig med hänvisning till känsligt underrättelsematerial och pågående utlandsoperationer. På DIA och NSA bet inga sådana silverkulor. Förhoppningsvis hade de annat för sig, tänkte GT. I vilket fall borde det dröja timmar, förmodligen dygn, innan någon började flåsa honom i nacken. Och den tiden ville han använda till att orientera sig. Det skadade aldrig att ligga steget före. GT ville inte gå i pension, inte än på minst fem, sex år, och det var länge sedan han gjort någon märkbar nytta. Skillnaden mellan att tvingas bort i förtid och sitta tiden ut var enorm. Tiotusentals dollar om året.

"Se till att leta rätt på henne", sa han och stirrade på Almond.

Den unge mannen skruvade på sig. "Vi ska göra vårt bästa. Men det beror ju på."

"På vadå?"

GT lutade sig fram. "På vadå?" upprepade han.

"Hon har ett väldigt försprång om hon har börjat röra på sig."

Dörren. Johnson kom in med ett anteckningsblock i högsta hugg. Det var inte första gången GT kände sig som rektorn på en bortglömd brittisk internatskola.

"Sätt igång", sa GT och lutade sig tillbaka.

"Okej", sa Johnson och satte sig nu i en annan fåtölj, som för att se om det skulle gå bättre där. "Offren", läste han innantill. "En löjtnant i marinkåren med tre fullgjorda tjänstgöringsrundor i Irak, Trent Wallace, trettiotre år. En IT-konsult från Frankfurt, Peter Mueller, trettiosju år, dubbelt amerikanskt och tyskt medborgarskap. En frilansjournalist från Boston, Daniel Jefferson, trettio år."

"IT-konsult", fnös GT och skakade på huvudet. "Vad fan ska det betyda. Vet ni vad det stod för titel på farsan i telefonkatalogen hemma i Kentucky? Jordbrukskonsult. Vet ni vad han gjorde om dagarna? Klippte gräset hos nån släkting. Och då var det en jävligt bra dag, kan jag säga."

Tyst på alla sätt.

"Då fortsätter jag?" sa Johnson.

"Gärna det."

"De sköts på en frisörinrättning. Dubbla huvudskott."
Johnson såg sig omkring som för att stämma av. Obligatorisk kurs i mötesteknik i bagaget. "Alla tre hade fyllt i 'turist' i passkontrollformuläret. De två civilisterna kom till Marocko först, från Storbritannien med samma flyg. De hann vara i landet i tre dygn innan det small. Det är okänt var de bodde. I formulären hade de uppgett ett större hotell som vistelseadress. Där är det ingen som har hört talas om dem."

GT skänkte den stackars marockanska hotellpersonalen en tanke. Kungliga gendarmeriet hade nog inte uppskattat deras besked.

"Löjtnanten anlände först dagen före dådet", fortsatte Johnson. "Uppgav samma hotell som civilisterna."

"Och vad tror marockanerna?"

"Inte mycket, sir. Ingen terrorgrupp har tagit på sig dådet, ingen har hört ett ljud. Inte israelerna, inte jordanierna, inte algerierna, inte fransmännen, inte saudierna, inte –"

"Okej", sa GT mjukt.

I sitt soffhörn visade Almond alldeles för tydligt hur otålig han var. Johnson kunde inte undgå att märka det, vilket gjorde honom nervös. Han förstod att det fanns ytterligare information som han ännu inte var välkommen att ta del av. Almond skulle gå långt, tänkte GT, om han bara lärde sig lite återhållsamhet. I begränsningen mästerskapet, och så vidare.

Johnson knep ihop.

"Och det var inga fler offer?"

"Jo. En marockan. Frisören."

"Jaha, varför sa du inte det med en gång? Räknas inte araber kanske?"

Johnson blev högrosa. "Med all respekt, sir. Jag har faktiskt aldrig blivit beskylld för… för…"

"Det var ett skämt."

"Jaså. Jag förstår."

Almonds flin var nu på väg att lyfta honom ur fåtöljen.

"Fokusera på kvinnan", sa GT till honom för att punktera luftballongen.

"Och om vi hittar henne?" svarade Almond.

GT fastnade med blicken på det inramade fotot av ambassadören som skakade hand med presidenten, i Vita husets rosenträdgård och allt. Ambassadören. Han satt bokstavligt och bildligt talat på en annan våning. Dessutom var det söndag. Han behövde absolut inte bli inblandad.

"När vi hittar henne", sa GT sakta, "så stoppar vi in henne på nåt hotell så länge. Jag måste tänka." Han hällde upp kaffe till dem båda.

"Tack, sir", sa de unisont.

"Att ta med", muttrade GT.

De försvann.

Han la sig på soffan och stirrade upp i det ljusgrå taket.

Tag Heuern, med mörkblå urtavla och kromband, visade kvart över tio. Han hade köpt den själv. Inte billig. På jobbet ljög han och sa att han fått den av sin fru, hemma ljög han och sa att han fått den av ambassadören. Sällan möttes de två.

Tiden gick. Marocko. Fanns det en ny terrorgrupp någonstans? Eller var det någon kriminell uppgörelse? Kanske några amerikanska halvidioter som hamnat i en vapensmugglingshärva? Knark? Nej, kopplingen till Hydraleaks överskuggade allt annat. En av Hydraleaks ledare avrättad tillsammans med en officer och en journalist.

Kunde CIA ligga bakom morden? Det fanns särskilda grupper som uteslutande jobbade med att spåra upp läckor och kartlägga organisationer som Hydraleaks. En del infiltrationsförsök hade också gjorts. Men ett trippelmord mitt på ljusa dagen mitt i en stad, utan att avlägsna liken efteråt?

Skjuta egna medborgare – en militär och en journalist, dessutom? Det stämde inte, det var inte så det gick till. Alldeles för smetigt. Och med vilket syfte? En sådan som Peter Mueller, Hydraleaksmedlem och allt, hade man haft betydligt mer nytta av levande.

Dags att rensa skallen. Han arbetade sig upp från soffan. Det började bli varmt där inne. Vid skrivbordet knäppte han upp skärpet för att låta magen vila lite, tog av sig glasögonen och lät dem dingla över bröstet, gnuggade sig över näsroten, tryckte åter glasögonen på plats och slog planlöst upp dagens *Berliner Morgenpost*. Ingenting om någonting. Bråk om huruvida USA skulle leda insatsen mot Libyen rakt av som Gud avsåg eller via NATO-byråkratin som presidenten föredrog. Skjutna demonstranter i Jemen, Syrien – jaså, i Oman också.

Nichts. Gar nichts.

Han gick ett par varv i rummet. Kom på sig med att bita på naglarna. Sjönk ner i soffan och skärpte sig.

Knack på dörren. Almond.

"Vi har ett signalement. De mindes henne på restaurangen från igår. Det är väl inte så vanligt att folk ber att få låna telefonen längre."

"Vem är hon?"

"Fyrtioårsåldern, lång, mager, ljus", rabblade Almond. "Inte mycket att gå på."

"Kolla alla hotell och vandrarhem först. Vilka har ni på plats?"

"Det är bara Kinsley, Green, Weinberger och Cox. Vi kan ju inte klampa runt med tjugo pers, tänkte jag."

Det var sant. Man kunde inte alltid få som man ville, inte med bibehållen diskretion i alla fall.

GT undrade om Almond bett att få deras lilla operation godkänd av högkvarteret i Langley, så som borde skett enligt regelboken. Men Almond var i det här skedet av karriären lojal mot sin närmaste chef, inte mot en abstraktion på andra sidan Atlanten. Det fick GT i alla fall utgå ifrån.

Nu handlade det till att börja med om att inte sticka den tyska polisen i ögonen. Inte för att lokala poliskårer var aktivt intresserade av vad som försiggick i underrättelsevärlden. Aktivt ointresserade, snarare. Sådana som han själv och Almond och funktionärerna ute i fält var den i särklass sista skit civilisterna ville få under naglarna. Men amerikansk personal kunde inte helt öppet gå skallgång och leta efter folk på främmande makts territorium.

"Vad har våra fältagenter för täckmantel nuförtiden?" frågade GT.

"Ett nytt bolag som vi haft i ett halvår. Vi köpte upp det. Alla fyra har visitkort med titlar och fungerande mobilnummer och allt, plus de falska passen såklart."

"Köpte upp det?"

"Ja, det ser naturligare ut när ett bolag inte är nybildat. Britterna har gjort så i årtionden, tydligen. Ibland är de inte så dumma."

"Låter dyrt."

"Såvitt jag förstår sker uppköpen samordnat med britterna och fransmännen. Tanken är att spara pengar genom att slå ihop resurserna."

"Rena bilpoolen", suckade GT. Han var inte förtjust i samverkan av ekonomiska skäl – eller av några andra skäl heller. Det fanns en grundregel inom spionage: ju säkrare förfarande desto mindre effektivt. Lösningen med att tillsammans med andra länders underrättelseorgan köpa upp bolag att använda som täckmantel för agenter i fält verkade bortse ifrån ett annat, mer träffsäkert sätt att uttrycka samma regel: ju billigare desto farligare.

"Vad gör Johnson?"

"Kollar alla öppna källor först, som han fått lära sig." Den här gången lät Almond bli att flina. "Facebook och sånt. Kanske blir aktuellt att hacka kontona. Och så försöker han få tag på nån i Marocko som vet mer."

"Bra."

Almond glodde rakt ut i luften. "Var det nåt annat, sir?"

GT var ytterst nära att börja bita på nageln igen. Hade varit oförlåtligt inför en underordnad. Han tog ett djupt andetag.

Måste vara såhär det kändes för journalister när de fick upp vittringen på ett scoop. Outhärdligt. Och att redan under jaktens inledning behöva tänka på att skydda bytet från andra. GT ville inte ha kvinnan hämtad till ambassaden. Han ville ha henne för sig själv.

"När de hittar henne", sa GT med låg röst, "så vill jag inte att de kollar hennes identitet. Inga rapporter, inte ens några vanliga logginlägg. Okej? De plockar henne, tar henne till ett hotell och sen skickar jag dit nån jag litar på."

Almond nickade sakta. "Ni vet att ni kan lita på mig, sir. Och på Johnson."

"Absolut. Men jag har en inhemsk resurs jag tänkte sätta på det här. Så leder vi operationen härifrån, du och jag."

Almond såg sig stressat omkring. GT var medveten om att det var en svår balansgång för honom. Den unge mannen ville inte stöta sig med sin närmaste chef genom att hålla för hårt på protokoll och procedurregler, men han ville inte heller riskera sin karriär genom att knyta sig för hårt till någon som uppenbarligen tänkte ta stora risker och köra en icke godkänd solooperation.

"Och det är självfallet ömsesidigt", sa Almond.

"Vad för nåt?"

"Vi litar på er också, sir."

Det var modigt sagt, och smidigt: förebrående och vädjande

på en och samma gång. GT såg på honom och avundades honom för en massa saker, exklusive hans nuvarande situation.

"Jag tar en tupplur", avslutade GT samtalet.

Om Almond betvivlade sanningshalten i den utsagan visade han det inte.

Så fort han var borta stegade GT bort till skrivbordet.

Det fanns bara en man att ringa.

adalbertstrasse
berlin kreuzberg / de
sön 17 juli 2011
[10:15 / cet]

Det var inte första gången före detta Stasilöftet Ludwig Licht, numera CIA-frilansare, mådde lite påkört när han bände upp ögonlocken. Möjligen var rullgardinen i sovrummet tunnare än vanligt. När han hostade försökte levern slita sig loss. Men värre än så var det inte.

Femtiofemårsstrecket hade inneburit den definitiva bortre parentesen för Ludwigs yttre. Efter glansdagarna mellan trettiofem och femtio hade den ena uppbyggliga faktorn efter den andra lämnat honom i sticket. Vistelser i friska luften, besök på gymmet, intag av balanserad kost, regelbundet nyttjande av rakhyvel – allt hade övergett honom. Nu var han under sina värsta perioder ett råttblont, skäggtovigt, lönnfett handjur som folk oombett skänkte småmynt ute på stan. Riktigt så illa var det inte just nu. Under perioder som den innevarande – en mellanperiod, en gråzonsetapp – kunde man lätt få intrycket att han var en gammal östtysk elitidrottare som slutat med allt utom dopingen. Och det vore på sätt och vis en ganska korrekt beskrivning.

Hade telefonen ringt? Tjugo minuter passerade där han slets mellan att vilja sova vidare och att behöva gå på toaletten. Riktigt vaken blev han först i samband med den fyrverkerimässiga kollapsen av mikrovågsugnen. Konservburken. Just det. Den här gången kom han i alla fall ihåg att inte ta i den glödheta metallen som orsakat härdsmältan. En stelsmutsig grytlapp skyddade honom när han hällde över innehållet i en röd teflonkastrull. Men spisen gick inte igång, inte ens efter varierande tillsats av våld. Det måste ha gått en propp.

Kreuzberg. Allting skört som porslin.

Hallen låg i direkt anslutning till köket, och elskåpet i direkt anslutning till taket. Han hade en pall stående i utrymmet enbart av det skälet. Det var högt i tak i den lilla trerummaren – 3,40 – vilket var en av få påminnelser om det nedgångna husets forna ståndsmässighet. Det var fullt tänkbart att någon turkisk hemmafru i en av de andra mörka lägenheterna in mot gården såg honom stå där naken.

Ludwig fumlade bland utbrända säkringar och hotfulla sladdstumpar utan framgång. Till slut gav han upp försöket att lokalisera rätt säkring och lommade tillbaka till köket, som egentligen var ett vardagsrum. Där slafsade han stående i sig de vita bönorna i ouppvärmt tillstånd direkt ur kastrullen. Det tillförde inga omedelbara extasförnimmelser. Därefter: två ägg, gaffelomrörning i glas. En halv näve Neopyrintabletter. Pulverkaffe på ganska varmt kranvatten. De eventuella bakterierna och parasiterna var mot bakgrund av sitt nya värddjurs promillehalt fullkomligt chanslösa.

Viss stabilisering uppnådd. Vad var det för veckodag – lördag eller söndag? Söndag. Väl. Han återvände till proppskåpet och slog i badrumsdörren när han skulle upp på pallen. Det luktade tvättmedel från badrummet, vilket berodde på att han hade fått slut på vanligt rengöringsmedel och skrubbat utrymmet med

Persil Megaperls någon gång i början av den gångna veckan. Ny insikt: det var bara huvudströmbrytaren som slagit ifrån.

En kavaj låg slängd på golvet. Gav dyrt intryck. Kunde möjligen ha medfåtts av misstag från någon lokal. Han översköljdes nu av en rad bilder från en diffus turistkrog vid Kudamm. Enarmade banditer. Mai tais och entrecote. Rika japaner. Inga spelbord, tack och lov. Men kavajen? Han klättrade ner och lyfte på plagget. Plånboken? I bröstfickan. Hundrafemtio euro, med några tiors felmarginal. Och där var mobiltelefonen, som gått vilse och laddat ur någonstans i de senaste fem dygnens spritdimmor.

Till höger om kylskåpet böjde han sig ner för att stoppa mobilladdaren i eluttaget. Han ramlade omkull. Blev liggande ett tag.

Den revitaliserade telefonen började brumma. Bålgetingarna anföll: meddelanden, det ena efter det andra. Sju stycken hade han lämnat, den satans moldaviske horkarln Pavel Menk, undre världens egen Hermann Göring. Det sjunde var också det mest minnesvärda: "Ludwik. Ludwik. Lu-do-wik. Kom hem till lilla pappa. Inga problem."

När Pavel sa "inga problem" betydde det "jag vill inte ha några fler problem". Det betydde "jag är trött på att du är ett problem". Det betydde "om du blöder ner mig när jag skär halspulsådern av dig följer jag efter dig till helvetet med kemtvättsräkningen".

Skulden. Femtontusen euro. Självömkan var ofrånkomlig. Ludwig hade inte spelat eller supit upp lånet. Han hade köpt ett par nya köksmaskiner – en fettavskiljare, ett kylaggregat – till sin ena krog, Venus Europa. På ytan var den en charmant Kreuzberginrättning, halvhjärtat rekommenderad i Lonely Planet årgång 2002, med allt från ostron och risotto till knödel och käsekuche på menyn; under den pittoreska överbyggnaden var den ett rövhål utan slut. Maskininköpen hade gjorts helt i enlighet med vad Berlins hälso- och kuksugarmyndighet ålagt honom. Otur med en stickkontroll, det var hela saken. Med påföljande överreaktion från Ludwigs sida. Han borde ha gjort som en kumpan rått honom och förhalat ärendet. Hållit sig undan, gjort sig oanträffbar ett tag. Men i ett infall av storhetsvansinne eller underdånighet eller både och hade Ludwig Licht beslutat agera laglydig medborgare. En utflykt med hyrlastbil till en konkursauktion utanför Dresden och fjortontusenåttahundra euro senare var Venus Europa åter godkänd. Investeringen hade dock inte plussat på kundunderlaget det minsta. Att han överhuvudtaget vågat låna pengarna av Pavel berodde på att han tänkt sälja av den andra krogen, den han ändå bara förlorade pengar på. Venus Pankow. Bortre delen av Pankow. Två kilometer från närmaste U-bahn. Spekulanter uteblev. Självklart hade ingen velat köpa skiten.

Hade han inte lärt sig någonting på femtiofem år? Aldrig göra det goda. Alltid inskränka sig till det absolut nödvändiga.

I kassaskåpet på Venus Europa hade Ludwig tvåtusen euro undanstoppade. Det var allt. Hur mycket tid skulle den summan köpa honom? Två veckor, tre? Pavel Menk hade för vana att muntert knipsa av tummen på folk med sekatör för mindre. Räntan tickade. Fem procent i veckan. En vecka bortsupen, och vips hade femtontusen blivit nästan sexton.

Nu var han på benen igen och tog en dusch. Den grumliga kabinen läckte vatten över hela plastgolvet. Själv kräktes han i golvbrunnen. På med morgonrocken. Oväsen utbröt nere på gården: genom fönstret i hallen såg Ludwig att det var ett par snickare i bråk med plåtslagarna om uppförandet av byggställningar eller motsvarande. Söndagar var inte lika heliga längre, den saken var klar.

Telefonen ringde, hans fasta telefon. Den som bara hans uppdragsgivare hade numret till. Ludwig skyndade in i det minimala arbetsrummet, som alltid kom honom att tänka på skrubben han haft i Stasihögkvarteret på Normannenstrasse. Tre signaler, sedan tyst. Dolt nummer. Han väntade, lät det ringa igen. Nu två signaler innan de la på.

Klarvaken. Han var noga med att trycka till dörren, haka igen fönstren och dra för de potatisfärgade velourgardinerna. Det hade hänt att han undrat om alla dessa föreskrivna rutiner egentligen var helt meningslösa. Men de gav honom en känsla av egenvärde: se där vad viktig du är, det du gör är alldeles avgörande, varje detalj spelar roll.

Och väntan var en av detaljerna. Efter ytterligare en minut ringde det igen.

"Verifiering tack." Rösten i andra änden var flygvärdinnemässig. Det var inte alltid fallet.

"Ett ögonblick."

Ludwig tog sig runt skrivbordet och loggade in på den bärbara datorn, en aningen fuktskadad MacBook han vunnit i en skyttetävling.

"Sir?" sa kvinnan.

"Ett ögonblick", muttrade Ludwig och fick äntligen igång webbläsaren. Han skrev in adressen till BigFatFashionista, en hemsida där degenererade Londonbor utbytte kläd- och heminredningsidéer och shoppingtips. Inlägg gjorda senaste dygnet låg överst på sidan. Avsändare av intresse för honom var, beroende på veckodag, Retro_Zlave eller NinaHaagendazs. Söndag: Nina. Första tre orden i inlägget: "Duck egg green", sista ordet "offer". Första bokstäverna i varje ord. Inte så svårt i vanliga fall.

"EGO", sa Ludwig.

"Förlåt?"

"Vänta, vänta."

Panikartat. Vad i helvete då.

"DEGO", fick han det till.

"Tack, sir. Ert samtal kopplas vidare."

Det knäppte till.

Den tunga andningen i andra änden av luren var omisskännlig: den hörde till GT, CIA:s Berlinchef som satt säkert bakom de paranoida bomb- och brandväggarna på amerikanska ambassaden några kilometer bort. Han hette egentligen Clive, den ende amerikanen i universum med det namnet.

"Länge sen", sa Ludwig.

"Arton månader", sa GT.

"Tiden går fort." Av alla tillfällen då Ludwig ogillade sin röst var det här ett av de värre.

"Den gör ju det. Allt okej?"

"Jodå."

"Du mår bra och sånt?" GT lät som en understimulerad specialistläkare.

"Som en prins", sa Ludwig och harklade sig. "Vad är det för jobb?"

"En hämtning. I Parchim, inga konstigheter."

"Ska jag ta min egen bil?"

"Om du vill."

Ludwig hade svårt att sluta stirra på de blinkande annonserna på skärmen. Han slog igen datorn.

Bilen. Hans sjuttontusen mil gamla Range Rover som kostat dubbelt så mycket i reparationer som han en gång blivit lurad att betala för den. Var stod bilen? När körde han den senast? Det hade hänt förr att han på fyllan fattat det utmärkta beslutet att inte köra hem från aktuell krog, med den mindre utmärkta konsekvensen att han haft svårt att lokalisera fanskapet eftersom han inte mindes var han varit.

"Jag lånar gärna en. Utifall att."

"Din bil blir bra", sa GT. "Enklast så."

"Och vad ska jag hämta?"

"En civilist. Hon kan ha bevittnat en händelse vi är intresserade av, eller ha information i största allmänhet."

"Vart ska hon?"

"Ta hem henne till dig, först och främst. Hon är i Parchim på polisstationen."

"Vad menar du – hos snuten?"

"Hon dök upp där för en stund sen. Lång historia. Vi var redan ute och letade efter henne, hon... Vi hade folk i närheten."

"Vad gör hon hos snuten?"

"Hon vill ha beskydd."

Ludwig väntade på att hans uppdragsgivare skulle fortsätta. Det var alltid bästa sättet med GT, frågor fick honom att spela svårfångad och överdrivet välinformerad. Det effektivaste var att bara hålla tyst.

"Då så", sa GT efter några sekunder. "Det är bara att köra."

"Hur länge ska jag ha henne här då?"

Tanken på att ta hem en kvinna till lägenheten var bisarr.

"Slutdestinationen är ännu inte avgjord, så det är svårt att svara på."

Ludwig skakade på huvudet. "Och hur ser hotbilden ut?"

"Just nu finns inget som tyder på – det ser bra ut, kan man säga."

"Härligt."

"Som sagt. Det finns ingen hotbild. Ta hem henne till dig. Det kanske inte blir mer än så."

"Ingen hotbild?"

GT var tyst.

Vad skulle det tjäna till att hålla på och bråka? Det här var ändå en skänk från ovan. Ludwig behövde pengarna, och ett uppdrag kom sällan ensamt.

Lik förbannat la han till: "Du sa ju att hon ville ha beskydd, menar jag."

"Just det. Ingen egentlig hotbild."

Ludwig bet sig i kinden. "Vad ska ni då med mig till?" Det var en befogad fråga. Han var trots allt ingen taxichaufför.

GT skrattade. Det lät inte innerligt.

"Det vore bra om det betalade sig bättre den här gången", sa Ludwig. Det lägre röstläget var ett försök att förläna det hela lite värdighet.

"Men vi har väl alltid tagit hand om dig?"

Ludwig hade nu formidabla möjligheter att kontra med en spydighet. Istället lät han sekunderna gå. Det var inte mycket till protest, men det var i alla fall något.

Irriterande att han inte kunde sluta tänka på Pavel och skulden. Irriterande och extremt oprofessionellt.

Blicken drogs till en stor tomatröd vas han fått av sin mor. Självklart hade han den här inne, dit han aldrig gick. Självklart förpassade han allt från den gamla onda tiden till en mörk smutsig skrubb. Som om en terapeut rått honom att låta sitt undermedvetna ta gestalt i en del av hemmet.

"Vad är det för nationalitet på paketet?" frågade han till sist och slöt ögonen. Huvudvärken. Kunde tänkas bli bättre om han lyckades spy igen.

"Det kan du väl fråga henne när du kommer till Parchim."

Sedan satte amerikanen igång med kallpratet.

Det var för sent. Ludwig skulle inte få reda på någonting mer om han så hotade sin uppdragsgivare till livet. GT kanske ville berätta mer, men fåfängan var i vägen. Det slog Ludwig att den mannen skulle kunna motstå hur mycket tortyr som helst, bara för att imponera på sina plågoandar med all kunskap de anade sig till att han hade.

Klockan var tjugo över tolv när Ludwig upptäckte att han

satt med en död nersvettad telefonlur i handen. Hade han slumrat till? Det var inte möjligt. Han letade fram en hel, ren och svart Van Gils-kostym han för länge sedan glömt att han ägde, införskaffad under mer robusta konjunkturförhållanden. Plus en grå V-ringad, långärmad T-shirt, plus det nya smidiga axelhölstret med kardborrband. Och så de beiga Puma-skorna han fått av sin trettioårige son som bodde med en veganhippie på en åker i Polen.

Tillbaka i arbetsrummet tog han sin mattsvarta Glock 19 ur den olåsta skrivbordslådan. Det halvautomatiska vapnet var mindre och smidigare än anfadern Glock 17, men precis lika stryktåligt och pålitligt. Det var förhållandevis lätt med tanke på stoppkraften, vilket berodde på att kolven och själva kroppen var i komposit; enbart manteln och pipan var i stål.

I lådan låg också fyra magasin med Ludwigs egen standardblandning av 9x19-ammunition: först två helmantlade kulor för att tränga igenom eventuell skyddsväst, sedan tretton hålspetskulor som inte riskerade att gå rakt igenom måltavlan utan stannade kvar i kroppen och rev om ordentligt. Detta hade minst två fördelar: man minskade risken för att skada någon annan än den man sköt, och man slapp se att den man sköt bara fick ett vädringshål.

Han körde i ett magasin och hölstrade pistolen. Glocken hade ingen säkring, eller rättare sagt, den hade en inbyggd säkring som satt ihop med själva avtryckaren och inte kunde kommas åt utan att man fyrade av på vanligt sätt. Räckte det med ett magasin? Absolut. Han tog ett till och stoppade i byxfickan.

Snabb titt i helfigurspegeln i hallen. Han såg ut som en bisexuell belgisk konsthandlare på väg till sin egen konkursförhandling.

Ett rutinuppdrag, tänkte Ludwig Licht och sträckte på sig. Vad skulle det annars vara?

okänd ort
förbundsrepubliken tyskland
sön 17 juli 2011
[12:30] / cet

Han vande sig aldrig vid ljuden nere i källaren. De väckte honom mitt i natten, störde honom när han arbetade.

*Försökte* arbeta.

Lucien Gell var trettiosju. De senaste tio månaderna hade slutligen gett honom ett yttre som matchade hans dystra inre landskap. Han var grålila under ögonen och hade gått upp fem kilo samtidigt som han tappat femton procent av muskelmassan. Det var ingen gissning från hans sida: han hade en BMI-våg under bäddsoffan.

Ibland gick det hela dagar utan att han träffade en levande själ. Ibland hade han flera möten under några timmars tid. Men utan avbrott, utan undantag, var han ensam i världen. När han sänkte garden kom tankarna på döden och de lugnade honom, omslöt honom som ett svalkande balsam. Det var det enda han verkligen kände för att arbeta med just nu: ett manifest om självmordet som hjältedåd genom historien. Endast högkomsten av alla fiender och deras skadeglädje om han gav upp förmådde lyfta honom ur det träsket.

Stundtals fantiserade han om att han redan var död, att källaren var hans grav och tankarna bara några sista rester av elektromagnetisk aktivitet i en förbrukad hjärna. Så skärpte han till sig.

Så sjönk han ner igen.

Det knackade på dörren. Lucien harklade sig men sa inget. Dörren öppnades ändå.

"Godmorgon", sa den civilklädde överstens. "Jag har goda nyheter, åtminstone som du ser det. Kvinnan lever, vet vi nu med säkerhet. Hon är tillbaka i Tyskland. Jag tänkte att vi kunde –"

"Jag vill inte veta", sa Gell med emfas. "Det här samarbetet är tidsbegränsat. Ju mindre jag hör om vad ni håller på med desto bättre."

Översten log och tittade snett ner i golvet.

"Önskar bara att du hade låtit oss göra en kopia av listan innan gruppen åkte ner till Marocko", sa han efter en lång stund.

Gell slöt ögonen. "Om det är nåt man lär sig i den här branschen så är det att minimera risken för läckor."

"Och nu är hon den enda som har den? Är du säker på det?"

"Ja", sa Gell. "Och hon lär ta väl hand om den."

Och det var den dagens mänskliga kontakt. Översten bockade stelt som en gammal naziofficer – kanske trodde han att det ännu var kutym i Tyskland, tänkte Gell roat – och försvann ut i korridoren.

Vad var det för tid på dagen egentligen? Vad hade han tänkt göra?

Samma som varje annan dag under den gångna veckan. Timme efter timme tillbringade han med att hata och sakna Faye Morris.

Var hon i färd med att rädda de sista spillrorna av hans organisation? Eller var hon som alla andra – en svikare, en överlöpare, en förrädare?

Livet i ett källarhål blev inte enklare av falska förhoppningar.

adalbertstrasse
berlin kreuzberg / de
sön 17 juli 2011
[12:50 / cet]

Solen letade sig ner till den kvadratiska innergården på Adalbertstrasse 16. Det var fel dag att glömma solglasögonen, men Ludwig orkade inte gå uppför trapporna igen. Lägenheten låg på fjärde våningen utan hiss. Byggnaden, ett pistagegrönt 1910-talshus, hade en blek, avrundad elegans som påminde honom om gamla barnleksaker. Gården var nu tom: hantverkarna, vars halva arbetstid tycktes bestå av att släpa dit och forsla bort verktyg och maskiner, hade retirerat.

Ludwig gick ut genom en mörk passage och öppnade porten mot gatan. Avgaserna blandades med doften av stekt lök. Libanesen i tobaksaffären mittemot hälsade avmätt och ställde ifrån sig kaffekoppen på en trave med dagstidningar.

Ludwig läste rutinmässigt av den kreuzbergska topografin: fri företagsamhet i alla väderstreck. Ölhak, turkiska restauranger i varierande storlek. Minikasinon som höll öppet tjugotre timmar om dygnet. Persiska och kurdiska bagerier med suspekta insamlingsbössor. Smutsiga folktomma internetkaféer utan kaffe. Polska solarier och vietnamesiska hämtmatställen. Det var hit progressivt sinnad tysk ungdom tog sig från halva stan för att gästa världsgräddan av reaktionära krögarpatriarker. Ludwig trivdes ganska bra i området. En trygg känsla av kravlös samhörighet infann sig lätt i den kollektiva exilen.

Det var varmare än på flera veckor i julisolen: tjugofem grader. Bilen syntes inte till. Höger eller vänster? Nere åt Kottbusser Tor till stod en snutpiket på snedden och blockerade gatan. En gloende folksamling flockades kring två brölsjuka män. Ludwig gick åt andra hållet. Och där var den ju: hans stora, mörkblå Range Rover. Den stod och skämdes mitt framför en port runt hörnet. Repan tvärs över motorhuven från några år tidigare var som om någon försökt skära upp den med brödkniv. Inga böter, bara en ilsken lapp med vaga hot om polisanmälan. Ludwig satte sig vid ratten och tillbringade ett par kallsvettiga sekunder med att försöka minnas vart han skulle. Den beiga skinnklädseln luktade som sätena på en polsk färja. Bilen hade sin egen syrefattiga atmosfär som bara blev tunnare och unknare för varje varv på mätarställningen. Den var ett tio år gammalt dieselmonster med två år kvar, kanske tre, innan automatlådan skulle braka ihop och kosta honom ytterligare sjutusen euro. Men han fick skylla sig själv, han hade tagit minimalt väl hand om den. Bara hans mor förmådde ge honom sämre samvete.

Till Parchim. Han skulle till Parchim, en gammal östtysk industriort två timmar nordväst om Berlin.

Igång med motorn, ner med rutan och in med lite luft. Det tog tre minuter, men till slut hade han tråcklat loss bilen från det trängda läget utan att repa någonting. Tre tonårspojkar stod och hånskrattade på andra sidan gatan. Han tog den tättrafikerade Oranienstrasse västerut mot centrum. När gatan efter en kilometer övergick i Kochstrasse blev det genast mer rent och välordnat. Blänkande kontorsbyggnader bröt av parkerna, där folk vallade runt sina hundar och ungar. Ludwig vande sig aldrig vid de enorma skillnaderna mellan olika stadsdelar, också mellan olika stadsdelar i gamla Västberlin.

Först vid korsningen till Friedrichstrasse, där han blev stående bakom ett par vita bussar med turister på väg till Checkpoint Charlie, var det några folkmängder att tala om. Han fortsatte i några hundra meter till, fram till T-korsningen vid Wilhelmstrasse. Det gamla Luftwaffekomplexet blockerade solen. På DDR-tiden hade han varit där flera gånger, i skyddstjänstgöring på finansministerns bjudningar. Långa tal av ministern, dålig snaps i överflöd – andra tider. Byggnaden rymde än idag ett finansministerium. Det var bara landet som hade bytt namn.

Och mittemot huserade ett Trabantsafari, det vill säga en firma som tjänade pengar på att hyra ut bilar som turisterna skrattade åt, bilar han själv fått köa i år för att ens få provköra. "Currywurst by the Wall", skrek reklampelaren som tävlade med Coca-Colaloggan. Och så ett hunddagis för yuppiesvinen. Ludwig undrade stilla vad den gamle finansministern hade haft att säga om den synen hade mött honom när han blickat ut genom fönstret en morgon. *Ärade kamrater, den antifascistiska skyddsvallen har rämnat... Till vapen! De imperialistiska hundarna har fallit för frestelsen och inlett sitt länge väntade angreppskrig...*

Trafiken tunnades åter ut. Bortom Brandenburger Tor började den åttafiliga paradgatan Strasse des 17 Juni, som klöv Tiergarten i två gigantiska klorofyllproducerande halvor. Bakfyllan tvingades på något sätt undan lite av körningen; Ludwig fick annat att koncentrera sig på än kroppens vedermödor. Tankarna flöt iväg.

En hjälpsam medtrafikant väckte honom med tutan vid ett segt rödljus. Ludwig vaknade från tuppluren och for iväg. Han började nästan se fram emot att få komma ifrån stan ett par timmar.

I jämnhöjd med de antika stridsvagnarna vid Sowjetisches Ehrenmal ringde telefonen. Han rotade fram den ur sidfacket och svarade. I andra änden bad en ny förmåga om ännu en kodsignering.

"DEGO två", sa Ludwig och tryckte sig snett förbi en gul dubbeldäckare som gled ut från sin hållplats.

Kort paus. "Nya instruktioner", sa rösten. "Paketet befinner sig nu i Ziegendorf."

Ludwig saktade farten och la sig i ytterfilen.

"Var ligger det?"

"Samma avfart från E26:an som till Parchim, och sen står det skyltat i en T-korsning efter nån kilometer. Koordinaterna är –"

"Men skit för helvete i koordinaterna." Ludwig vägrade att använda gps:en. Gps var underrättelsevärldens motsvarighet till dålig feng shui, eller dålig karma kanske. Och att knappa in *koordinaterna*? Det stred mot en av grundprinciperna i hela hans tämligen gedigna utbildning: ju enklare plan, desto mindre som kan gå åt helvete.

Han kunde i stort sett höra kontoristen stirra vilt omkring sig i sitt dystra rum borta på ambassaden.

"Då hoppar vi över det", sa rösten efter några sekunder.

"Var i Ziegendorf?"

"Hotell Apricot. Andra våningen, rum 24."

"Varför har paketet flyttats?"

"Det vet jag inget om, sir."

Sekunderna gick. Det kom inget mer, och Ludwig la på. Mitt i smeten var Siegessäulemonumentet inplastat igen. Julisolen fladdrade i sjoken. Han tyckte inte om Tiergarten, som var en evig påminnelse om försprånget och utrymmet och det meningslösa överflödet i väst. I skolan hade han sett bilder på "imperialisternas horstråk Charlottenburger Chaussee" och förfasat sig som alla andra – lärarna nämnde aldrig att västberlinarna hade bytt namn på gatan efter DDR:s massaker på sina egna arbetare under 17 juniupproret 1953.

Saknade han muren? Det var så mycket man slapp se på den tiden. Propagandan ingav en viss sinnesfrid; realsocialismens egen Prozac. Jo, han saknade muren. Så länge den stått kvar var han en hjälte, åtminstone i sina egna ögon. Han hade sålt sitt land och sin arbetsgivare till amerikanerna med början 1984, strax efter sin tjugoåttonde födelsedag. Landet hette DDR, arbetsgivaren ministeriet för statssäkerhet: eftertraktade handelsvaror på den tiden – ja, på den tiden, när det fortfarande spelade någon roll vad man sålde.

★

Efter en timme och trekvart i hundrasextio tog han av från Autobahn. Slingrande vägar skar genom det plötsligt pastorala landskapet. Sommaren var tydligare här: trädkronorna mot den tandkrämsblå himlen, maskrosmyllret bland slyn i dikena. Knappt en levande själ syntes till. En åldrig kyrka stod mitt i en idyllisk tegelby vid namn Wulfsahl, där dussinet kor betade några meter från kyrkmuren. Ludwig körde vidare. De gulgrå fälten bredde ut sig med enstaka skogsdungar här och där. Ett par rovfåglar satt på varsin telefonstolpe med hundra meters mellanrum som om de förhandlat fram en uppdelning av reviret.

När han nådde T-korsningen där den större byn Ziegendorf tog vid stängde han av motorn, vevade ner rutan och lyssnade. Inte ett ljud. Det var för vackert väder för den här ödsligheten, det var för rensopat på huvudgatan i förhållande till de fula, genomskinliga sopsäckarna på de spruckna trottoarerna. Frånvaron av mänskligt liv började bli enerverande. Svetten bröt ut i pannan igen. Vad var han rädd för? Gamla öst. Gamla öst utanför Östberlin, vill säga. Arbetarnas och böndernas före detta paradis. De här markerna hade aldrig riktigt existerat för honom.

En blå traktor närmade sig i backspegeln, så Ludwig startade bilen igen och svängde in på huvudgatan. Förfallna röda tegelvillor från mellankrigstiden kantade vägen; bilvrak och förbrukade vitvaror upptog några av uppfarterna. Gråsjavig tvätt hängde på linor som spänts mellan garage och fruktträd. Flera av de små trädgårdarna hade vita plastmöbler och vindpinade, fläckiga parasoller. Gälla hundskall ekade i fjärran. Mitt i byn stod en nerlagd brandstation med förbommade fönster där en obegriplig affisch proklamerade:

## DISTRIKTSMÄSTARE 1997!

Bruksortsdöden, som i resten av världen varit en utdragen process, hade uppenbarligen inträtt över en natt i Ziegendorf. Privatiseringarnas chockterapi var över. Bara chocken höll i sig.

Efter tvåhundra meter låg hotellet: en värdig gammal tegellänga som försetts med en skräckinjagande tillbyggnad i rosalaserad furu och aluminiuminfattade glasdörrar. En gammal gulaschkanon, DDR:s ökända fältkök på hjul, skrotade på gårdsplan utanför receptionen till fromma för turisterna. På parkeringen stod tre bilar. En röd Saab 900, en rostig vit Renault kombi och en blanksvart GMC-stadsjeep med tonade rutor. Ludwig var nära att skratta högt. De förnekade sig inte, jänkarna. De kunde inte hjälpa det.

Ludwig parkerade och klev ur. Det luktade gödsel. Fortfarande lika tyst. Han sträckte på benen som var tunga av körningen och bakfyllan och såg sig omkring. En sandstrand och en sjö. I ett desperat försök att rädda livet på byn hade någon entreprenörssinnad människa fraktat dit tonvis med kritvit sand och anlagt en sjö stor som en halv fotbollsplan mitt på åkern. Ett ensamt volleybollnät väntade på industrisemestern i augusti. Och så tio vita, flätade strandkurer som alla var vända mot sjön – utom en. Ludwig hajade till. Där satt CIA-agenten som höll uppsikt över hotellet.

Tveksamt val av utkiksplats, tyckte Ludwig. Man såg visserligen parkeringen och baksidan av tegellängan där rummen låg, men inte vilka som kom och gick genom huvudingången. Slarvigt. GT borde ha skickat en till.

Mannen reste sig och började gå mot Ludwig. Han var vältränad och såg ut att vara i trettiofemårsåldern. Tunn beige kostym, svart slips.

"Och hur var namnet?" sa amerikanen och dröjde i några sekunder innan han sträckte fram handen.

"Fimbul."

"Bra. Då tar ni över?" Han ägnade en bekymrad blick åt Ludwigs svettiga, spritstinkande uppenbarelse.

"Jajamän", sa Ludwig. "Var det nåt annat?"

Mannen skakade på huvudet. "Ha nu en riktigt bra dag, sir", sa han, gick och satte sig i stadsjeepen och körde iväg.

Ludwig nådde en managementfilosofisk insikt. Amerikanerna hade kanske bytt president. De hade kanske bytt CIA-chef också som grädde på moset. Men inte hade de bytt resten. Och det var resten som skötte den dagliga ruljangsen. Märkte kunden i mataffären när bolaget bytte styrelse?

Tegellängan med balkonger och uteplatser låg i rät vinkel mot parkeringsplatsen och med utsikt över den så kallade sjön. Det var halvmulet och vindstilla. En man i Ludwigs ålder satt iförd ljusblå vindjacka och bläddrade bland några tipstalonger i en plaststol på en av uteplatserna på bottenvåningen. En gardin rörde sig i ett av rummen på andra våningen. Paketet?

Ludwig gick runt byggnaden och in i den obemannade

receptionen. En vagn med sänglinne stod bakom disken. Det luktade malkulor. Rum 20–26, andra våningen. Halvvägs uppför furutrappan tog han fram pistolen. Mantelrörelsen för att mata fram den första kulan i loppet gick av sig självt, och lät mest som om någon använde en häftapparat.

Rum 24. Han knackade på med vänster hand.

"Vem är det?" frågade en kvinna på engelska.

"Eskorten", sa Ludwig.

Det var oklart om det var ett begrepp som använts i paketets instruktioner, men det borde räcka som förklaring.

"Amerikan?"

"Nej."

Ingenting.

"Jamen öppna dörren då."

Människor under svår press var förvånansvärt enkla att handskas med: de längtade bara efter att någon annan skulle ta över befälet. Så löd i varje fall Ludwigs teori. Den var måhända påverkad av den tyska erfarenheten.

Och mycket riktigt öppnade hon. En lång kvinna, blond. Ljusgröna ögon i jämnhöjd med hans. Hon såg nervös ut men vek inte undan med blicken. Ludwig trampade rakt in i rummet, kollade badrummet och garderoberna, slog sig till sist ner i den enda fåtöljen. Han stoppade tillbaka vapnet i hölstret. Det var rökigt och kvalmigt som om tio studenter tillbringat en pladdrig natt där inne.

Kvinnan låste om dem och kom sedan och satte sig på det persikofärgade sängöverkastet. Ovanför sänggaveln hängde en bra reproduktion av en dålig reproduktion av Monets näckrosor. I det starka ljuset syntes hur sliten kvinnan var. På nattduksbordet stod ett halvfullt askfat i rosa plast och tre tomflaskor: Becks Lemon.

"Vart tog killen från ambassaden vägen?" frågade hon.

Amerikanska, definitivt. "Inte för att han var särskilt talför."

"Nej, de brukar inte vara det."

"Vilka då? Ambassadanställda?"

"En viss typ av ambassadanställda." Ludwig knep ihop.

"Vilken typ då?"

"Säkerhetsfolk."

Kvinnan tänkte efter. "Och vem är du? Är du också från CIA?"

"Jag är konsult."

"Konsult." För första gången log kvinnan. "Jaha. Och vad gör vi nu? När åker vi till ambassaden?"

"När vi får klartecken. Ordern är att åka till Berlin och vänta där."

"Var då i Berlin? Hur länge då? Vad fan menar du?"

Hon såg märklig ut. Lång, spinkig, rågblond, spetsiga drag. Halvkort pageklippning. Och fräknig, för fräknig. Det slags utseende som kvinnor avundas och män skyr.

"Fråga inte mig. Jag är bara eskorten. Du har bett om beskydd, eller hur?"

"Jag kontaktade amerikanska ambassaden. När de inte ville hjälpa mig gick jag till tyska polisen. När polisen inte ville hjälpa mig ringde jag till ambassaden igen, och då var de plötsligt jävligt snabba och hade folk på plats på polisstationen inom två minuter, vilket var rätt kusligt. Jag fattar inte. Vad har CIA med det här att göra? Jag vill bara prata med ambassadören."

Ludwig rätade till kavajen. "Det är ingen som har sagt nåt om CIA."

Det lät lamt, men det var så han var dresserad: alltid mörka CIA:s inblandning. Inför civilisterna pratade man bara om "säkerhetsfolk" eller "olika myndighetsorgan" (eller bara "UD", vilket var GT:s favoritrekommendation).

Kvinnan såg skeptiskt road ut.

"Mig behöver du i alla fall inte prata med om du inte vill", fortsatte Ludwig.

Hon tände en cigarett. "Du kan glömma att jag sätter mig i en bil med en vilt främmande människa. Folk är ute efter mig."

"Vilka då?"

"Det tar jag inte med dig."

Ludwig suckade, tog fram telefonen och slog GT:s privata mobilnummer.

"Hon samarbetar inte", sa han och gick ut på balkongen. Range Rovern stod runt hörnet, precis utom synhåll. Klantigt. Det började bli hög tid att skärpa sig.

"Vad är problemet?" sa GT. "Och varför ringer du på det här numret?"

"Hon vill bara prata med ambassadören."

"Säg till henne att ambassadören är bortrest."

"Är han det?"

"Inte vet jag. Och säg att han har bett oss att ta hand om henne så länge."

"Hon påstår att folk vill åt henne. Stämmer det? Vad ska jag ställa in mig på? Vad är det som händer?"

"Det är det vi ska ta reda på. Säg åt henne att slappna av så länge, säg att... jamen, säg att hon är i goda händer."

På fältet bortom den lilla sjön flög en gul och svart papperspåse omkring i ryckiga cirklar. Och tyst var det, tyst och ändlöst. Hades off-season.

"Hallå?"

"Du kan säga det till henne själv." Ludwig gick tillbaka in i rummet och räckte kvinnan telefonen.

"Vem är det?" frågade hon Ludwig.

"Det är säkerhetschefen på ambassaden."

"Hallå?" sa kvinnan. GT började pladdra. Under det korta samtalet släppte hon inte Ludwig med blicken för en sekund.

"Är du nöjd nu?" sa Ludwig när hon lagt på.

Kvinnan nickade.

"Hur gammal är du?" Han var uppriktigt nyfiken; hon hade militärbyxor och kängor men den svarta kavajen såg dyr ut, liksom den limegröna sidenscarfen.

"Trettioåtta."

Dessutom såg hon klyftig ut. Frågan var oundviklig: vad hade hon ställt till med? Något måste det vara. Ungarna överst på jultomtens lista fick sällan Ludwig till barnvakt.

Hon vände ryggen till och fimpade cigaretten. "Konsult, vad ska det betyda? Nån sorts tortyrexpert?"

De stirrade på varandra. Omöjligt att läsa hennes ansiktsuttryck. Han log. Hon slog ner blicken.

"Frilansare." Flinet rann av honom. Han gick bort till garderoben, tog kvinnans kläder och la dem varsamt i knät på henne. "Nischad på bredden, kan man säga. Inga direkta specialiteter. Och jag tror inte vi torterar folk så mycket här i Europa. Det strider väl mot nån hälsoskyddsföreskrift, föreställer jag mig. Baciller och sånt."

Till Ludwigs förvåning skrattade kvinnan åt skämtet, vilket gjorde honom lite generad. I samma stund vaknade något i hans mage till liv. Gurglet hördes över hela rummet. Något var på väg upp. Han rusade till badrummet och kastade sig framför toalettstolen utan att ha hunnit slå igen dörren. Spydde som om han fick betalt per halvliter. Mest grönt. Skulle gallblåsan börja kärva nu också? Ont som fan gjorde det. Nästa gång han söp ner sig kanske han borde göra det under mer kontrollerade former. Han hävde sig upp, kastade en blodsprängd blick i spegeln. Kvinnan satt kvar på sängen. Såg besvärad ut. Ludwig sköljde munnen med klorstinkande kranvatten och kvinnans tandkräm. Inga mediciner i hennes necessär. Han mindes just nu bara brottstycken av vad fältmanualen föreskrev – en bunt med papper han i enlighet med instruktionerna bränt upp när han läst klart någon gång för snart tjugo år sedan – men han var säker på att det stod något om att inte låta ett skyddsobjekt ha tillgång till receptbelagda tabletter.

"Jaha", sa han när han kom ut. Han harklade sig. "Aldrig mer sushi, kan jag säga."

Kvinnan sa inget utan stirrade bara på sina kängor. Ovanligt vänligt beteende. Ludwig blev inte klok på henne. Han började ångra att han inte bluffat till sig lite information av amerikanen i strandhyttan. Fast vad visste väl han.

"Kom så åker vi", sa han. "Har du betalt rummet i förskott?"

"Ja." Hon reste sig från sängen och började slänga ner kläderna i en rutig, skrynklig plastbag, den typen som de pakistanska kvinnorna i Kreuzberg släpade med sig till Lidl. "Fast för en natt bara. Skit samma, det jämnar ut sig med det jag har plockat i minibaren." Hon verkade lite mer avslappnad nu. En irriterad släpighet i rösten som inte funnits där förut: privilegiets tonfall, en air av bortviftning av fluga. Pengafrågor hamnade någonstans mellan att tråka ut henne och genera henne; oklart om det var från födseln eller hade vuxit till sig efterhand.

"Då löser det sig säkert med det", sa Ludwig.

De gick ner. Fortfarande tomt i lobbyn, men tvättvagnen var borta. "Vänta här", sa han till kvinnan och gick ut.

Parkeringen. Bilen. Bakluckan.

Han rotade bland säckarna med prima tonfiskkonserver han köpt på auktionen i Dresden, utgångna allihop. Slutligen hittade han det meterlånga L-formade skaftet med en spegel längst ut och gjorde en svepning under karossen. Proceduren väckte obehagliga minnen från hans sista värnpliktsår, när han fått tjänstgöra vid ett antal gränsövergångar. Det var första gången han kunde påminna sig om att ha bett till Gud: *snälla låt det inte ligga någon under bilen, gode Gud låt det vara tomt under bilen...*

Nähä, ingen skulle behöva bli sprängd i luften idag heller. Han smällde igen bakluckan, såg sig omkring. En barrskog låg likt ett utspillt gift över horisonten. Rena drömmen för en krypskytt.

Kvinnan satt på nedersta trappsteget i receptionen.

"Det är klart", sa Ludwig. "Nu åker vi." De fyrtio metrarna från entrén till bilen såg han till att gå på hennes vänstra sida och skymma det eventuella skottfältet från skogen. Hon kastade en lång blick efter gulaschkanonen innan hon övergick till att ögna de tre sjaviga bilarna.

"Vilken är det?" frågade hon sardoniskt. "SUV:en?"

"Japp."

Solen gick i moln. Han öppnade passagerardörren åt henne, såg sig om en sista gång och gick runt och satte sig i förarsätet. Lukten av bilfärja hade på något sätt tilltagit.

"Engelsk bil", sa hon. "Trevligt."

"Tysk motor", sa Ludwig, startade den, satte på halvljuset och la i backen. Det var meningen att högerspegeln skulle vridas ner automatiskt så fort man gjorde det, men den finessen hade tagit livet av sig några månader efter köpet. Den och många andra därefter.

"Jaså? Hur kommer det sig?"

"Det kommer sig", sa Ludwig och backade i en båge, "av att engelsmännen gick bankrutt på att vinna kriget."

"Aha. Tysk motor. Kvalitet på insidan, med andra ord."

"Den bara går och går", sa Ludwig och körde ut från parkeringen.

Resan tillbaka till stan skulle ta tjugo minuter längre nu när Ludwig höll rekommenderad hastighet.

"Vad heter du då?" frågade han och sänkte volymen på radion.

"Faye. Faye Morris."

"Varifrån kommer du?"

"Vad spelar det för roll?" sa kvinnan trött. "DC." Det var deras sista meningsutbyte före stadsgränsen. Ludwig skruvade upp radion igen.

★

Han körde exakt samma väg tillbaka, vilket stred mot varje upptänklig föreskrift. Ibland skrek intuitionen högre, det var allt. Och ibland hörde man inte vad som var vad.

Strax före sju passerade de Brandenburger Tor. Kvinnan stirrade som vilken turist som helst på den ofrånkomliga Berlinikonen. Troligen hade hon inte varit där förr; då hade hon vetat att amerikanska ambassaden låg alldeles på andra sidan monumentet och börjat protestera. Eller så brydde hon sig inte.

Tillbaka i Kreuzberg. En cyklist i rastaflätor var på god väg att repa bilen när Ludwig gjorde en vänstersväng i den övertrafikerade korsningen Oranienstrasse och Adalbertstrasse. En svindyr Audi for iväg och lämnade en fullt genomförbar fickparkeringslucka femton meter förbi Ludwigs port.

"Då var vi framme", sa Ludwig när konststycket var avklarat. "Mår du bra?" la han till när hon började klia sig nervöst på armen.

"Framme var då? Vad ska hända nu?"

"Hända och hända. Det var ett jävla frågande. Vad är problemet egentligen?"

"Jag vet fortfarande inte om jag kan lita på dig."

Han pekade på klockan på instrumentpanelen. "Tre timmar", sa han. "Tre timmar har jag haft på mig att göra dig illa om jag hade velat."

Det gick fem sekunder. Tio. Ett fyllo gick förbi och hukade under himlen som om han skådat Guds uppenbarelse. Ludwig svepte med blicken över kvarteret. Inga ensamma typer som stod och hängde, inga kvarsittare i några bilar.

"Okej", suckade kvinnan och slog upp dörren. Hon tände en cigarett i samma sekund som hennes fötter slog i trottoaren. "Vart ska vi?"

Ludwig föste henne varligt till porten. Inne på gården satt amerikanen från Ziegendorf. Vad i helvete då? Vilket pådrag. Kvinnan hälsade artigt. Amerikanen svarade inte – stirrade bara framför sig som en schimpans på ett kinesiskt zoo. Kändes inte alls bra, det här. Ludwig passerade och öppnade dörren till trapphuset utan att hälsa.

Kvinnor i trappan, samma som brukade stå och röka nere på gården. Städerskor eller sjuksköterskor i mintgröna rockar; i trappuppgången låg en kvinnoklinik, ett för Ludwig tämligen grumligt fenomen. Han nickade och de nickade. Faye Morris gick till synes utan ansträngning framför honom uppför alla fyra trapporna.

"Hoppas du gillar kebab", sa Ludwig när han placerat henne på en omålad pinnstol vid köksbordet. Han gick och drog för alla gardiner. "Det blir nog en del hämtmat framöver."

Kvinnan såg sig förskräckt omkring, som om någon lurat in henne i en svinhage. "Bor du här?"

"Jag kommer tillbaka om en stund", blev Ludwigs svar.

"Vart ska du ta vägen?"

"Det finns snabbkaffe i plasthinken med lock under diskhon", sa han och gick fram till spisen. Kastrullen med intorkade vita bönor såg ut att ha blivit försmådd en gång för mycket. Han slängde den i soppåsen som dinglade i kylskåpshandtaget. "Kanske tepåsar också."

Ludwig närmade sig ett leende, men missade precis.

"Lås efter mig", fortsatte han. "Jag säger till vår vän där nere att han kommer upp och håller vakt utanför dörren medan jag är borta."

Faye reste sig och började vanka av och an med armarna i kors.

På väg nerför trappan försökte Ludwig tolka situationen. Hade CIA velat ha ihjäl kvinnan hade hon varit död nu. För Ludwigs egen hand, om inte annat. Just nu fruktade han en sådan order mer än något annat.

Ludwig Licht, med sina uppluckrade lojaliteter, sin slutkörda paranoia, sin sömndruckna cynism – Ludwig Licht kände till hur världen fungerade. Och den fungerade riktigt, riktigt illa.

adalbertstrasse
berlin kreuzberg / de
sön 17 juli 2011
[19:40] / cet

Ludwig nickade åt den unge amerikanen, som nu satt med en bok i knät nere på gården. Yllekostymen såg dyr ut. Det var stort allvar för honom, stort inre pådrag. Rekryterad från arméns specialstyrkor? Antingen det eller inhyrd tillfälligt från privata sektorn. Legotyperna från företagen med de dramatiska, hotfulla namnen hade en benägenhet att utmärka sig genom bristande distans; de ville så gärna visa hur seriösa de var. Ludwig kände med dem. Han hörde själv till den privata sektorn.

"Jag måste iväg en stund", sa Ludwig. "Gå upp och vakta dörren. Har du allt du behöver, eller ska du låna den här?" Han lättade på kavajslaget så att pistolen syntes. Efter italienarnas försök att åtala de amerikanska CIA-agenter som slagit till mot den misstänkte terroristen Abu Omar i Milano 2003 och skeppat honom vidare till Egypten hade det blivit vanligare att CIA:s personal var obeväpnad i fält, en i Ludwigs ögon skrämmande utveckling. Å andra sidan hade katastrofen i Khost i Afghanistan dagen före nyårsafton 2009, då sju CIA-funktionärer sprängts i luften av trippelagenten och självmordsbombaren Humam al-

Balawi, fått organisationen att tänka efter ordentligt vad gällde de anställdas säkerhet. Direktiven var motstridiga. Å ena sidan skulle man undvika att gå omkring beväpnad i främmande stater, å andra sidan skulle man i alla lägen sätta säkerheten främst. Om politik var att välja var det ingen vidare tydlig politik man slagit in på. Ludwig var i det avseendet glad att han själv inte var anställd. Han gjorde som han ville, så länge han var beredd på att ingen amerikansk myndighet skulle erkänna samröre med honom om han gjorde någonting verkligt dumt.

"Det behövs inte", sa den unge agenten efter en viss tvekan som bekräftade Ludwigs misstanke: han var obeväpnad.

"Om du säger det så." Ludwig väntade med att lämna gården tills amerikanen hade börjat gå uppför trapporna.

Dags att ringa GT. Ludwig korsade Oranienstrasse och gick vidare ner till Kottbusser Tor. Det omgärdades till hälften av ett hyreshuskomplex som såg ut att ha landat på fel planet. Platsen var på en och samma gång en hårt trafikerad rondell, en ovanligt skitig U-bahnstation och en knutpunkt för Kreuzbergs haschlangningsapparat.

Öronbedövande oväsen. Ludwig slank in i den tomma lastgränden bakom kebabstället mittemot apoteket. Fram med telefonen. Snabbt svar.

"DEGO tre", sa Ludwig.

"Ett ögonblick", sa telefonisten.

"Ja?" hördes GT:s röst efter rekordkort tid.

En yrvaken svartråtta ilade förbi Ludwigs fötter och försvann under en blöt kartong vid en källartrappa. Ambulanssirener österut, avtagande. Två tjuvrökande tonårspojkar på en balkong tre våningar upp.

"Paketet är säkrat."

"Bra. Kan du komma ifrån? Jag vill höra vad du har fått reda på, och sen har jag en sak att be dig om."

"Okej."

"Ska vi säga... Staten Island? Jag är där om tjugo minuter. Mörkblå BMW. Tjugo noll fem. Och du har fått post, förresten."

Staten Island var kodnamnet för ett avlyssningssäkrat parkeringsgarage på Manteuffelstrasse en knapp kilometer bort. CIA betalade en privat säkerhetsfirma för att avsöka stället en gång per dygn. Fördelen var uppenbar. Nackdelen var att den som intresserade sig för vilka CIA träffade kunde bevaka ingångarna, *de enda två ingångarna*, och skriva en allt längre förteckning över personer att undersöka närmare, något som Ludwig påpekat flera gånger utan att amerikanerna tog honom på allvar. Ingen tog någonting på allvar efter att ryssarna låtsades ha slutat bry sig.

Han lämnade gränden, rundade rondellen och följde Kottbusser Strasse ner till promenadstråket Paul-Lincke-Ufer längs den smala Landwehrkanal, där Rosa Luxemburgs lik flutit upp en junidag 1919. Det hade börjat duggregna och temperaturen var nere under tjugo. Joggare trotsade vädret, öldrickare valde ett annat förhållningssätt. Ludwig började gå österut. Efter några hundra meter satte han sig på en bänk vid cykelbanan längs vattnet. Tjugofem meter bort fanns soptunnan amerikanerna brukade använda för att ge honom dokument och pengar. Hans stående instruktioner var att vänta i fem minuter innan han vittjade den och att alltid kasta något skräp samtidigt.

På motsatt strand: ölbåten som trots högsäsong inte var fullsatt. Det kanske var för tidigt. Det var i och för sig alltid för tidigt; stan hade en för stor kostym. Kriget hade bantat det tänkta innehållet.

Han blev rastlös av att sitta där. Fem minuter hit eller dit. Han reste sig, såg sig omkring, gick bort till soptunnan. På undersidan av locket var ett kuvert fastlimmat. Två kryss på varje sida. Det vägde alldeles för lätt i kavajens högra innerficka.

Upp till Manteuffelstrasse, förbi allsköns bohemkaféer och ölhak som drog dit snåla studenter. De åt aldrig mer än en förrätt och drack aldrig något annat än fatöl. Exakt det slags kroggäster han gärna hade portat från Venus Europa om han haft råd att vara så kräsen.

Satans pengar. Först efter två kvarter öppnade han kuvertet och tittade efter. Femtonhundra euro. Kunde ha varit mindre.

I den stadsplaneringsmässiga härdsmältan uppe vid den snedställda korsningen till Skalitzerstrasse var det röd gubbe, och Ludwigs blick drogs med elektromagnetisk precision till en reklampelare med kondensmättade flaskor Western Gold Bourbon. Han svalde. Fick kanske bli en kort krogvända efter mötet. Varningstexten som täckte nedre tredjedelen av annonsen skanderade:

## ALKOHOL KAN GE NERVSKADOR

Nervskador...? Det var nog tamigfan det värsta hittills, tänkte han häpet. Nervskador.

★

Under de sju minuter Ludwig tillbringade vid infarten till garaget såg han en enda bil köra in. Barnfamilj. Prick sju minuter över åtta – två minuter för sent – kom den mörkblå BMW 720:n. Föraren nickade åt honom och stannade vid den ljusblå bommen. Ludwig hoppade in och satte sig i baksätet på vänster sida bredvid GT som gav honom en hastig blick. Föraren drog kortet i automaten, bommen lyftes och de åkte ner i källaren. Barnfamiljen var borta.

"Om du tar och sträcker på benen lite", sa GT till föraren,

som backade in bilen i en ledig lucka, klev ur och gick bort och ställde sig vid hissdörren.

"Hur leker livet på preussiska gossakademin då?" frågade Ludwig.

GT skrattade. "Det har sina stunder."

Det var chockerande hur han hade lagt på sig. Han var den utan konkurrens fetaste människa Ludwig någonsin hade haft ett längre samtal med.

Ikväll hade CIA:s stationschef mörkgrå kostym utan slips – måste ha varit för att det var söndag. Den kritvita skjortan underströk hur blek och mosig han var. Han hade den mer eller mindre charmerande defekten att pannan och hakan var för små i förhållande till ansiktet i övrigt, som skenat iväg med resten av viktökningen. Och så mustaschen som visserligen var frivillig men inte gjorde någonting bättre. På en smal karl hade den kunnat se intressant ut – den gamla sortens gentleman. Nu var GT ingen smal karl.

"Vad har du fått reda på hittills? Vem är hon?"

"Faye Morris. Amerikan, påstår hon. Från Washington DC."

"Okej", sa GT nollställt och upprepade namnet för sig själv.

Ludwig tittade ut genom de tonade rutorna. Inget rörde sig. Just där de parkerat var lysrören av. Chauffören borta vid hissdörren stod och pillade med sin mobiltelefon.

"Faye Morris från DC", sa GT och drog med tummen och långfingret för att kamma ner mustaschen. "Kollade du hennes pass?"

"Klart jag gjorde."

"Jaså? Varför säger du 'påstår hon' då?"

"Vad pratar du om?"

"Du sa 'Amerikan, *påstår hon*'."

Ludwig teg.

"Tar du och kollar hennes pass är du snäll?" sa GT.

"Japp."

GT stirrade på honom.

Ludwig blängde tillbaka. "Varför kollade inte *ditt* folk det när de hämtade henne hos snuten?"

"Jag var noga med att de inte skulle göra det", sa GT och drog med handflatan över hakan.

"Vad är det du håller på med egentligen, Clive?"

"Jag vill inte ha en massa snack. Ju färre som känner till detaljerna desto bättre. Men det kan vi prata om senare. Uppenbarligen sitter hon på väldigt känslig information."

Eller vilseledande information, tänkte Ludwig. Eller information som ingen vill höra talas om.

GT drog efter andan. "För en vecka sen mördades tre amerikaner i Marrakech. En soldat, två civila."

"Ja?"

"Morris ringde igår kväll och ville prata med ambassadören. Sa att hon hade info om incidenten i Marocko."

Ludwig väntade.

"Det kan bli en del... jurisdiktionsöverväganden i den här operationen", sa GT.

"Jaså."

"Jag vill inte att FBI eller några andra ska blanda sig i. Jag vill lösa det på egen hand."

Ordet "FBI" fick samma hårdhänta behandling som "Skatteverket" i munnen på en bilhandlare.

"Okej." Ludwig kliade sig i halvskägget. Han gillade inte alls det här soloupplägget. Betydde det till exempel att han fick klara sig själv om något gick fel ute i fält? Sådant varierade.

"Vi kan inte ha en massa snutar som kommer hit och klampar omkring."

Det slog Ludwig att när han jobbat på Stasi och sålt hemlig information till USA, så hade det aldrig föresvävat honom att det förekom precis lika mycket intrigerande och ärelystnad på andra sidan muren. Han kastade ett öga på GT. Så fel han hade haft.

"Är du säker på att det här är nåt vi *vill* ha för oss själva?" Det var alltid något som skar sig i Ludwig när han benämnde USA eller CIA som "vi". Han var alltid rädd att GT skulle skratta åt honom. Det gjorde han aldrig.

"CIA har alltid det yttersta ansvaret för känslig information", sa GT stilla.

Han tog av sig säkerhetsbältet och sträckte på ryggen så gott det gick i det för honom trånga utrymmet.

"Och det är vi som får ta skiten när det blir fel", suckade han, vände sig mot Ludwig med ett snett leende och fortsatte: "Allt är så luddigt nuförtiden. Förr fanns det en vit zon och det var vi, en svart zon och det var kommunisterna och sen en tredje zon där själva konflikten utspelades. Men nu?"

Han blundade och började massera tinningarna.

"Nu finns det bara en enda zon", fortsatte han. "Och den är grå som tarmarna på en uppsprättad sugga. Vi har större befogenheter nu, visst har vi det. Konstigt nog, med tanke på att fienden är mycket mindre farlig. Samtidigt har vi mindre pengar, i alla fall i den här delen av världen. Och alla andra – FBI, NSA, till och med tullen, för Guds skull – har större befogenheter de också. Så blir det ännu fler krockar, och därmed ännu fler misstag. Och så fort det begås ett enda litet misstag börjar hela Washington skrika efter strukturella reformer."

Ludwig var inte van vid att höra GT tänka högt. Han hade aldrig trott att han kunde vara osäker på sin ställning.

"Allt jag vill, Ludwig", sa GT och öppnade ögonen, "är att rätt paket hamnar på rätt adress."

Ludwig väntade, men det kom inget mer.

"Hur länge ska jag ha henne då?" sa han till slut.

"Kom", sa GT och öppnade dörren, masade sig ut och började strosa runt ett tiotal meter bort.

Ludwig följde efter honom. Blankmålade betonggolv i ljust, ljust blått, vita nymålade pelare. Det luktade gott där inne: diesel och bensin och något mer, en ofullbordad blandning av liljor och rengöringsmedel. Byggnaden var sannolikt mögelskadad. Fastighetsägarna hade en faiblesse för att släta över sådant med exotiska doftsprayer. Så länge det gick.

"Jag vill att du lämnar stan imorgon", sa GT med låg röst och blicken fäst vid chauffören. "Med henne."

Ludwig kunde ha svurit på att han hörde en av antispritpropagandans nervskador äga rum innanför vänstra tinningen.

Lämna stan. Med henne.

När man var nybörjare och fick den här rädslan över sig tänkte man alltid att den var nyttig, att den skärpte ens sinnen och fan vet vad. Sedan lärde man sig bättre.

"Vart ska jag köra henne?"

"Fältet utanför Mellensee."

Ludwig nickade.

"Ring mig imorgon om du får några förhinder. Annars ses vi på fältet vid tio."

"Apan som sitter och spelar läskunnig på min innergård då?"

"Jaså det gör han!" GT hostade till eller skrattade. "Jag ser till att han får nåt annat att göra. Framåt sextiden imorgon bitti. Räkna med en lucka på en halvtimme, minst."

Ludwig stirrade på GT:s bruna mockaskor.

GT slog ut med armarna. "Vad tjurar du för? Det är det här vi betalar dig för. Flexibiliteten."

En öppning uppenbarade sig.

"På tal om det", sa Ludwig med ett beräknande leende. "Jag tycker inte riktigt att mina arvoden har... hängt med inflationen."

GT nickade sakta. "Ska se vad jag kan göra."

"Femtontusen euro."

Den lilla pannan rynkades betänkligt. "Jösses", visslade han. "Mycket pengar."

"Beror på hur uppdraget utvecklas", sa Ludwig försonligt.

"Exakt", sa GT lättat.

Ludwig ångrade sig omedelbart. Men vad hjälpte det att veta vilken dålig förhandlare man var? Man var lika dålig för det. Sämre, möjligen.

GT fimpade leendet. "Men nu måste vi fokusera på själva situationen. Ta reda på allt du kan. Det är så mycket nytt folk borta hos mig, jag vet inte vem jag kan lita på."

Han tog ett steg fram mot Ludwig och la handen på hans axel. "Förutom dig. Du och jag är snart de enda som är kvar från den gamla tiden. Vi måste hålla ihop. Som vi gjorde när det var som allra värst."

GT syftade troligen på nittiotalet, den värsta epoken i amerikanens liv: historiens slut, öppna ytor, samarbete och samförstånd och samövningar och samsyn. Allt vaknade till liv igen när tvillingtornen rasade på Manhattan. Parentesen var förbi. Åter brummade verksamheten igång. Full fart inåt.

Var detta verkligen Ludwigs ende vän? Luften man andades i deras skuggvärld. Luften där inne! Som i ett bankvalv. Svår att dela med andra.

Chauffören glodde på dem.

"Vi håller ihop", sa Ludwig och drog efter andan. "Men jag har noll information. Du måste ge mig nåt att gå på."

"Lucien Gell."

"Lucien *Gell?*" Ludwig mimade snarare än uttalade efternamnet.

"Två av hans lakejer mördades i Marrakech."

"Är det Gell vi jagar?"

"I bästa fall."

"Vad har du gett dig in på egentligen?" frågade Ludwig och stirrade på den bleka, vita handen som dröjt sig kvar på hans axel. Det var en uppriktigt menad fråga.

GT tog ett steg tillbaka, rättade till kavajslagen och drog handen genom det vita håret. Han fick något besvärat över sig och tittade än en gång på klockan. Det var det hela.

"Här", sa han och drog fram en mörkgrå mobiltelefon.

Det var en STU III CT, tillverkad av Motorola under det nya varumärket General Dynamics C4S – en mobiltelefon som var avlyssningssäker förutsatt att den man pratade med använde samma krypteringsteknik. Den var tung, vilket främst berodde på det kraftiga batteriet med upp till två veckors standbytid.

"Mitt nummer är förprogrammerat", sa GT.

Ludwig nickade. Först nu, när han kände tyngden av den lilla tingesten i handen, märkte han hur händerna darrade så smått. Den sortens nervskada som var tillfällig och fullt behandlingsbar.

"Var det nåt mer?" sa Ludwig dämpat.

Det var det inte. GT:s tystnad befäste en gång för alla Ludwigs intryck av hur det måste vara att ha honom som chef.

"Johnson", ropade GT. Chauffören kom lunkande tillbaka till bilen, öppnade dörren åt GT och satte sig vid ratten. Inga fler fraser utväxlades. Inga fler blickar. De åkte.

Fukt droppade från taket och hamnade på en gul Fiat. En man klev ur hissen och satte sig i sin ljusbeiga taxi för att påbörja nattskiftet. Efter ännu några minuter klämde sig Ludwig förbi bommen och ut på gatan.

Det infann sig ånger. Han ångrade att han inte bett om betalt i förskott, han ångrade att han inte krävt mer information; han ångrade till och med att han inte rakat sig före

mötet. Och det var ju en vanligt förekommande uppfattning
– att man mest ångrar sådant man låtit bli att göra. En pärla
bland felaktigheter, ansåg Ludwig Licht. Man ångrade ändå
gärningarna mer.

★

Kvällen var kall och ful som ett lerigt avgasrör. Ludwig gick
snabbt och tio minuter senare var han framme vid porten på
Adalbertstrasse. Där blev han stående en stund. Snett mittemot,
ner mot Kottbusser Tor, låg en unken dygnetruntöppen bar.
Ett ovanligt enkelt val. En stor förtjänst med rekordstian Rote
Rose var nämligen att de sjaviga teakpanelerna, den murkna
heltäckningsmattan, den spräckta jukeboxen och de skonings-
lösa träsofforna skrämde bort alla som kunde tänkas vilja prata
med honom. Kvar fanns bara ett klientel från galaxer ingen
vågat kartlägga. En annan ljuspunkt, en ännu större sådan, var
att det inte var hans egen krog. Där hade drickat visserligen
varit gratis – men knappast samtalen.

Det stank av ölpissande storrökare som trängdes i dörr-
öppningen och på bänkarna utanför. Där inne fanns bara den
kvinnliga bartendern och en sjuk gammal peruan som väste
besvärjelser över ingenting särskilt. Plus akvariet, vars lysrör
plågade de få fiskarna med sin darriga obeslutsamhet.

När Ludwig kom in slet bartendern blicken från den gröna
mattan och nickade åt honom. "Men tänk att du lever fort-
farande", sa hon och flinade.

"Vadå."

"Trodde inte man skulle få se dig mer. Efter i fredags."

Ludwig hade ingen aning om vad hon pratade om.

"Beklagar", sa han och stirrade på en av de långsamt döende
fiskarna bakom det algbelamrade glaset i akvariet.

"Ingen fara", sa kvinnan. Solen hade gått hårt åt det hennafärgade håret.

Ludwig satte sig på barstolen och la upp en sedel. "Det vanliga, tack."

Hon hällde upp en dubbel Jameson-shot och klirrade fram Ludwigs växel ur kassan. Just när han förde glaset till läpparna – som om hon väntat in exakt fel ögonblick – sa bartendern: "Pavel var här och frågade efter dig i eftermiddags."

Spriten brände till som kaustiksoda i strupen.

En dag utan slut. En luft, nätt och jämnt. En luft utan syre.

"Om han kommer hit igen", sa Ludwig ihåligt och sköt undan det halvtomma glaset, "så kan du hälsa att jag har grejer på gång."

En Heinekenflaska tog gestalt på disken.

"Vill du ha ett glas till den?" frågade bartendern och skulle precis öppna den.

"Inte ikväll", viftade han bort den.

Flaskan försvann. Han hade så gärna satt stopp för händernas skakningar och bara sjunkit ner i en ny fylla. Sedan ett par rundor till på det. Hur bråttom hade han egentligen? Men det fick räcka nu. Fira kunde han göra när han överlevt GT:s nya korståg.

"Jag kan ta en kaffe istället." Han såg sig omkring. "Har du nån tidning, förresten? Har det hänt nåt i världen senaste veckan?"

"Inget som inte har hänt förr", sa bartendern och tog fram en bunt.

bitterstrasse
berlin dahlem / de
sön 17 juli 2011
[21:10] / cet

"Här blir bra", sa GT till Johnson. De stannade vid busshållplatsen som GT:s körkortslösa fru brukade frekventera i Dahlem.

"Är det säkert?"

"Jag går gärna sista biten."

"Ska jag ringa om det är nåt?" frågade Johnson.

En ung man med säckiga jeans ställde sig och väntade på bussen. GT kunde inte låta bli att stirra på pojken, som hade New York Rangers-keps på sig. Det måste finnas akademiska avhandlingar någonstans om européernas hatkärlek till amerikansk kultur. För att inte tala om CIA-rapporter.

Det var svårt att skaka av sig mötet med Licht, vars kryddiga rakvatten dröjde sig kvar i BMW:ns skinnklädsel. GT var mer orolig för honom än han lät påskina, samtidigt som han faktiskt beundrade mannen. Det var inte alla som satsat så stort i sina liv och fått så tröstlöst lite tillbaka.

"Sir?"

"Va?"

"Ska jag ringa när vi vet mer?"

GT återvände till nuet. "Ja. Men håll låg profil. Det här jobbet stannar mellan dig och mig och Almond."

"Inga problem, sir", sa Johnson obekymrat.

Men sedan la han armen om passagerarsätets nackstöd som om han tänkte backa bilen, vred på huvudet och såg forskande på GT. "Går det verkligen att lita på Licht?" Han tog av sig bilbältet utan att släppa GT med blicken. "Förlåt att jag frågar, men han såg inte direkt stabil ut."

"Han är stabil så det räcker."

"Jag vet att vi har använt honom förut, men då måste han väl ha varit i bättre form?"

"Det var före din tid", sa GT kyligt. "Folk kan vara i bättre form än de ser ut", la han till och insåg själv hur defensivt det måste tolkas.

"Naturligtvis, sir. Så är det ju." Johnson vände sig framåt igen.

"Jag tänker inviga dig i en sak", sa GT sakta.

"Ja?"

"Peter Mueller. IT-konsulten. Han var högt uppsatt i Hydraleaks."

Johnson teg. GT önskade att han kunnat se hans ansiktsuttryck.

"Vad drar du för slutsats av det?" frågade GT.

"Att morden i Marrakech hade med Hydraleaks att göra", tänkte Johnson högt. "Och eventuellt med Lucien Gell", fortsatte han efter några sekunder. "Det kan vara en öppning att komma åt Gell."

"Precis. Almond vet det redan, och nu vet du. Jag kan inte nog understryka hur viktigt det är att inga fler får veta det i nuläget."

"Som sagt."

"Kan du ordna med en spårare på Lichts bil nu inatt?"

"Absolut", svarade Johnson utan en sekunds tvekan.

Inte en ansats till gnäll om den växande övertiden. Inte en

onödig motfråga. Det var imponerande, och GT tänkte se till att nämna det i framtida utvärderingar.

"Senast imorgon bitti vid fem."

"Ja, sir."

GT tänkte efter. "Vad är det för bil han har?"

"En Range Rover, sa Cox."

"Har de självständig gps-sändare? Eller är det en vanlig mottagare som är avstängd om inte föraren har igång gps-navigatorn?"

Johnson trummade lätt på ratten. Det var hans vanliga ticks när han inträdde på sitt favoritrevir; det eller att börja knäppa med fingrarna, en ovana GT hade fått honom att sluta upp med. "En Range Rover från början av 2000-talet använder nog BMW:s gps-system. Det är enkelt för oss att kapa signalen, men då måste föraren ha navigatorn igång. Fast... det går att programmera navigatorn så att den alltid är på när motorn är igång. Men då måste jag ha tag i en tekniker. Inte säkert att det hinns med till imorgon bitti. Det kanske är lika bra att jag sätter en separat sändare under karossen."

"Okej, gör så."

En kastanj trillade ner på motorhuven och båda männen ryckte till som om de hamnat under granatbeskjutning.

"Jösses", sa Johnson med andan i halsen. Han skakade på huvudet och skrattade. "Var det allt, sir?"

"Fast det vetefan..."

"Förlåt?"

"Licht är rena blodhunden. Han märker allt. Går det att dölja sändaren?"

"Dölja och dölja, den måste ju sitta så att den har någorlunda signalstyrka. Man kan ju alltid sätta dit två stycken, i och för sig. Med lite tur hittar han bara den ena."

"Tur är inte en operationell parameter jag känner mig bekväm med, Johnson."

"Naturligtvis."

"Jag tycker att den där omprogrammeringen lät bättre. Går det verkligen inte att få tag på en mekaniker?"

"Bilen måste laddas ur helt, hela elsystemet måste... Det går inte att fixa på mindre än ett dygn, är jag rädd."

"Skit i det då", sa GT. Han tog av glasögonen och suckade. "Sätt dit en sändare på ett bra ställe bara. Och hittar han den så hittar han den. Vi kan ändå spåra honom via telefonen han fick. Det får räcka som backup."

"Ja, sir. Ska bilen avlyssnas inuti?"

"Nej. Nej, det behövs inte."

Johnson drog efter andan. "Med all respekt... Det oroar mig lite att ni tror att han skulle avlägsna sändaren."

"Han är utbildad av Stasi och sen av oss."

"Då har han väl lärt sig att lyda order som alla andra?"

"Det är inte det enda han har lärt sig", rundade GT av den diskussionen. "Vem har vi utanför lägenheten?"

"Cox."

"Okej, ta bort honom vid sex och skicka dit nån annan vid halv sju. Skriv i loggen så att det inte syns nån lucka, bara en vanlig avlösning."

"Är vi säkra på det här, sir?"

"Så säkra vi kan bli", sa GT och klev ur. I samma sekund som bildörren slog igen trampade Johnson på gasen. Om det rört sig om någon annan hade GT tolkat det som att mannen ville hem till frun och spädbarnet före midnatt. Nu rörde det sig om Johnson, och en troligare förklaring var att han längtade till CIA:s eget garage på ambassaden där han skulle få välja och vraka bland svindyr spårningsutrustning.

Majestätiskt intetsägande bredde den anrika västförorten Dahlem ut sig i alla väderstreck, som en blandning av en golfklubb och en kyrkogård med för stor underhållsbudget. På andra sidan gatan stod en gammal man med en rottweiler och rökte medan hunden pissade på ett cykeldäck. Gubben skämdes över att bli upptäckt, ryckte till i kopplet och gick vidare.

GT fortsatte åt motsatt håll medan tankarna väste och slet i honom. Kunde han lita på Licht? Ja, han litade på att mannen var förutsägbar och i avsaknad av personliga gester. Han litade på att Licht inte tappade kontrollen under skarpa lägen. Men höll han fortfarande måttet?

Det var GT själv som ansvarat för rekryteringen när Ludwig Licht kontaktat CIA 1984 och erbjudit sina tjänster inifrån Stasi. Licht – som GT gett täcknamnet Fimbul på grund av mannens påtagliga kyla i de korthuggna rapporterna – var redan som tjugoåttaåring en potentiell guldgruva. GT var fem år äldre och tredjeman på CIA:s station i Östberlin. Han hade fått kämpa som ett djur för att få sina överordnade att godta värvningen; de var livrädda för falska Stasiavhoppare som antingen spred desinformation eller bara var ute efter att kartlägga CIA:s arbetsmetoder. Men den unge östtysken hade visat sig vara alldeles äkta i sitt hat mot DDR. Fallet Licht hade i förlängningen varit det som gett GT toppjobbet som stationschef. Ett jobb han lyckats behålla även efter amerikanernas totala omorganisering i samband med den tyska återföreningen när två ambassader slogs ihop till en.

GT slängde kavajen över axeln och gick långsamt vidare hemåt. En allé kantade gatan. En flock svalor skrek som besatta.

Dahlem. De hade bott där i snart femton år nu och än hade han inte vant sig vid grönskan och den prydliga renheten. Stället påminde honom om Alexandria utanför Washington. Bitterstrasse i Dahlem. Svårt att tänka sig en plats som var mer fjärran från Grace, Kentucky.

Det var oerhört skönt att få gå där obevakad. Varje kvartal inledde Diplomatic Security-folket en ny våg av övertalningsförsök, men GT vägrade att ha livvakter kring sig. Han hade tillbringat stor del av livet ute i fält, ofta på fientligt territorium, och hade svårt att frivilligt underkasta sig att bli skuggad.

Dessutom hade det varit rent löjligt att gå där med folk i släptåg. Dahlem var harmlöst, fullproppat med advokater och läkare och ofantliga gasolgrillar och småföretagande fruar och hålögda ungar med ätstörningar och absolut gehör. Egentligen hade han velat köpa ett hus i gamla öst istället. Hans fru hade avstyrt det med påpekandet att det bara handlade om att han ville känna sig som en segerrik erövrare. Inte hade hon haft fel heller.

Återföreningen. Märkliga tider, det där: väst, det vill säga Bonn, flyttade österut till en nybyggd ambassad – den i gamla Östberlin räckte inte till. Det var inte samma stad längre, det var inte ens samma land. Och kriget, det riktiga kriget, kallt eller inte, var över. Showen var nerlagd.

Tråkigt för många människor, det där murfallet. För honom själv, men särskilt för Licht, var det en yrkesmässig katastrof. Licht hade varit på väg att göra raketkarriär inom Stasi. Med stigande tjänstegrader hade han kunnat förse GT med allt bättre material, till bägges fromma. Det hade kunnat sluta hur som helst.

Med Licht skjuten i nacken i en av Stasis källare någonstans, till exempel. Markus Wolf, östtyskarnas spionchef, var inte den som skydde sådana metoder. GT hade förlorat tre agenter under sina år i Östberlin. Han påminde sig själv om att vara tacksam för det väsentliga: att lika många hade överlevt. Av de tre var det dock bara Licht som hade fortsatt i branschen. Och han hade gjort det med den äran, oavsett vilket intryck han nu gav Johnson och andra.

GT fnös till. Johnson och de andra på ambassaden hade aldrig fått i uppdrag att putta en iransk processingenjör framför ett tunnelbanetåg eller att skära ett chip ur axeln på en nerknarkad femtonårig flicka. De hade inte överlevt ett halvår i den mardrömsvärld GT skapat åt Ludwig Licht.

★

Fem minuter senare var GT framme vid den vitmålade träport som utgjorde enda ingången till trädgården. Själva staketet var i smidesjärn, en meter högt, med en nästan två meter hög häck direkt bakom. Tio meter längre in låg den röda tvåhundrakvadrats tegelvillan från sekelskiftet.

Det var släckt i huset, sånär som på sovrummet. GT låste upp ytterdörren och stängde den ljudlöst efter sig. I hallen hängde han kavajen på en krok och smög raka vägen till arbetsrummet.

Persiennerna var fördragna. Han öppnade en glipa och tittade ut över den lilla trädgården där fontänen var igång. På verandan direkt utanför fönstret hade han två år tidigare rökt sin sista cigarett. De femton senaste kilona var priset han fått betala för den storartade idén.

Han älskade sitt mahognyskepp till arbetsrum: höjdpunkten var skrivbordet, som han köpt för ingenting på en auktion fem år tidigare i Bremen. Det hade en gång tillhört socialdemokraten Otto Wels, nazisternas mest högljudde motståndare i riksdagen under Weimartiden. Tolv år efter Wels landsflykt hade Stalingrads och Berlins befriare general Zjukov använt bordet för sin privata korrespondens. Ingen i hela världen utom GT själv och auktionsförrättaren, som inte gått ut med informationen, visste om det.

Ytterligare en höjdpunkt i rummet var det lilla kylskåpet bredvid den plommonfärgade Chesterfieldsoffan. GT tog fram en burk Cola, satte sig i en av fåtöljerna, fällde ut ena klaffen på soffbordet och la upp fötterna.

Men det gick inte att koppla av. Efter tjugo sekunder satt han vid skrivbordet. På med datorn, fram med webbläsaren. Han kavlade upp skjortärmarna, drack djupa klunkar av läsken och ställde burken på underlägget med University of Kentucky-loggan. Så googlade han "Faye Morris".

Vad han än fick reda på skulle hans män naturligtvis också hitta det, men det var aldrig en nackdel att verka allvetande, att bara nicka uttråkat när de höll sina dragningar för honom. Det gjorde dem nervösa. Det fick dem att anstränga sig.

Fler träffar än han trott, alldeles för många och alldeles för irrelevanta.

GT slöt ögonen och försökte sluta lyssna på själva språket i huvudet och bara leta sig fram till... kopplingen, kopplingen till –

Ambassadören! Ronald Harriman. Mannen hon sagt att hon ville prata med.

Han skrev "Ronald Harriman" och "Faye Morris" i sökfältet. Ingenting.

Men någon relation måste det ju finnas.

Vad var det hon hade sagt på inspelningen? *Jag pratar bara med Ron.*

En privat relation? Kanske. Eller ett sätt att få telefonisten att tro att hon kände mannen hon bad att få tala med.

Men Tyskland då. Han provade att växla över till enbart träffar på tyska och sökte på hennes namn igen. Det gick desto bättre. En träff. Tidningsartikel i *Frankfurter Allgemeine*.

## HYDRALEAKS ADVOKAT AVFÄRDAR
## SKATTEÅTAL MOT LUCIEN GELL

Och där var hon på bild. Presskonferens. Ett tiotal mikrofoner på långbordet. Hon själv i mitten, flankerad av en skäggig, glasögonprydd man på var sida. Hydraleaks logga, ett giftgrönt uppochnedvänt A mot svart bakgrund, skymtade i halvfokus bakom dem. Bildtexten löd: "Faye Morris, Hydraleaks nya advokat, tillsammans med Peter Mueller (vänster) och Andreas Düben (höger) igår på en presskonferens i Hannover." Artikeln var nio månader gammal. "Åtalet är ett sorgligt uttryck för Förbundsrepublikens pinsamma undfallenhet gentemot de amerikanska påtryckningarna", löd det mest färgstarka citatet.

Det sög till i magen på GT som när han flugit för första gången. Han lyfte luren till sin fasta telefon och slog Almonds direktnummer på ambassaden.

"Ja?" svarade Almond på tredje signalen.

"Är du inloggad i systemet?" sa GT spänt.

"Alltid", sa Almond och lät som om han vaknat för några timmar sedan och hunnit både ta en lång dusch och dricka ett par koppar espresso.

"Har du fått det uppdaterade krypteringskortet till telefonen?"

"Nej. Nästa vecka."

"Okej. Ta med din dator in på mitt rum och ring upp mig därifrån."

"Jag kan inte koden, sir."

"Till mitt rum? Fyra åtta nio sju sju ett."

Det gick trettio sekunder, fyrtiofem. GT lyfte på luren direkt vid första signalen.

"Då kör vi det här i enrum", sa GT, tryckte på knappen som aktiverade krypteringen på hans STE-telefon och väntade på att Almond skulle göra detsamma i andra änden. Det var inte längre någon väntetid – på de äldre STU III-telefonerna fick man sitta och vänta i femton sekunder tills de båda krypteringskorten i respektive telefon knutit an till varandra och skapat en unik kodnyckel för just det samtalet. Med den nya STE-standarden gick det på en millisekund. Som med så många andra tekniska nymodigheter gjorde själva hastigheten, enkelheten, GT nervös; det var likadant med handbromsar på nya bilar, till exempel, de där man bara tryckte på en knapp istället för att dra åt en riktig spak. Men det var bara att vänja sig.

GT drack det sista av Colan och ställde ifrån sig burken.

"Faye Morris", sa Almond och drog ut på konstpausen, "... är Hydraleaks advokat."

"Precis."

"Hon har bott i Tyskland i långa perioder", fortsatte Almond oförskräckt. "Här i Berlin bland annat. Dessutom har Verfassungsschutz en akt om henne."

GT förde reflexmässigt den tomma Colaburken till läpparna.

"Har de? Men det har inte vi?"

"Nej."

"Hur fan är det möjligt?"

"Vi har visst nånting. Men det är inte åtkomligt."

Problemet med den så kallade magkänslan, hade GT konstaterat hundratals gånger, var att den alltid kändes likadant: som ett starkt obehag. Den berättade aldrig om nyheterna man just fått var goda eller dåliga. Den visade aldrig vilken väg man skulle ta. Den var sig själv nog.

"Kan du förtydliga det?" sa GT efter en smärre evighet.

"Jag gjorde en sökning rakt ut i stora databasen. Noll träffar. Så då kollar jag vad vi egentligen har på Lucien Gell. En hel del, såklart. Jag skummar lite för att se om jag hittar nåt som kan stämma in på Morris, även om hon inte nämns med namn menar jag. Hinner inte långt förrän jag stöter på en fil som ligger inbäddad i nån underkatalog. Försöker öppna den. Då krävs det plötsligt inloggning med högsta säkerhetsbehörighet plus nåt intetsägande SAP-compartmenttillägg som till största delen är helt krypterat. Dokumentet heter 'Operation CO'. Det är en SAP-operation, helt klart."

SAP – Special Access Programs – var topphemliga operationer som inte ens folk med högsta säkerhetsbehörighet kom åt utan särskilt tillstånd. Tusentals sådana operationer var ständigt igång, några av enorm betydelse, andra ganska harmlösa eller i stort sett vilande. Underrättelseutskotten i kongressens båda kamrar fick då och då grovhuggna sammanställningar över denna skuggverksamhet i form av listor i punktform, det var allt.

För att söka tillstånd att öppna en fil av den typ som Almond beskrev måste man till att börja med veta vem som visste; veta vem som ansvarade för operationen. Det gjorde man aldrig. Compartmentkoden var en antydan, en förkortad hänvisning för de redan invigda. En kod som dolde den egentliga koden.

Åttahundrafemtiofyratusen amerikanska medborgare hade högsta säkerhetsbehörighet – tillstånd att ta del av material som klassats som "topphemligt". Av dem beräknades uppemot tvåhundrasextiofemtusen individer arbeta i privata företag som utförde underrättelse- och säkerhetsarbete på entreprenad. Det sa sig självt att den så kallat högsta säkerhetsbehörigheten bara var en tredjeklassbiljett. För att få tillgång till minsta godsak måste man vara godkänd inom den specifika ämnesavdelningen, med andra ord vara "compartmented".

Fördelen med detta snåriga system var, ur GT:s synvinkel, att han själv hade SAP-projekt som inte ens hans överordnade kom åt utan att ställa honom precis rätt fråga.

"Mer än så har jag inte", avslutade Almond. "Hittills har jag sett den på tre olika ställen i Gells akt."

"Vad fan kan det vara för nåt?"

"Omöjligt att säga, sir. Vi kommer inte åt det."

"Operation CO?" frågade GT.

"Ja."

"CO. Kan ju betyda vad som helst."

"Det finns en massa alternativ", sa Almond med något vak-

samt i tonfallet. Han ogillade att tänka högt inför överordnade.
"Kolmonoxid, commanding officer... Jag har inte kommit på
nånting konkret."

"Varför får jag bara en träff på henne om hon nu har bott i
Tyskland?"

"Hon har inte varit skriven här. Flyttat runt med de andra,
antar jag. Hydraleaks är ju rena sekten. Hon förnyade passet
på vårt konsulat i Hamburg för fyra år sen."

"När får du titta i tyskarnas akt?"

"Tidigt imorgon bitti. Fast min vän hävdar att de inte har så
mycket. Vem vet."

"En sak till bara. Kan du kolla Harrimans akt lite snabbt och
köra en sökning på 'Morris'."

En viss paus. Sedan hördes ljudet av tangenter. "Hittar inget",
mumlade Almond.

"Ses imorgon." GT la på.

Morris hade sagt att hon ville prata med ambassadör Harriman personligen. Och hon var rädd. Hon hade idéer om att folk
var ute efter henne. Ville hon ha Harrimans hjälp? Eller varna
honom för något? Kanske borde GT själv sitta ner och prata
med ambassadören imorgon. Känna lite på honom. Fråga om
han visste något om Marrakech. Se hur han reagerade. Kanske.
Eller så var det den sämsta idén hittills.

Hur fan skulle han nu kunna somna.

Tillbaka till fåtöljen. Läge för en avslappningsövning: han
rullade med axlarna, drog femtio djupa, prydligt numrerade
andetag och såg framför sig hur han vände i en simbassäng varje
gång han andades ut.

Bättre. Efter en stund kom han på sig själv med att bjuda
mörkret på ett försiktigt leende. Det var riskabla saker han höll
på med. Och det var på tiden.

adalbertstrasse
berlin kreuzberg / de
sön 17 juli 2011
[22:35] / cet

GT:s amerikan stod med imponerande hållning utanför Ludwigs dörr. Han var så mån om att se intetsägande ut att effekten blev den rakt motsatta: vem som helst hade lagt märke till honom på hundra meters håll, så spänd var han. Det var ingen nybörjarsjuka, det var en personlig läggning. Bland spioner fanns det precis som överallt annars naturbegåvningar och oförmögna. Och precis som överallt annars var begåvningen ingen garanti för överlevnad; oförmågan inget hinder för framgång.

"Inget har hänt", rapporterade han.

"Precis vad jag ville höra", sa Ludwig. Han rotade fram en falafelrulle och en vattenflaska ur påsen. "Lika bra att du tar det här. Det blir en lång och tråkig natt."

"Jaså, tack." Och så på med högvaktsuppsynen.

"Då kan du gå ner igen", förtydligade Ludwig.

I lägenheten stank det av cigarettrök. Faye satt vid köksbordet och hade använt en tom ölburk som askfat.

Han nickade åt henne som om hon var en av många patienter

i väntrummet, gick och öppnade ett fönster och dukade fram maten.

"Hoppas att det ska smaka då", sa han när han satte sig mittemot henne och började äta.

Ludwig kom att tänka på sin son, undrade om han åt i tystnad eller om han och Maria satt och kvittrade under måltiderna. Ett makalöst pratande på unga par nuförtiden, hade Ludwig märkt. Ett evigt tillnärmande. Redan inför måltiderna började det. Det första Walter och Maria hade gjort med sitt ställe på landet när de flyttade in var att riva ut skiljeväggen mellan köket och vardagsrummet. Hur skulle de annars kunna *laga mat tillsammans*?

"Jag hade trott att du föredrog pommes frites", blev Fayes första ord efter måltiden.

"Det är ris som gäller." Som ett sätt att knyta an la Ludwig till: "Turkarna blir förbannade bara man frågar, i alla fall på de bra ställena."

Han slängde papptallrikarna, plastbesticken och matresterna. I kylen tog han bourbonflaskan, fyllde ett glas åt henne och hällde upp vatten åt sig själv. "Is?" frågade han.

Faye ryckte på axlarna. Då blev det is. Han tog lite själv också; kanske kunde det göra vattnet intressantare.

"Här", sa han. "Du behöver varva ner lite."

"Ge mig ett riktigt askfat i så fall."

"Självklart", sa Ludwig och öppnade ett fönster. "Du kan röka här, tycker jag." Han klappade fönsterbrädan ett par gånger som om hon vore en katt han ville locka dit.

De små stegens etablerande av övertag.

Han ställde dit ett tefat, hon reste sig och gick till fönstret. Först när hon tänt cigaretten rörde hon whiskyn. Sorgliga figurer, rökare. Allt var bara ett tilltugg till den rykande huvudrätten.

Kändes inte särskilt bra att ha henne exponerad i fönstret

sådär. Om inte annat kunde det vara bra att påminna henne om att hon stod under hans beskydd.

"Jag skulle föredra om du satt på golvet."

"Va? Hur ska du ha det?"

"Sätt dig på golvet och blås röken uppåt."

"Är det här ett test av nåt slag?" Hon sjönk ner på golvet med ryggen mot elementet.

"Av mitt tålamod i så fall."

Han satte sig vid väggen borta vid kylskåpet, mittemot henne med tre, fyra meters mellanrum. Det var som att landa i en fåtölj. Han hade alltid föredragit att sitta på golvet; längre en den halvtimme det tog innan träsmaken blev för mycket kunde han ändå aldrig sitta still.

"Vad är planen?" sa Faye.

"Vi avvaktar. Vi väntar här tills imorgon bitti. Sen drar vi."

"Drar? Vadå drar? Vart då?"

"Det är bättre om du inte vet det."

Hon skakade frenetiskt på huvudet. "På vilket sätt är det bättre?"

"På många sätt." Han bände loss blicken från hennes whiskyglas. "Jag tror knappast att CIA är ute efter att döda dig", tillfogade han uppsluppet. "Då hade vi inte suttit här." *Inte du i alla fall*, lät han bli att förtydliga.

Faye rörde inte en min. "Hur länge har du jobbat åt dem?"

"Sen mitten av åttiotalet."

Nu såg hon på honom som om hon förväntade sig att han skulle fortsätta. Men det måste bli ett utbyte av det här.

"Alltså. Ditt ärende", sa Ludwig.

"Ambassadören", svarade hon snabbt. Och blundade. Någon sorts lättnad var inblandad i ekvationen. Hon verkade ha idéer om en fristad, en frälsare. En lösning.

"Känner du honom?"

Hon glodde på golvplankorna.

"Faye?" Han ställde ifrån sig sitt vattenglas, som genast bildade kondens mot träet. "Kan du svara på en enkel fråga?"

"När får jag träffa honom?"

"När vissa rutiner är avklarade", suckade Ludwig och tömde resten av glaset. Han reste sig och gick och letade fram hennes pass i väskan. Hur amerikanskt som helst. Stämplar från Tyskland, Storbritannien, Marocko, Libanon, Frankrike. Inte en enda inresa i USA under de fyra år som gått sedan passet förnyats. Och hon hette verkligen Faye Morris.

"Inte första gången du besöker Berlin?"

"Nej. Vad är det för rutiner du pratar om?"

"Rutiner är rutiner."

"När får jag träffa ambassadören?"

"Han är säkert ganska upptagen", sa Ludwig och satte sig igen. "Vi kan väl prata mer om det imorgon."

"Eller så gör vi såhär istället att jag kräver att du kör mig till ambassaden, och sen får de ta hand om mig."

"Det tror jag inte. De tar hand om dig nu. Det här är själva omhändertagandet. Och det här är sista gången vi diskuterar den saken."

"Så jag har inget val?"

"Hjulen är i rullning."

Han trodde att hon skulle protestera, men hon nickade bara och fimpade cigaretten.

Det rann iväg några minuter.

"Var snäll och försvinn inte mer utan att säga hur länge du blir borta", bröt hon tystnaden.

"Okej. Jag ber om ursäkt."

Hon såg på honom. "Jag försöker verkligen lita på dig."

"Bra. Och jag lovar att inte försvinna mer, det var speciella omständigheter, det var – vad jobbar du med, förresten?" Vänj henne vid att berätta om sig själv. Ställ inte för relevanta frågor. Etablera terapeutisk relation.

"Jag är advokat. Människorättsfrågor." Blicken förbyttes till någonting nästan trotsigt, som om hon just förkunnat sin stolthet över all inavel i släkten.

"Jaså, det var intressant. Själv är jag krögare."

"Nej!"

"Jodå. Var det roligt?"

"Ja. Du ser inte ut som en krögare."

"Inte?"

"Nej. Du ser ut som nån som håller på att supa bort sin arkitektbyrå."

"Jag förstår", sa Ludwig skadskjutet. "Var jobbar du då?"

"Här och där."

Någon smällde med en dörr i trapphuset. Ludwig förde pekfingret till läpparna, lät Faye se att han blev på helspänn. Hon måste få klart för sig att han var alert, att han var på gång, att han var på hennes sida.

Steg. Dörren där nere. Tyst.

Så gestikulerade han åt henne att fortsätta.

"Jag är frilansare, kan man säga." Hennes leende tindrade till och släcktes lika snabbt, ett dödfött tomtebloss i fel årstid. "Som du."

"Tänkte väl nästan det." Ludwig bet sönder en isbit. "Man känner igen andra lyckliga entreprenörer. Nån hemma i USA som känner till att du är…ute och reser?"

Hon skrattade till och sköljde ner vad det nu var hon kände med några ordentliga klunkar. "Jag är inte gift om det är det du menar", sa hon. Och log, ordentligt den här gången. Ett milt men klart leende, ett leende att lita på. Vilket tydde på att hon börjat lita på honom. Eller på att hon bestämt sig för att hon kunde ha nytta av honom. Eller på att hon var trött.

Hur länge sedan var det han haft en kvinna i lägenheten – ett år? Jodå. Ibland fick man betala för sällskap, ibland var man den som fick betalt. Den var inte alltid lätt att begripa, tillväxtkarusellen i väst. Den påminde honom om något. Arkitekten som höll på att supa bort sin byrå, kanske.

Rak i ryggen satt hon, likt en gammal elitgymnast, fast med benen brett isär som en byggjobbare. Det var samma dubbelhet som manifesterade sig i hennes klädkombination med kavajen och militärbyxorna. Varje gång hon föste håret ur pannan verkade hon lika förvånad över att inte vara kortårig, varje gång hon drog efter andan tycktes hon lika häpen över att alls vara vaken.

"Bor du i Tyskland?" Han knäckte med fingrarna. Mådde bättre för var kvart nu, kände sig starkare, vaknare.

"Mer eller mindre."

"Uppehållstillstånd?"

"Nej. Det har aldrig blivit aktuellt."

"Hur... undviker man det problemet?"

"Genom att resa in och ut ur landet med jämna mellanrum."

"Måste vara dyrt."

"Ganska så."

De satt tysta ett tag. Ludwig krediterade en inte alltför avlägsen framtid med all den whisky Faye avböjde. Hon rökte en massa.

"Då var det läggdags. Vi ska upp tidigt imorgon."

I sovrummet stod sängen med ena långsidan mot väggen. Rullgardinen hade varit nerdragen över fönstret i minst ett år.

"Var ska du sova då? Har du ingen soffa?"

"Ingen soffa." Han drog fram en knögglig madrass från under sängen och släpade ut den i vardagsrummet. "Bättre män än jag har sjunkit ner i en soffa och aldrig tagit sig upp igen."

Faye gjorde en min han inte blev klok på. "Hur kan man inte ha en soffa?"

Ludwig hämtade en filt i garderoben, plus ett par badhanddukar att ha under huvudet. Han kunde bara spekulera i hur det skulle gå att somna nykter, och på en ynka sömntablett.

"Godnatt då", sa Faye när hon kom ur badrummet och gick förbi honom.

Han följde henne med blicken. Hon stängde dörren. För varje timme som gått sedan GT:s första samtal i förmiddags hade en ytterst distinkt känsla stärkts i varenda cell i Ludwigs kropp: han bar omkring på ett radioaktivt ämne vars skadlighet för honom själv stod i direkt relation till dess åtråvärdhet för andra.

Tid till avgång fem och en halv timme. Tabletten började verka; tusen skuggor blev till en enda. Så sov Ludwig Licht: tung och orörlig, som nedsänkt i frusen tjära, omsluten av världens en gång viktigaste stad.

# MÅNDAG

adalbertstrasse
berlin kreuzberg/de
mån 18 juli 2011
[04:10]/cet

En vind drog in från väst och slet tag i plasten kring Siegessäules gyllene Viktoriastaty, i flaggorna vid Martin-Gropius-Bau, i de rostmärglade plåttaken över perrongerna ända borta på Ostkreuz S-Bahnstation. Gryningen hade ännu inte hunnit avlösa sommarnattens standbyljus. Klockan var strax efter fyra och molnen låg som en huvudvärk över taken. Det slutade regna.

Ludwig Licht vände och vred på sig som om han hade vilddjur efter sig. Han drömde om vinterbjörkar och muskulösa rovfåglar, om varmt monsterkött på jakt genom vita skyar. Tillslaget. Blodet som lämnade honom, flöt ut, ljusnade till ett enda skrik över horisonten.

Han vaknade i sin egen klibbiga kallsvett och mindes för ett ögonblick inte varför han låg i vardagsrummet.

Faye. Uppdraget. GT:s infall.

Mobiltelefonen låg på golvet bredvid madrassen: klockan var kvart i fem. Ludwig stängde av alarmet i förtid. Han var klarvaken men mardrömmarna låg kvar som en hinna över ögonen, som om hans synnerv bearbetade två olika signaler samtidigt. Effekten dröjde sig kvar hela vägen till badrummet: i spegeln tyckte han sig till exempel se sin exfru stå i duschkabinen och raka benen. Hon höjde sakta blicken mot honom, såg på honom, ryckte sorgset på axlarna.

Ludwig rös till och skakade på huvudet. Blundade, tvättade ansiktet, borstade tänderna. Undvek spegeln och gick raka vägen till garderoben i arbetsrummet och klädde på sig: en beige linnekostym, en svart V-ringad T-shirt. När han spände på sig axelhölstret frasade kardborrbandet som skare i februarisnö.

Faye låg vaken i sängen när han kom in i sovrummet. Svårt att säga om hon var utvilad eller inte – hon såg ännu konstigare ut utan smink. Ögonen var små, läpparna ett stackars streck. Hennes uppsyn var lugn, smått katatonisk.

"Vi får snart börja röra på oss", sa han. "Äter du frukost?"

"Gör du?" Hon gäspade.

"Sådär. Det finns bananer. Och några bullar i frysen, har jag för mig."

"Ta inte ut dig fullständigt för min skull bara."

Medan hon gjorde sig i ordning stod Ludwig och tittade ner på gården. Det hade regnat en hel del. GT:s amerikan satt fortfarande på bänken; stackarn måste ha stått under portvalvet hela natten för att hålla sig torr. Vid tio i sex plockade mannen fram sin mobiltelefon och läste någonting på skärmen. Han reste sig, gäspade, såg sig omkring en sista gång och gick. Skiftbytet som GT utlovat. Ludwig hörde porten slå igen.

"Ditt badrum är helt igenkalkat", sa Faye när hon var klar. Hon hade svarta jeans nerstoppade i kängorna och en khakifärgad arméskjorta med upprullade ärmar. Det var svårt att tänka sig henne i någon form av smycken.

"Det är inte kalk, det är intorkat tvättmedel", sa Ludwig och pekade på de två tomma lila paketen Persil Megaperls på golvet i hallen.

"Också en lösning."

"Ta för dig", bytte Ludwig ämne. Han gjorde en gest mot bordet där två halvtinade kanelbullar med vita frostfläckar trängdes med två bananer på ett litet fat. "Och jag behöver din mobil."

"Varför det?"

"För att den går att spåra."

När hon inte reagerade gick han raka vägen till hennes väska och letade fram den. Faye bjöd på en kränkt uppsyn. Efter några sekunder ryckte hon på axlarna.

"Som du vill."

Ludwig låste in den vita telefonen i skåpet i arbetsrummet.

"Ta du bullarna", sa Faye när han satte sig. Ett bananskal låg på serveringsfatet.

"Är det säkert?"

"Det är helt säkert."

De smakade pappersmassa med härsket smör och någon kemikalie som gjorde sitt bästa för att härma kanel. Hade väl några år på nacken vid det här laget. Det var inte ofta han kom på sig själv med att sakna tigerkakan i Stasi-kafeterian på Normannenstrasse.

"Vi ska åka och träffa min chef", sa Ludwig, torkade sig om munnen och drack lite kaffe. "Det är viktigt att du gör som jag säger när vi är ute på fältet. Förstår du det? Det är viktigt att du litar på mig i alla lägen."

"Vad har jag för val?" Hon såg nykter ut, glasklar. Utsövd.

"Jomen du har visst ett val. Fast om du obstruerar så stryker vi med båda två."

"Ja, ja." Faye retirerade. "Hur är han då, din chef?"

"Arbetsnarkoman. Smartare än han ser ut, farligare än han låter." Han skrattade till. "Envisare än fienden."

"Ah, fienden!" sa hon roat. "Vilka är det, exakt?"

"Alla som hotar vår säkerhet."

Först verkade Faye inte ta hans robotartade svar på allvar, men när det inte kom något mer sa hon: "Räknas jag dit?"

"Jag hoppas inte det", sa Ludwig och menade varje stavelse.

"Alla som inte är med er är väl mot er?" sa Faye med ett avväpnande leende som inte lyckades i sitt uppsåt. "Det är ju politiken från och med Bush."

"Inte riktigt min linje, det där", sa Ludwig. Han besvarade inte hennes leende. "Jag är mer generös i min utblick. Alla som inte försöker döda oss är med oss, skulle jag säga. Och det är du som är amerikan."

"Vad ska det betyda?"

"Ni får väl ta ansvar för de presidenter ni väljer", sa han irriterat.

"Ansvar?" Hennes kyla kom inte oväntat egentligen; den verkade finnas där hela tiden millimetrarna under ytan. Ändå blev Ludwig tagen på sängen av hennes skiftningar.

"Ja", sa han ihåligt.

"Jag har tagit mitt ansvar i fem år nu", snäste hon. "Har du själv tagit nåt ansvar för hur västvärlden beter sig?"

"Till och från, kan vi säga."

Faye svepte resten av sitt kaffe. "Jag är färdig."

Så fort de var nere på gården tände hon en cigarett. Ludwig bar hennes väska. En fågelunge låg söndertrasad vid kanten till en rabatt, och gärningsmannen var tveklöst den siameshanne som brukade skrika sig igenom ett antal av årets nätter.

"Jävla skitsommar", muttrade Ludwig och öppnade porten till gatan. Det var kallt, femton grader på sin höjd, och jämngrått. Vattenpölar från kvällens och nattens regn. Enstaka cyklister, ingen trafik i övrigt. En gul budbil från en firma han inte kände igen, men rutorna var inte tonade och man såg att den var tom.

"Kom", sa Ludwig och gick bort till Range Rovern. Han öppnade till lastutrymmet, la hennes väska bland tonfiskburkarna, tog fram bombspegeln och gick ett varv runt bilen.

Processen tycktes fascinera Faye.

"Gör du alltid det där innan du sätter dig i bilen?"

"Nej, men det borde jag göra." Han hoppade in och vred om nyckeln. "Då åker vi."

Faye fimpade inte cigaretten utan tryckte bara ner rutan när hon satt sig. För första gången på åratal öppnade Ludwig takluckan.

"Jag trodde att jag hade träffat världens mest paranoida människa redan, men du tar nog priset", sa Faye.

"Det är du som säger att folk är ute efter dig." Ludwigs blick svepte oroligt över gatubilden. Inga fotgängare. Några taxibilar. En silvergrå Volvo V70 kom körande från Kottbusser Tor och stannade mitt i vägbanan femtio meter bakom dem; ingen klev ur. GT:s folk?

"Ja, du har rätt", sa Faye. "Jag ber om ursäkt."

Ludwig körde iväg och gjorde en U-sväng i nästa korsning, tillbaka söderut och förbi sin egen port.

Den grå Volvon stod kvar. En ensam man vid ratten. När deras blickar möttes blev Ludwig övertygad om att det inte var någon av GT:s anställda. Mannen såg alldeles för skärrad ut, lite för gammal, lite för sliten. Lite för mycket som Ludwig själv.

Ett tiotal meter senare tog Ludwig av till höger på Oranienstrasse och började köra västerut.

"Vilka är det som jagar dig, exakt?"

"Jag vet inte", sa Faye efter en lång tvekan.

"Du vet inte?"

"Jag jobbar på det."

"Kan det vara nån myndighet?"

Faye skakade på huvudet.

"Har det med dig personligen att göra?"

Hon svarade inte, utan tände en ny cigarett på den gamla.

"Tveka inte att dela med dig av dina tankar." Han var inte säker på om sarkasmen gick fram.

Vid Waldeckpark en dryg kilometer väster om Ludwigs lägenhet gjorde de en vänstersväng ner på Alte Jakobstrasse. Området bestod av perfekt efterhållna gråbruna tegelfasader och varsamt bytta fönster, förskolor i kooperativ regi, elhybridbilar i matt lack som för att understryka seriositeten. I den här delen av Kreuzberg fanns allt som gjorde Ludwig nervös med gamla väst och alldeles för lite av den plastiga ytlighet som brukade mildra hans mindervärdeskomplex. Han kunde se framför sig varenda spatiös, undermöblerad lägenhet där det självpåtagna bohemeriet framlevdes med hjälp av Nespressomaskiner och inbyggda spotlights och Wifi för hela familjen med husdjurets namn som lösenord. Området kunde ha legat i London eller Köpenhamn eller New York; i Berlin hörde det inte hemma. Han avskydde det. Han hatade att känna sig som en gapande Ossi-idiot.

Efter någon minut passerade de Berlinische Galerie, som liknade en stor underjordisk bunker man dragit upp ur marken och ställt att torka i solen. De fortsatte söderut ner till Gitschiner Strasse och Hallesches Ufer. Och där såg Ludwig återigen den grå Volvon i backspegeln. Det började kännas riktigt obehagligt. GT hade inte sagt ett ord om att någon skulle eskortera dem.

Faye stirrade förhäxat på Mehringplatz när de stannade till vid ett rödljus. Polisbil direkt bakom. "Har alltid undrat hur ett kommunistiskt bostadsområde såg ut", sa hon. När Ludwig inte svarade harklade hon sig och vände sig uppfordrande mot honom. "Inte så lyckat, eller vad säger du?"

"Det här är gamla Västberlin", sa han.

"Du skämtar."

"Jag växte upp i det du kallar ett 'kommunistiskt bostadsområde'. Tro mig, det här är inte samma sak."

"Jag vänjer mig aldrig vid att Europa är så segregerat", sa Faye. Hon följde polisbilen med blicken när den krånglade sig förbi dem utan att invänta grön signal – en halv sekunds blåljus utan siren, det var allt. Som när man blinkar till inför en omkörning.

"Nähä", sa Ludwig. "Och vem har sagt att det är ett problem? Jag har bott i ett land där varenda jävel var *integrerad*, där det inte fanns nåt utanförskap eftersom det innebar en enkel biljett till första bästa psykanstalt, i bästa fall."

"Jag förstår", sa Faye efter en stunds tystnad.

"Det du tycker är ett påtvingat getto är en fristad för väldigt många människor", fortsatte Ludwig som om han längtat efter att få läxa upp någon om detta i veckor. "Frihet leder inte till ett perfekt samhälle. Frihet leder ingenvart alls. Det är så bra det blir."

"Så du är ingen anhängare av teorin att Tyskland håller på att avskaffa sig självt?"

Ludwig skrattade till. "Tyskland har gjort ett och annat försök att avskaffa sig självt genom historien. Det här är rena paradiset i jämförelse."

Det vägrade slå om till grönt. Han trummade på ratten, insåg att det gav ett instabilt intryck, slutade. Det blev grönt. Volvon var fortfarande kvar i backspegeln.

★

De lämnade stan och fortsatte söderut på 96:an. När de passerat Tempelhof och ett gammalt flygplatshotell började trafiken lätta. Vid Berliner Ring var Ludwig säker: det var inte GT:s folk i Volvon, de var förföljda av någon utomstående aktör.

Den silvergrå kombin höll hela tiden minst två bilars buffert.

Ludwigs puls blev allt högre, och kallsvetten spred sig i skäggstråna på halsen. De närmade sig Zossen. Ludwig tog av mot Mellensee och konstaterade att Volvon gjorde detsamma.

"Vi är förföljda", sa Ludwig sammanbitet.

Faye svarade inte utan sträckte sig för att titta efter i den högra sidspegeln.

Ludwigs blick pendlade frenetiskt mellan körfältet och backspegeln. "Jag behöver veta vem det är vi har att göra med."

"Herregud", mumlade hon för sig själv.

"Va?"

"Jag vet inte! Jag vet inte vad som händer längre!"

"Okej", sa Ludwig. "Då finns det bara ett sätt att ta reda på det."

Det låg en rastplats femhundra meter längre fram där Ludwig varit tidigare. Han fattade ett drastiskt beslut och tog av.

Rastplatsen låg en bit in från vägen och uppe på en hög kulle. Den var insynsskyddad av tallar och buskage. Mellan avfarten upp till höjden och påfarten tillbaka ner till vägen var det ungefär femhundra meter. Högst upp låg en gul avlång tegelbyggnad som huserade en liten skabbig vägkrog.

Långsamt körde Ludwig uppför den smala vägen och hoppades mot bättre vetande att han haft fel, eller att Volvomannens instruktioner inte täckte den nyuppkomna situationen och att han därför skulle fega ur och köra vidare. Det gjorde han inte. Volvon kom hotfullt krypande efter. Ludwig körde fram till den dystra tegellängan och såg genast att något inte stämde.

"Förbannat också", muttrade han när han fick bilden klar för sig. Den dåliga nyheten var att restaurangen hade slagit igen och mest liknade en bortglömd lagerlokal. Tanken hade varit att konfrontera Volvomannen bland folk; det skulle inte låta sig göras och nu ökade riskerna avsevärt. Den goda nyheten var att ingen verkade ha bemödat sig om att montera några övervakningskameror vid det fuktskadade tegelrucklet.

"Vadå?" sa Faye. "Vad är det?" Hon glodde i backspegeln igen.

"Vi får ändra lite i planerna."

Hon såg skräckslaget på honom.

"Jag måste ta reda på vad han vill", fortsatte Ludwig och lossade säkerhetsbältet. "Jag blir borta max tio minuter. Sitt under alla omständigheter kvar i bilen."

Faye nickade. "Men ska jag –"

"Du måste göra precis som jag säger, okej? När jag har gått ur hoppar du över till förarsätet. Och så kör du lugnt och stilla ner till påfarten där framme."

"Men –"

"Och där väntar du tills du ser att jag kommer gående. Om Volvon kommer körande eller om nån annan än jag kommer gående trycker du gasen i botten och köra raka vägen till amerikanska ambassaden inne i stan. Om jag inte kommer tillbaka kör du också dit. Vad som än händer som känns fel så kör du dit. Följ bara skyltarna mot Brandenburger Tor."

I backspegeln såg Ludwig att Volvon stannat femtio meter bakom dem. Han tog fram pistolen, drog tillbaka manteln och kontrollerade att det var en kula i loppet.

"Har du förstått?" Han stoppade tillbaka vapnet i hölstret.

"Ja", sa Faye med låg röst, knäppte upp säkerhetsbältet och öppnade bildörren.

Ludwig la handen på hennes axel. "Det ordnar sig."

"Okej."

"Tio minuter", sa han och klev ur utan att stänga dörren efter sig.

Faye gick runt, hoppade in och körde iväg. Ludwig kastade ett öga på Volvon. En man i skinnjacka, lång och mörkhårig och stel i rörelserna som om han led av någon skada, öppnade bildörren och klev ur. Utmärkt.

Det luktade tallbarr och blötmark som om det hade varit höst i flera veckor. Trafiken hördes bara som ett vagt fläktljud nerifrån vägen. Mannen stod kvar vid Volvon och stirrade rätt ner i marken medan Ludwig började gå mot den vitmålade aluminiumdörren, som ledde till herrtoaletten.

Han öppnade och klev in. Lysrör i taket. Gult kakel på väggarna, grått klinkergolv, tre bås med mintgröna dörrar. En pissränna och två handfat. Det gick inte att släcka lyset där inne. Dörren öppnades inåt, så Ludwig ställde sig snett innanför. Tyst i tio sekunder, tjugo. Sedan steg. Dörren öppnades försiktigt, men ingen klev in. Ludwig såg skuggan; mannen stod still och höll upp dörren och såg sig omkring.

"Hallå?" Han klev in.

Ludwig steg fram med pistolen dragen för att trycka upp förföljaren mot väggen, men mannen puttade till Ludwig med båda handflatorna så hårt att han höll på att ramla baklänges. Pistolen flög iväg, kanade längs kaklet och stötte i väggen flera meter bort. I ett par sekunder stod de och bara stirrade på varandra. Mannen var i fyrtiofemårsåldern och hade överdrivet prydligt och kortansat skägg. Med skinnjackan, cowboybootsen och de svarta kostymbyxorna gav han intryck av att just ha klivit av från ett långt dörrvaktspass i Moskva eller Belgrad. Uppsynen var vaksam, ögonen rödsprängda som om han varit vaken i flera dygn.

"Vad fan vill du?" väste Ludwig.

"Licht? Ludwig Licht?" sa mannen gällt med någon form av östeuropeisk brytning. Han såg förvirrad ut, som om hans uppdrag tagit en oväntad vändning.

Ludwig avvaktade. Mannens ögon röjde hans avsikter; när han tog sats backade Ludwig, girade snabbt åt vänster, tog handtaget och smällde upp ytterdörren rakt i ansiktet på honom. Han ylade till och for i marken men försökte genast ta sig upp. Blicken han gav Ludwig var frätande. Blod rann över hakan från underläppen som spruckit. Ludwig klev fram och sparkade till honom i mellangärdet innan han hunnit halvvägs upp. Mannen tappade andan fullständigt och drog ihop sig i fosterställning. Lila i ansiktet. Uppspärrade ögon. Kippade efter andan.

"Vem har skickat dig?" sa Ludwig andfått. Han sparkade honom en gång till. Medan mannen låg kvar och kved tog Ludwig några steg bort till hörnet och hämtade pistolen.

Inget svar. Ludwig satte sig på huk och tryckte pistolen mot det flottiga håret så att huvudet pressades mot det kalla kaklet.

"Vem?"

Fortfarande inget svar. Mynningen borrade sig allt hårdare ner i hårbottnen.

Mannen stirrade rakt framför sig. Andningen började återhämta sig. Han slickade sig om läpparna.

"Upp med dig", skrek Ludwig och örfilade honom med vänsterhanden. "Upp, säger jag." Mannen kravlade sig på fötter och tog sig för njurarna. Vid det här laget måste han ha dragit slutsatsen att Ludwig inte tänkte skjuta utan att först ha fått informationen han sökte. Men det fanns många sätt att få folk att begripa att man menade allvar.

Han slet bort mannen till ett av handfaten och tryckte ner honom på knä. Så avslutade han manövern med att klacka honom hårt i ländryggen.

Mannen hostade till och började spotta. Han gurglade ur sig något som inte gick att urskilja.

"Va?" sa Ludwig behärskat och höll honom i håret i nacken. "Vad sa du?"

"Du är död."

"Jaså?"

"Du är så jävla död alltså, du fattar inte."

"Vem jobbar du åt?" vrålade Ludwig. "Vem?" Han fattade ett hårdare tag om mannens hår och dunkade pannan mot kanten av handfatet. "Vad gör du här? Vem har *skickat dig*?" fortsatte han och dunkade till ännu hårdare.

Det brakade rejält när porslinet sprack. Kakel och gammal betong rasade ner från väggen. Sedan ännu ett brak när större delen av handfatet for i golvet. Men däremellan hördes också ett annat ljud. Det var någonting mer som hade gett vika. Ludwig skulle just dra fram pistolen och trycka in den i munnen på den envise jäveln, men mannen var plötsligt stel och tung och orörlig som en cementsäck. Vad fan nu då? Han böjde sig fram för att se vad som hänt. En stor bit av handfatet hade spruckit och lossnat från sitt ena fäste, och ett centimetertjockt brunrostigt armeringsjärn hade trängt rakt in i mannens pannben en bit ovanför högra ögat. Killen såg ut som en muterad enhörning. Det kom inte särskilt mycket blod; han måste ha dött på sekunden.

Ludwig gapade dumt och släppte taget. Mannen hängde kvar som en trasdocka på det utskjutande spettet. Ludwigs adrenalinnivå var inte alls med på att det redan var över. Inte alls. Han skakade som en slagborr. Först nu sköljde den *verkliga* lusten att slå ihjäl fanskapet över honom. Han såg framför sig hur han hade död på honom slag för slag, spark för spark. Han var inställd på att det var så det skulle sluta, men inte än. Han hade inte fått ur honom en bokstav.

"Helvete. Helvete!" skrek han och sparkade en av båsdörrarna så att den flög upp och slog igen två gånger om. Han tog sig samman, slöt ögonen och tog fem djupa andetag.

Det påstods att man aldrig ångrade sitt beslut att sluta röka. Det var fel. Man ångrade det varje gång man avvärjt en katastrof – eller ställt till med en.

Nu hörde Ludwig sina egna hjärtslag, som om han gick förbi en källarkrog där den dova basen förstärktes genom väggarna. Han satte sig på huk och muddrade mannen. Inga vapen förutom en liten stilettkniv i bröstfickan. Ingen mobiltelefon. Ingen plånbok heller, däremot en sedelklämma med några hundra euro plus ett körkort och ett American Express. Otto Mlopic. Namnet sa honom ingenting. Han tog pengarna och körkortet. Händerna skakade lika mycket som förut. Han var dum nog att kasta en sista blick på den spetsade döde; det var inte en bild han skulle göra sig kvitt på ett bra tag.

Så reste han sig. På väggen till höger om speglarna ovanför handfaten hade någon sprayat:

ARBETARVÄLFÄRD

Och intill det trötta slagordet satt en trofast kondomautomat, komplett med glidmedel i engångsförpackningar och diverse varianter av lösfittor. Målgruppen var långtradarchaufförer, fick man förmoda. Först nu märkte Ludwig av sin tunga andning, först nu kände han mögelstanken där inne. Han blev yr. Måste ut därifrån.

Han sköljde händerna i det andra handfatet och tog sedan några servetter och såg sig omkring. Hade han rört vid några ytor? Kniven. Men inte väggarna, inte golvet. Bara kniven och sedelklämman och plastkortet och vattenkranen. Han torkade av allt han kunde komma på, och sist av allt båda sidor av dörrhandtaget.

Utanför syntes inga bilar förutom Volvon, som stod för långt bort för att nummerskylten skulle gå att urskilja. Skulle han gå bort och söka igenom bilen? Nej, när som helst kunde fler besökare dyka upp på rastplatsen. Han började springa ner mot påfarten där Faye väntade.

"Kör", sa han efter att ha hoppat in på passagerarsidan. Faye bet på en nagel och stirrade bestört på honom.

"Vad hände?"

"Jag hade ihjäl honom", flämtade Ludwig. "Kör då för helvete!"

Faye kastade en lång blick i backspegeln, la i växeln, körde ut på vägen och fortsatte söderut.

"Sköt du honom?"

"Nej."

Hon var tyst en lång stund innan hon frågade: "Vad ville han då? Vem var han?"

"Var bara tyst ett tag." Han gnuggade sig om tinningarna och försökte andas mer kontrollerat.

"Men vem –"

"Det var väl fan då!" sa han hest. "Kan jag få vara ifred lite kanske?"

"Absolut", sa Faye lågt.

"Jag vet inte vem han var", tillfogade han efter en minut. "Det gick åt helvete."

"Okej, okej."

Han tog fram sin vanliga mobil, öppnade mejlprogrammet och skrev ett nytt meddelande:

ID Otto Mlopic, körkortsnummer DE755-B634211?
Följde efter oss hela vägen från stan.
Besvärlig. Tystlåten.
Särskilt nu.

Men istället för att fylla i adressraden och skicka mejlet sparade han det i utkastkorgen. På så vis kunde GT, som hade lösenorden, gå in på kontot och se hans meddelande utan att det någonsin behövde skickas från en server till en annan. Det var ett beprövat al-Qaida-knep som ständigt vann nya anhängare.

Ludwig torkade av den dödes körkort och släppte ut det genom rutan. Innan han stoppade undan telefonen skickade han ett sms till GT:s vanliga mobilnummer:

Ny spännande läsning.

På ett plan mådde han ganska illa – ett rent fysiskt plan, det där kroppen bearbetar de syn- och hörselintryck hjärnan kallt förmedlat. Men på två andra plan mådde han bättre. Ett: han var ingen föredetting, han dög fortfarande någonting till. Två: hans arvode för det här uppdraget hade just tredubblats.

okänd ort
förbundsrepubliken tyskland
mån 18 juli 2011
[08:10] / cet

En sak som aldrig framgick på film, tänkte journalisten Friedrich Maft plågat, var hur bilsjuk man blev av att färdas i timmar med ögonbindel. Nu när den åkte av hoppades han än en gång att det skulle vara värt mödan.

"Nåt att dricka kanske?" sa mannen som tagit av honom ögonbindeln.

Maft kände igen rösten innan han började se ordentligt: det var Lucien Gell. De befann sig i ett lågt, kvadratiskt rum med nakna tegelväggar. Ett avlångt soffbord med glasskiva, två flaskor mineralvatten, två glas, ett anteckningsblock och en kulspetspenna. Tre mattsvarta skinnfåtöljer av den sorten man såg i dokumentärer om familjer som tagit för många sms-lån. En tältsäng med några filtar stod nedanför en ventil som då och då gav ifrån sig ett lågt, hackande ljud.

Urlakade randiga gardiner skyddade det högt placerade fönstret. Maft hade letts nerför en kort trappa. Han befann sig uppenbarligen i en källare. En låg, fullproppad bokhylla stod i ett hörn. Journalisten kände igen många av verken:

*Stripping Bare the Body* av Mark Danner, *Standard Operating Procedure* av Philip Gourevitch, *Bush at War*-serien av Bob Woodward, *The Dark Side* av Jane Mayer, *Rise of the Vulcans* av James Mann, *Legacy of Ashes* av Tim Weiner... Idel böcker om amerikansk säkerhetspolitik. Idel böcker Maft själv hade läst – och skrivit om.

Efter flera sekunder slet han blicken därifrån och nickade. "Gärna kaffe, tack." Han gnuggade sig i ögonen.

"Kaffe har vi. Ett ögonblick bara. Sätt dig så länge." Gell lämnade rummet genom den vita dörren, som var försedd med en liten grå skjutlucka i ögonhöjd. Maft satte sig och sträckte sig efter anteckningsblocket men hann knappt öppna det innan Gell var tillbaka med en kaffetermos och två plastmuggar.

"Jag hoppas resan gick bra?" sa Gell. Så tillfogade han med ett hastigt flin: "Under omständigheterna, menar jag."

"Jodå."

"Hur dags fick du stiga upp egentligen? Förlåt min nyfikenhet."

"Stiga upp och stiga upp, jag blev hämtad vid tre på natten", sa Maft och tog en ordentlig titt på Gell, som nu satt sig och hällt upp kaffe åt dem båda. Han hade klippt det mörka håret riktigt kort, var slätrakad och såg ut att ha gått upp några kilo sedan sitt senaste teveframträdande för knappt ett år sedan. Klädseln var som vanligt enkel och tydlig: mörkblå jeans och en ljusblå T-shirt med Hydraleaks gröna ∀-logga. Mest slående var mannens ögon; Maft hade aldrig sett Gell i verkligheten förut, och nu stod det klart att den lysande sargassogröna färgen var på riktigt, inte förstärkt i efterhand av några ystra bildredaktörer. Eller kunde det vara färgade linser? Förmodligen inte, ingen skulle välja en så onaturlig färg.

Maft drack några klunkar av det svarta kaffet.

"Ska vi börja då?" sa Gell.

Mafts blick sökte sig till det låga taket klätt med rektangulära gipsplattor. Ljudisolerat? "Jag behöver min bandspelare."

"Det är tyvärr inte möjligt. Men det går bra att anteckna." Gell sköt fram blocket och pennan mot honom.

"Jag skulle verkligen föredra att använda bandspelaren. Det brukar vara bra även för den som blir intervjuad att kunna gå tillbaka och –"

"Som sagt."

Maft såg vädjande på mannen i några sekunder innan han gav upp, lutade sig fram och krafsade till sig blocket.

"Vi kan ju börja med att du frågar mig hur jag trivs med att ha tvingats gå under jorden", sa Gell torrt.

Maft log förstående. "Jag tänkte att vi skulle börja med att du... får jag säga du?" Gell hade duat honom från första stund, men av vad Maft hade hört om hans lynniga fåfänga var det säkrast att inte chansa med formaliteterna.

"Självfallet."

"Då så. Jag tänkte börja med att fråga om loggan."

"Ah." Gell sken upp. "Du är faktiskt den första som frågar om den. Det uppochnedvända A:et är Charles Sanders Peirces uppfinning. Känner du till hans arbete?"

"Nej."

Gell lutade sig fram och förde ihop handflatorna. Rösten växlade över till ett mer ivrigt register. "Peirce var en amerikansk logiker verksam vid förra sekelskiftet. Mycket intressant. Han hade viss självdistans, och roade sig med att byta ut ord mot symboler i sina privata brev. Det uppochnedvända A:et betydde oamerikansk eller antiamerikansk."

Maft nickade och antecknade namnet. "Och det är så du uppfattar Hydraleaks mission?"

"Som vadå."

"Som... antiamerikansk?"

Gell såg först häpen, sedan besviken ut. "Nej."

I några ögonblick stirrade de på varandra. Ett klankande ljud hördes, följt av vatten som forsade genom några rör alldeles intill. Gell fortsatte att se forskande på Maft, som för att utröna om han missbedömt journalistens intellektuella förmågor.

Maft försökte återta kommandot genom att snabbt rabbla några ganska triviala frågor han förberett. Svaren blev bra, avsevärt bättre än frågorna. Han skrev som en galning.

"Men mer konkret", sa han i ett senare skede. "Hur skulle du beskriva det du hittills har åstadkommit?"

Gell drog efter andan, såg sig omkring i taket, återvände till jorden och sa sedan med eftertryck: "Jag skulle beskriva det som ett kraftigt författningstillägg."

"Hur menar du då?"

"Hela västvärlden har egentligen samma konstitution. Bygger på franska revolutionen och så vidare. Vi har med vår verksamhet åstadkommit ett kraftigt... förtydligande." Gell hade en klar benägenhet att likt Margaret Thatcher växla mellan jag-form och den kungliga vi-formen. "Ett förtydligande av yttrandefrihetens essens. Syftet med yttrandefriheten är inte primärt att konstnärer ska få roa sig bäst de vill" – han gjorde en paus för att Maft skulle hinna anteckna – "eller att idioter ska slippa tvingas in på dårhus. Det där är bieffekter. Det viktiga är rätten att få kritisera makten."

Steg och röster hördes på andra sidan dörren. Talade de arabiska? Kvinnorna som hämtat honom i Hamburg hade varit tyska.

Gell fortsatte som i trans: "Och kritisera makten får vi ju. Det är bara ett problem: vi får inte veta nånting. Vi får kritisera den teaterföreställning makten känner sig generös nog att bjuda på. Olika regimer är olika generösa – eller de har olika skickliga scenografer och regissörer, kanske man ska säga.

Det vi i Hydraleaks är intresserade av", sa han, lutade sig fram och formade av någon anledning en kub med händerna, "är vad manusförfattarna och regissörerna gör... före och efter föreställningarna. Vem träffar de? Vem belönar de? Vem hotar, straffar eller dödar de?"

Maft antecknade alltihop, ord för ord. Bra grejer. Det här skulle skriva sig självt.

"När jag läste litteraturvetenskap tjatade lärarna mycket om det där", fortsatte Gell när Maft hunnit ikapp. "De sa att forskningen har lämnat... vad kallade de det... just det: krognoteforskningen!"

"Vilket betyder?"

"Att forskarna tidigare intresserade sig så mycket för författarens person, vilka han umgicks med och vad i själva livet som inspirerade honom att skriva det han skrev. Det har man alltså tröttnat på att forska om. Nu gäller det att studera 'texterna'. I ett akademiskt vakuum då förstås. Det blir så när kontrollneurotiker får bestämma över sin egen verksamhet."

Som ett brev på posten, tänkte Maft: narcissistens akademikerförakt. Han försökte byta ämne: "Du har ju själv beskyllts för att –"

"Var nu inte så förutsägbar", kontrade Gell med ett uppriktigt varmt leende. "Det där fick mig i alla fall att tänka efter en del. Så om det finns ett skällsord som kan sammanfatta det Hydraleaks gör så är det krognoteforskning. Vi gräver under och över och bakom föreställningen och dess upphovsmän. Vi hjälper till att få fram allt som inte hamnar på scen. Och ett annat skällsord, för att besvara din tidigare fråga, är såklart 'antiamerikansk'. Är vi antiamerikanska? Jag är osäker på om det överhuvudtaget är möjligt. Det är som att försöka vara 'antikristen' i en kristen kultur som trots allt har format en från barnsben. Man kan väl säga såhär", sa han och såg för ett ögonblick märkligt sorgsen ut. "Vi motsätter oss den nuvarande föreställningen. Vi har gett den ett antal chanser, vi har tagit en titt bakom kulisserna, vi har väntat på att en ny regissör kanske skulle... förändra... saker och ting. Men föreställningen är i grund och botten densamma. Vi är anti. *Anti själva föreställningen.*"

Det knarrade i konstlädret när Gell lutade sig tillbaka efter fullgjord monolog.

"Det finns de som skulle säga att ni själva har en ganska avancerad scenproduktion", sa Maft.

"Självfallet."

"Har de rätt?"

"Ja. Ont ska med ont förgås." Gell slog ut med armarna och skakade sakta på huvudet. "Vi kan inte spela med öppna kort när motståndaren är miljonfalt starkare."

"En fråga som ofta dyker upp är varifrån ni får era pengar."

"Ja", sa Gell och tittade för första gången på sin Tissot i rostfritt stål.

Det var alla intervjuobjekts älsklingsknep för att få intervjuaren att byta spår. Men Maft tänkte inte ge sig; han såg troskyldigt på Gell som om han helt missat signalen.

"Vi får våra pengar", sa Gell irriterat, "från mängder av olika bidragsgivare. Vi är en ideell organisation. Ingen kräver av Röda korset att de ska publicera sina givarlistor."

"Men Hydraleaks publicerar ju inte ens –"

"Det är riktigt. Hydraleaks publicerar ingenting. Det är ett av våra kärnvärden. Vi hjälper er journalister att publicera sånt som det borde vara er plikt att publicera."

Maft hörde delar av sin kommande text som om någon läste upp den alldeles intill örat på honom: *Gell blir märkbart defensiv, närmast ilsken, av alla frågor som rör Hydraleaks finansiering.*

"Om vi byter ämne", sa Maft för att få Gell att slappna av.

Gell nickade och drack lite kaffe. En mobiltelefon ringde någonstans i byggnaden.

"Din mor dog när du var åtta, stämmer det?"

"Förlåt?"

"Din mor. Hon avled i sviterna efter att ha hamnat i skottlinjen när en utbrytargrupp ur Röda arméfraktionen rånade ett postkontor i Hannover?"

Det gick en evighet. Gell såg ut att försöka svälja en motorsåg.

Plötsligt reste han sig. "Tack för att du tog dig tid", sa han bitande kallt. "Om du väntar här så återkommer snart dina ledsagare och kör dig tillbaka."

Friedrich Maft hade bevittnat någonting ytterst ovanligt. Han hade sett Gell förvandlas till en skärrad, väluppfostrad pojke från ett tryggt västtyskt medelklasshem. Han hade sett Gell tappa sin mödosamt framtagna mask.

"Stämmer det att du egentligen heter Mikael Greber?" skyndade sig Maft att fråga.

Gell stelnade i sin rörelse mot dörren, vände sig om och fixerade Maft med blicken som om han fått syn på en inbrottstjuv. "Jaså." Han skakade på huvudet; log. "Vad är det du tror att du vet om mig egentligen?"

"Och stämmer det att du var ordförande i Väpnade Amerikanska Alliansförbundet på universitetet? En grupp som var så USA-vänlig att ni i stort sett krävde att Västtyskland skulle bli en amerikansk delstat?"

Gell hånlog och mumlade något för sig själv.

Maft ville inte lägga ner offensiven utan drog upp en lapp ur jeansfickan och läste högt ur en intervju i en studenttidning med den då tjugoettårige Mikael Greber: "Vår enda förhoppning står till Förenta staterna, som måste öka sin truppnärvaro i vårt land tiofalt. Det är det enda språket fienden förstår. De sovjetiska divisionerna måste matchas man för man. Först då kan bröderna i östra delen av riket befrias. De ryska svinen kommer att kuta hem med svansen mellan benen."

"Nonsens", sa Gell blekt. "Och vem som än sa det där så har han nog hunnit mogna i sina politiska ställningstaganden sen dess."

Maft skrev som en besatt i blocket, men inte det Gell nu babblade vidare om. Nej, han visste precis vad han skulle skriva: *Den annars så oförliknelige Gell påminner i ett avseende om många andra föregångare inom den radikala världspolitiken: han förefaller inte kunna lämna en extrem position utan att övergå till en annan, minst lika extrem hållning. Malcolm X, för att ta ett exempel, var tvungen att landa i fundamentalistisk islam för att nå insikten att man visst kunde samarbeta med vita antirasister. I Gells fall handlar livsprojektet om ett självständigt Tyskland – ja, faktiskt om ett självständigt Europa. Tidigare, när hotet var Sovjetkommunismen, tydde han sig till USA. Nu när detta land är den enda kvarvarande supermakten har han förklarat ett skoningslöst informationskrig mot amerikansk hegemoni. Att Gell istället skulle ha orkat utforma en mer nyanserad och långsiktigt hållbar ståndpunkt vore oförenligt med hans natur. Han har inget tålamod. Här finns en lika gripande som förfärlig beröringspunkt med vilken ung talibankrigare som helst; först i krig mot den ena supermakten, sedan mot den andra. Och inget andrum däremellan.*

Gell sträckte ut vänsterhanden och viftade som en gammal medicinman.

"Jag har en avslutning åt dig", sa han exalterat. "Såhär: Makt är inte att finnas till obehindrat, eller att kunna beordra folk till höger och vänster. Makt är att veta *hur* – plus *varför*. Och det –"

Men Maft hörde inte på. Han skrev: *Visst händer det ibland att ynglingar med destruktiva tendenser tar ett steg för mycket och förvandlas – utan att riktigt hinna märka det – till fullvuxna pyromaner. Men vem? Vem är det egentligen som vill sätta värl-*

*den i brand? Den som majestätiskt oförberedd råkar snubbla över möjligheten.*

Där satt den. Så skulle texten sluta, det var perfekt.

"Det ska nog bli bra det här", sa Maft och slog ihop blocket.

Gell andades tungt och gav journalisten en sista vild blick.

"Du vet ingenting om mig. Ingen vet nånting om mig. Glöm aldrig det."

Så klev han ut i korridoren, smällde igen dörren och reglade den. Intervjun var över.

flugplatz sperenberg
berlin brandenburg / de
mån 18 juli 2011
[09:40] / cet

Det gamla sovjetiska militärflygfältet fem kilometer nordväst om Mellensee öppnade sig som ett avlångt, tredelat kalhygge mitt i skogen. Resterna av bisarra antennstationer och stridsvagnsgarage gav stället en air av sciencefictionfilmer från sextiotalet. Det var gigantiskt. Här och där syntes vita, rostiga skyltar med kyrilliska bokstäver. Landningsbanan var två och en halv kilometer lång och bestod av hoppusslade betongblock där ogräset trängde upp i fogar och sprickor.

Här ute hade det inte regnat under natten, och gruset bildade ett litet moln när Ludwig och Faye svängde in och ställde bilen vid en mindre träbyggnad mittemot den hundra meter långa, ljusgrå plåthangaren. Det var varmt i solen när de klev ur, minst tjugo grader. Varmt och kvavt och vinande ödsligt.

Under bilfärden hade Ludwigs adrenalin hunnit lägga sig efter urladdningen, och inget hade trätt i dess ställe. Han var länsad; det var bara att vänta på återhämtningen.

Från den större landningsbanan utgick ett tjugotal mindre parkeringsfickor och helikopterplattformar. Samtliga var tomma utom två, som upptogs av ett par privata övningsplan. Inte en människa så långt ögat nådde. De var en kvart tidiga.

"Ryssarna bet sig fast här ända till nittiofyra", sa Ludwig och stirrade på några rostiga skjul som en gång kanske rymt mekanikernas persedlar eller kemiska stridsmedel eller precis vad som helst. "Och ändå orkade de inte städa upp efter sig när de stack."

"Tråkigt med den typen av hyresgäster", nickade Faye. "Det är därför man alltid ska begära referenser."

"Exakt." Ludwig satte sig på trappan till den gamla rangliga, omålade träbyggnaden där sovjetiska stridspiloter en gång lyssnat till dragningar och noterat sina dagorder på billigt, laxgrått papper.

Faye dröjde sig kvar vid bilen och sparkade iväg en kraftig, rostig bult som låg och skräpade. "Har du varit här förr?"

Ludwig var nära att reflexmässigt ge ett nekande svar, men vad skulle det tjäna till? "Flera gånger. Jag var här åttionio när Gorbatjov kom hit för fyrtioårsfirandet av DDR:s grundande. Min uppgift var att hålla koll på tolkarna."

"Åt Stasi?" sa Faye förfärat. Hennes min övergick till något mer svårtydbart, något fördömande eller förtjust.

Ludwig ryckte på axlarna. "Ja. Åt Stasi. Jag jobbade på kontraspionaget. Det var viktigare för mina överordnade vad vårt folk tyckte än vad ryssarna tyckte."

"Och CIA?"

"Och CIA. Det var mitt fjärde år som mullvad. Dragningen på Stasi tog en kvart, genomgången med min CIA-kontakt fem timmar. Amerikanerna var extremt nyfikna på Gorbatjovs egentliga avsikter. Det var den sovjetiska delegationen som stod för det progressiva tänkandet – stalinister fanns det bara hos oss östtyskar."

Detta var verkligen inget han borde berätta för henne. För

någon. Men det var en annan tid, ett annat krig. Det fanns vissa tillfällen i livet: vissa ventiler. Då och då måste man få ur sig en del av smogen man bar runt på.

"Kunde du bidra med nåt då?" frågade Faye. Det var uppenbart att hon var nyfiken på riktigt – det märktes till och med på hur hon rökte cigaretten.

"Inte vet jag. Man berättar vad man ser och hör. Det egentliga bidraget är det analytikerna som står för. Hoppas jag."

En flock gäss tillkännagav sin överflygning med desperata, tutande signaler. Femtio, sextio stycken. På väg västerut, där de trodde att det fanns mer att äta.

"Några månader senare kollapsade alltihop", fortsatte Ludwig. "Och sen skickades jag hit igen nittiotvå, när ryssarna hade påbörjat avvecklingen. Jag krälade runt i buskarna och tog säkert femton rullar film åt amerikanerna. Precis allting fotade jag, från alla som kom in och ut från kasernerna till helikopterslag och stridsvagnsmodeller. I vilken ordning de skeppade hem olika slags utrustning. Lyckades få en tvättäkta GRU-general på bild, till och med. Det var nästan synd om ryssarna, de hade ingen möjlighet att upprätthålla nån yttre säkerhet kring baserna. Det var smått osportsligt. Tur att de älskar att känna sig förödmjukade. Det får dem liksom att... leva upp."

Faye skakade sakta på huvudet.

"Jag hade en lång period i mitt liv när jag inte trodde på nationella stereotyper", sa hon bekymrat.

"Det är lättare när man är ung."

"Vad är det som är lättare?"

"Principiella ställningstaganden."

Ett kargt leende vecklade ut sig över Fayes läppar. I övrigt såg hon ut som en vildmarksdyrkande tvåbarnsmor i en reklamfilm där hon stod, lutad mot Range Rovern med tallarna och de spridda björkarna i bakgrunden.

"När min chef kommer", sa Ludwig, "rekommenderar jag att du berättar allt du vet."

"Jag förstår", blev hennes inte alltför förpliktande svar.

"Gör du verkligen det? Han är inte en fiende man vill ha."

"Och du själv?" svarade hon blixtsnabbt. "Är du en fiende man vill ha?"

"Mig är det ingen som har till fiende", sa Ludwig lakoniskt. "Jag kommer överens med folk, det är en av mina stora förtjänster."

En bil hördes några hundra meter bort. Ludwig tog fram pistolen, nickade åt Faye att sätta sig i bilen och gick själv och satte sig på huk vid ett elskåp. Minuterna gick. Sedan kom stegen i gruset.

GT rundade hangaren, stannade upp och fick syn på Ludwig och Faye. Han hade mörkblå kostym och rödblank slips med diskreta ränder på tvären. En stor brun papperskasse dinglade i ena handen och under armen hade han en vit termos. Av svetten i ansiktet att döma hade han gått en bra bit till fots i den kvava värmen.

Ludwig klev fram och hölstrade vapnet. De nickade åt varandra.

"Fick du mitt mejl?"

"Vad hände?" GT kastade ett oroligt öga mot bilen där Faye satt kvar.

"Han följde efter oss hela vägen från Kreuzberg. Jag lockade fram honom men jag hann inte få ur honom nåt, det gick överstyr."

GT vek undan med blicken. "Var och hur."

"En avlägsen rastplats. Inga skjutvapen användes, och det var inga övervakningskameror. Inga vittnen. Om nån såg oss köra upp dit lär de inte ha haft nån anledning att lägga mitt registreringsnummer på minnet. Har ni hittat nånting om honom?"

"Vi håller på. Hur mår du?"

Ludwig blev av någon anledning smått generad av frågan. "Det är som det är."

"Hur verkar hon?" sa GT och nickade bort mot Faye.

"Skärpt. Rationell. Hon sonderar terrängen, tror jag."

"Vad är hon ute efter?"

"Det är väl det som är terrängen."

GT blickade ut över fältet. "Hon är Hydraleaks advokat. Hon befann sig nere i Marrakech när det small, fick jag reda på för en stund sen."

Uppgiften fick sjunka in. Så ställde GT själva kärnfrågan.

"Kan hon ha –"

"Nej", sa Ludwig.

"Inte?"

"Hon är inte den typen."

GT kastade ett öga åt hennes håll. "Eller så har hon gått och blivit det."

"Vad vill du ha för upplägg?"

"Mormors namnsdag."

Ludwig nickade. Samtidigt klev Faye ur bilen.

"Miss Morris", sa GT och skakade hand med henne. "Clive heter jag."

"Faye", svarade hon och log maskinellt.

GT nickade. "Då kör vi", sa han och tog fram en nyckelknippa. Han gick uppför den lilla trappan till träbyggnaden och låste upp dörren.

Den duvblå heltäckningsmattan var full med små hål, som om folk slängt cigaretter på golvet utan att fimpa dem först. Annars liknade det stora, fönsterlösa rummet ett misslyckat konferensrum på en dyster skidanläggning: omålade furuspontpaneler på väggarna, två avlånga klaffbord som fösts ihop till en kvadrat där tolv personer hade kunnat få rum. Nu fanns det bara fyra klappstolar där inne, plus en köksbänk med vask och kokplatta.

"Då ska vi se", sa GT och öppnade ett skåp. Han ställde fram tre muggar, hällde upp kaffe ur termosen och sa åt dem att sätta sig. Papperskassen blev stående på bänken.

Alla satt tysta ett tag. Faye frågade om hon fick röka, varvid GT såg på Ludwig som ryckte på axlarna.

Efter någon minut sa Ludwig: "Berätta hur vi kan hjälpa dig, Faye."

Faye la armarna i kors som om hon frös. "Jag är inte säker på att ni kan det", sa hon metalliskt.

"Vi får väl se", sa Ludwig. "Vi kan väl börja med att du berättar allt du vet om vad som hände i Marrakech."

"Okej."

"Vad gjorde du i Marocko?"

"Jag åkte dit tillsammans med Pete och Dan. Enligt vad jag hade fått veta skulle vi träffa nån från marinkårens underrättelsetjänst, nån som hade information att dela med sig av."

"Vad för sorts information?"

"Det visste jag inte."

"Vad var din roll i det hela?"

"Jag var där som jurist. Jag har ofta deltagit vid såna möten. Amerikaner gillar att ha en advokat i rummet när de ska fatta livsavgörande beslut. Nån som använder sig av begrepp som 'tystnadsplikt' och 'grundlagsstadgade rättigheter' ger det hela ett sken av legalitet. Och normalitet, antar jag. Det tar udden av det extrema i situationen."

"Jag förstår", sa Ludwig. "Och mötet, ägde det rum?"

"Både ja och nej. På kvällen före mötet talade Pete om för mig varför de egentligen var där. Situationen var raka motsatsen till vad som sagts. De var där för att hoppa av från Hydraleaks, och amerikanen de bestämt möte med skulle hjälpa dem hem till USA och se till att de fick åtalsimmunitet.

I utbyte skulle de ge honom några dokument."

"Några dokument", sa Ludwig.

Det var imponerande att se GT:s självbehärskning. Inte med en min röjde han vad han nu tänkte.

"Vi återkommer till det", sa Faye.

Ludwig förde ihop handflatorna. "Det ser jag fram emot."

"Anledningen till att de tänkte hoppa av", fortsatte Faye, "var Luciens agerande under de gångna månaderna."

"Och hur skulle du beskriva det?"

"Han har blivit galen på riktigt."

"Hur har det yttrat sig?"

"Paranoia, bland annat. Han inbillar sig att alla är ute efter honom. Ni på CIA, framför allt. Han är helt övertygad om att ni tänker döda honom."

Det blev den sortens leende Ludwig var bäst på: utmattat och hastigt övergående. "Om det vore så enkelt."

"Nej, det är ju inte tredje världen det här", sa Faye. Hon spände ögonen i den tyste GT och fimpade den halvrökta cigaretten i kaffekoppen. "Måste vara frustrerande för er med vita, västerländska fiender. Så mycket svårare att bara... mosa."

GT mötte bekymrat hennes blick.

"Om vi återvänder till Marocko", sa Ludwig diplomatiskt.

Faye drog undan en hårtest och sansade sig. "Jag visste inte hur jag skulle reagera på deras avhopp. Jag hade själv funderat på att dra mig ur, men det de tänkte göra gick längre än så... det hade aldrig föresvävat mig att förråda Hydraleaks på det viset. Men det var ju deras enda möjlighet att kunna återvända till USA utan att hamna i fängelse på livstid."

"Eller bli avrättade", sa Ludwig. Det var ett försiktigt sätt att påminna om hennes egen utsatta situation. Men det var riskabelt: hon kanske uppfattade det mer som hot än omtanke.

Hon svalde. "Ja. Och det här dilemmat ställde saken på sin

spets för min del. Jag blev tvungen att tänka efter. Det gjorde jag den natten. Ordentligt. Och ändå kom jag inte fram till nånting. På morgonen när de skulle gå till mötet gav Pete mig hårddisken med dokumenten och sa att jag skulle vara beredd att ta med den till mötesplatsen när de ringde. Jag svarade nåt intetsägande och..." Hon pausade. "De gick och jag stannade kvar. Mötesplatsen låg alldeles i närheten av riaden där vi bodde, knappt femtio meter. Jag hörde –"

Faye stirrade ner i bordet och tog ett par andetag.

"Du hörde skotten", sa Ludwig.

"Ja", svarade hon tunt.

"Marinkårssoldaten föll ju själv offer", tänkte Ludwig högt. "Så om det var en fälla var det knappast marinkårens underrättelsetjänst som låg bakom."

"Nej."

"Den enda jag kan komma på som skulle tjäna på aktionen är Hydraleaks", avslutade tysken resonemanget.

Faye såg sig förtvivlat omkring. Hon hade kastats ner i någonting brådjupt och tycktes nu panikslaget leta efter bassängens grunda del.

Ludwig fattade klumpigt tag i hennes hand. "Faye?"

"Ja."

Ludwig sänkte rösten. "Var det Gell som beordrade morden?" frågade han och sökte hennes blick. "Och var det meningen att du också skulle ha dött?"

Frågan var givetvis känslig; hennes mardröms mittpunkt.

"Jag vet inte. Det är... jag vet inte. Jag kan inte fatta det." Hon lösgjorde sig från Ludwigs hand, flög upp från bordet, började vanka av och an i rummet som ett instängt djur.

"Finns det nåt annat alternativ?" sa Ludwig med ännu mildare röst.

Faye vände sig snabbt. "Ja, det är klart att det gör!" Hon

stirrade GT ilsket rakt i ögonen. "Alternativet är att det var ni."

GT harklade sig och gjorde en besvärad grimas. "Har du provat Kempinski?"

"Förlåt?"

Amerikanen reste sig och gick och hämtade den bruna påsen. "Hotel Kempinski på Kudamm. Allt annat förbleknar", sa han och dukade upp innehållet: tre papptallrikar, tre små plastgafflar och tre enorma bakverk.

"Jag tog mig friheten att välja. Det blev lite konventionellt, jag vet, men deras schwarzwaldtårta är fullkomligt häpnadsväckande. En bra inkörsport till en bekantskap som efterhand får växa sig mer raffinerad."

De åt. Det tog en bra stund.

Ludwig var inte van att äta såhär tidigt på dagen. Sockret fick honom att piggna till men grädden höll på att slå ut honom fullständigt.

"Du kan inte på allvar tro att det var vi", återupptog han tråden. GT hade säkert väntat sig att Ludwig skulle byta ämne helt efter tårtpausen, men det var lika bra att försöka övertyga henne istället.

"Ni kanske inte kände till bakgrunden", sa Faye. "Om det blev nån sorts missförstånd... Men visst, det är svårt att spekulera i vad ni skulle ha haft för motiv. Att straffa en soldat som tänkte läcka känslig information?"

GT gjorde en hastig anteckning i sitt block. "Men han tänkte ju inte läcka nånting. Han skulle hjälpa ett par avhoppare."

"Det är det jag menar med att det kan ha varit ett missförstånd", sa Faye vagt. Hon verkade inte tro det själv.

Ludwig sa: "Jag kan försäkra dig om att vi inte flänger runt och dödar folk på det sättet."

En kort tystnad infann sig där tusen ondsinta väsen flög runt och viskade: *Men för en timme sedan då?*

Så lågt tänkte Faye dock inte sjunka. Istället sa hon knastertorrt: "Nej, det är väl det ni har era leksaksplan till."

GT smetade av ett drygt leende som bara gjorde Faye ännu argare.

"Måste vara kul det där", fortsatte hon. "Rena julafton för ett gäng förvuxna machobebisar som får leka med radiostyrda flygplan och bomba folk i småbitar över hela planeten. Som om hela världen bara är ett satans tevespel."

GT fingrade med sin kaffekopp och stirrade rakt upp i taket. "Jag tror att dina föreställningar om vår verksamhet är aningen skeva."

"Jaså? Säger du det? Men häromveckan läste jag att CIA:s antiterrorcenter har blivit en 'fantastisk mördarmaskin'." Faye citerade vidare: "'Våra drönare dödar fler fiender varje vecka än CIA hade ihjäl under hela kalla kriget', stod det också."

GT skiftade blixtsnabbt uttryck. Den oberörda kylan övergick i en ilsken nyfikenhet. "Var läste du det?"

"I *Der Spiegel*, har jag för mig. Citatet var från en av era egna anställda."

Nu vände GT på huvudet och stirrade oskylt på henne i flera sekunder, mumlade något för sig själv och gjorde sedan ytterligare en anteckning i blocket.

"Ingen amerikansk myndighet", sa han med eftertryck, "hade nåt med incidenten i Marrakech att göra. Det kan jag lova." Han gjorde en svepande rörelse med vänsterhanden, som för att rätta till motpartens perspektiv. "I så fall hade jag känt till det. Jag tror att den här idén om att det skulle ha varit vi – det är bara en hypotes du tröstar dig med."

"Tack för den terapeutiska feedbacken", sa Faye med besk grimas.

"Det var så lite så", sa GT. Han reste sig, fyllde på kaffe åt sig själv och Ludwig. "Du kanske vill ha en ny kopp", sa han till

Faye och glodde på fimparna som låg och simmade i botten på hennes blå plastmugg.

"Ja tack."

"Det är dags att byta tonart", viskade Ludwig irriterat till henne medan GT gick och hämtade koppen. "Såhär kan du inte hålla på."

Efter ett ögonblick nickade hon. "Jag vet. Jag vet."

Hon satte sig. Svettfläckarna under armarna syntes tydligt på khakiskjortan. Först nu såg Ludwig hur rödsprängda hennes ögon var; hon hade inte sovit en blund på hela natten.

Men så återfick hon någonting i blicken, något som sa Ludwig att det inte spelade någon roll hur hon mådde. Hon hade kontroll. Hon hade *sitt*.

"Jag ska tala om för dig vad jag vill ha", sa hon så fort GT hällt upp kaffe och satt sig igen.

Amerikanen nickade och väntade på att hon skulle fortsätta.

"Jag har hunnit tänka igenom mitt liv under den gångna veckan." Hon drog efter andan. "Jag vill börja om. Jag vill ha fullständig åtalsimmunitet så att jag kan återvända hem."

"Och?" sa GT. "Ponera att du får det. Vad kan du i så fall ge oss?" Han trummade med fingertopparna på bordet.

"I gengäld får ni dokumentet jag pratade om, det som Pete och Dave gav mig i Marrakech. Det är en lista. Jag tror att den skulle ha ett visst värde för er."

"En lista över vad?" sa Ludwig.

"En lista över alla som har samarbetat med Hydraleaks. Alla som har läckt information till oss. Samtliga våra källor genom åren."

GT upphörde med trummandet. Det glänste till i blicken av en helt ny hunger.

Faye log ett hälsovådligt leende. "En lista över landsförrädare, som du skulle uttrycka det."

Det syntes nu tydligt hur GT hade börjat svettas. De bleka fingrarna rörde sig febrilt men planlöst över anteckningsblocket; Ludwig var ganska säker på att han bara satt och klottrade för att vinna lite andrum. En lista av det slaget var helt ovärderlig, en sensation av Guds nåde. CIA skulle betala hur mycket som helst för att få lägga vantarna på den. Begrep inte Faye det? Brydde hon sig inte? Ludwig blev fortfarande inte klok på henne.

"Jag ska tala om för dig vad *jag* vill ha", sa GT efter en evighet av meningslöst krafsande. Han tittade upp. "Jag vill ha Lucien Gell."

Ludwig undrade om amerikanen menade allvar, eller om det bara var ett förhandlingsknep. Lucien Gell? Vad var Gell jämfört med Hydraleaks adressbok?

Faye nickade. "Det kan jag tänka mig. Men det är inte mitt problem."

"Var befinner han sig?" GT tittade ner på slipsen, rättade till den och upprepade frågan: "Var är han? Vi är många som har saknat honom."

"Det jag har att erbjuda är listan", sa Faye segervisst. "Och den får ni när jag får papper på immuniteten."

Efter tio sekunders tomt stirrande rakt ut i luften sa GT: "Då vet vi var vi står. Jag tror säkert att vi ska kunna komma överens." Han sträckte lite på ryggen utan att resa sig från stolen och utan att ta händerna från bordet. Det var en märkligt kattlik rörelse, en åtbörd som fick honom att med ens verka yngre, smidigare.

Han tog med termosen och muggarna till diskhon intill dörren, hittade en uråldrig diskborste och började nogsamt skölja ur termosen. När det var klart gick han och dukade av bordet och slängde tallrikar och bestick i papperspåsen.

"Nu måste jag tyvärr iväg till ett möte." Han skruvade på locket och lät både termosen och påsen stå kvar på diskbänken.

"Mördarmaskinen kallar, och så vidare. Vi får helt enkelt fortsätta vid ett senare tillfälle."

"Låter bra det", sa Ludwig och reste sig innan Faye hann få ur sig fler spydigheter.

"Affärer", sa GT och vände sig om. Ett leende spred sig som en smältande smörklick under hans spretiga mustasch. "Jag gillar att göra affärer. Det görs överlag alldeles för lite affärer i den här branschen. Kom så går vi."

Faye svarade inte. Pokerpartiet hade bara börjat.

★

"Vart ska du?" sa Ludwig. Han synade den femtio meter breda landningsbanan; GT:s chaufför för dagen satt kvar i bilen en bra bit bort. Solen hade gått i moln och det blåste en del. GT tittade på klockan.

"Jag måste flyga till ett förbannat NATO-möte i Bryssel", muttrade han. "Samordning av terrorberedskapen med våra europeiska allierade."

"Är det inte CIA:s Hamburgstation som sköter terrorbevakningen?" frågade Ludwig.

"Jo. Det är därför jag ska delta. Nån måste hålla koll på vad de högt värderade kollegerna sysslar med."

Faye satt bredbent på marken några meter bort. GT sjönk mödosamt ner på huk intill. "Jag måste säga att jag inte är helt såld på ditt förslag än."

"Så har jag också sparat det bästa till sist."

"Sätt igång och sälj."

"Det jag har säljer sig självt." Hon tittade upp på honom och sa stilla: "Ambassadören."

"Ambassadören?" GT stirrade förhäxat på henne.

"Ambassadören är med på listan."

GT reste sig och började gå fram och tillbaka. Hans ögon rörde sig i stora, irreguljära cirklar, som om han följde en sparv i flykten.

Han stannade upp. "Vad är det han har läckt till er?"

"Rapporterna från det amerikanska militärsjukhuset i Landstuhl", sa Faye.

Ludwig konstaterade att hennes blick letade sig snett ner mot marken direkt efter utsagan. Det kunde betyda en av två saker: antingen ljög hon, eller så skämdes hon över att delge informationen. Kruxet med kroppsspråk var att det var en väldigt humanistisk vetenskap.

"Vilka rapporter?" frågade Ludwig förbryllat.

GT gav honom en dyster blick och sa: "*Washington Post* körde en hel artikelserie om det där, det blev ett jävla liv. Det handlade om en sammanställning av intervjuer med psykologerna i Landstuhl. De vittnade om extremt hög förekomst av självmordstankar bland invalidiserade amerikanska soldater från Irak och Afghanistan." Han tittade på Faye och fortsatte: "Alla kände ju till att självmordsfrekvensen var väldigt hög. Problemet var att Pentagon hade påstått att siffrorna kommit som en överraskning."

Ludwig himlade med ögonen.

GT suckade och drog handen genom det gråvita håret. "Vi tog för givet att det var nån av läkarna som hade läckt rapporterna, eller nån på Pentagon."

"Men varför har ambassadören haft tillgång till rapporterna?" sa Ludwig.

"Fan vet", sa GT. "Det kan ha varit jag själv som godkände att han fick läsa dem, jag får så satans mycket papper hela tiden som allt UD-folk tjatar om att få se. Intervjuerna ägde ju rum här i Tyskland, så det kanske var ren rutin att han fick dem. Jag vet inte. "

"Det här var ett tecken på min goda vilja", sa Faye. "Nu är det din tur."

"Hur många namn är det på listan?"

"Drygt tvåhundra. De flesta är vanliga underbefäl eller anonyma tjänstemän på UD och Pentagon."

"De flesta."

"Ja."

"En sak är klar. Du ger den där listan till mig. Inte till nån annan i hela världen."

"Jag ger listan till dig", sa Faye, "när du har ordnat min immunitet."

GT gjorde en liten piruett, vände henne ryggen och föste med sig Ludwig en bit bort.

"Det här blir bra", sa han till tysken eller sig själv.

"Får jag fråga en sak bara." Ludwig körde händerna i fickorna. "Vad fan ska vi med Lucien Gell till?"

GT såg rent ställd ut. "Men dina landsmän får ju aldrig tummen ur! Den där skattegrejen satt jävligt långt inne, och inte ens den verkar de följa upp ordentligt. Tyskarna skiter i honom och all skada han gör oss. Tycker väl att det är vårt problem. Det är fanimig precis samma visa som med Saddam och Khadaffi och allt annat."

"Det kan ju finnas –", började Ludwig men ångrade sig.

"Finnas vad? Herregud. Det är inte vi som ska sätta dit Gell, inte offentligt. Det vore för jävla dålig PR helt enkelt. Den enda vettiga lösningen som jag ser det är att vi letar rätt på honom och bokstavligt talat kastar honom i famnen på de tyska myndigheterna. Då har de inget val längre utan får snällt spärra in karln."

"Fast man hade ju hoppats att de hittat på nåt annat än ett skatteåtal", sa Ludwig.

"Vadå?"

"Jamen – det är ju sånt som kineserna och ryssarna gör."

"Så har de rätt bra styrsel på verksamheten också", sa GT.

"Förbundsregeringen vet att det blir kravaller och skit om de spärrar in honom", påminde Ludwig. "Kanske till och med terrordåd, som förr i världen. Gell är... en hjälte. I många människors ögon är han faktiskt det. Det kan vara viktigt att komma ihåg."

"Vem är det jag ska tycka synd om?"

Frågan hängde kvar som en kyla i luften.

"Jag bara konstaterar", retirerade Ludwig, "att det är en försiktig kansler vi har."

GT skrattade, skiftade uppsyn, bytte tonfall. "Röstade du på henne? Det har jag alltid undrat."

"Jag röstade på Kohl när det begav sig efter återföreningen", sa Ludwig och följde ännu en flock gäss med blicken. "Men det gav liksom aldrig mersmak."

"Och sen då?"

"Nu senast blev det liberalerna."

"Liberalerna? Är du precis tokig?"

FDP hade gjort sig till parior i amerikanska ögon i och med att deras utrikesminister legat bakom Tysklands nerlagda röst i säkerhetsrådet om Libyeninsatsen.

"Det var av, öh, näringspolitiska skäl", sa Ludwig.

"Såsom?"

"Jamen du vet. Restaurangmomsen."

"Restaurangmomsen!" Amerikanen strålade av häpen glädje. Det måste ha kommit som en chock för honom, tänkte Ludwig stött, att hans "resurser" hade egna bekymmer i livet.

Ljudet av flygplanet hördes först som ett metalliskt sus, sedan som en liten buss som var på väg ner från skyn. Det landade stadigt en bra bit bort och körde fram resten av sträckan: ett tvåmotorigt, vitt Gulfstream IV med civila beteckningar.

"EuroAgroTech-Grull" löd loggan. Ludwig fick en skymt av den kvinnliga piloten, som såg vildsint ut och tuggade tuggummi som om det behövdes för att hålla motorerna igång. Hur många turer hade hon flugit från Afghanistan till Egypten eller Jordanien? Hur många tortyrchartrar?

Faye satt kvar på marken. GT:s chaufför körde sin väg. Ludwig följde sin chef fram till planet, vars kabindörr öppnades av en kortvuxen man i övre femtioårsåldern. Trappan, försedd med grå matta, gnisslade när den fälldes ut.

"Jag har lagt på en bonus", skrek GT för att överrösta ljudet av motor och propellrar och räckte Ludwig ett kuvert. "Gå inte och bli bortskämd nu."

Ludwig nickade och stoppade det i bröstfickan. "Hör av dig så fort du vet nåt mer om... om min personförfrågan från tidigare."

"Absolut."

"Vad gör jag med Morris?"

Från cockpiten vinkade piloten åt GT och pekade på sitt armbandsur. GT kastade ett öga på Faye där hon satt som en avkastad passagerare. "Kör henne till Soho House. Jag har ringt och sagt att de ska göra i ordning sviten. Det dröjer väl ett par timmar innan den är klar. Jag skickar dit ett par vakter också som tar över ansvaret för henne."

"Miss Morris", vrålade GT och gick fram till henne. "Jag måste dessvärre ge mig av. Det var ett nöje."

Faye tog sig upp från marken. "Jag ser fram emot ett fruktbart samarbete", lutade hon sig fram och sa med en märklig innerlighet som fick GT att komma av sig.

"Jag också", fann han sig. "Jag också."

soho house
berlin stadtmitte / de
mån 18 juli 2011
[14:20] / cet

Kommunistpartiets gamla arkivbyggnad, numera Soho House Berlin, hade genomgått en metamorfos av det sällsammare slaget, konstaterade Ludwig när han sjönk ner i den mjuka randiga dynan på en solstol uppe på takterrassen. En hyperdesignad karamellgrön pool bredde ut sig med utsikt över tevetornet på Alexanderplatz. Ett par skjutdörrar av glas ledde in till en kubformad baravdelning. Teakgolvet där ute förstärkte känslan av att befinna sig på soldäck på en Söderhavskryssare, och det var bara det halvmulna Berlinvädret som inte gjorde sitt till.

Ludwig hade inte varit inne i byggnaden sedan murens fall, bara hämtat av och lämnat folk några gånger genom åren. Soho House var en exklusiv medlemsklubb; CIA hade såvitt Ludwig förstått köpt sig tillgång till en av sviterna med förevändningen att utrikesministern eller presidenten kunde tänkas ta in på hotellet under något statsbesök. Det dög ju åt Madonna och Bill Gates.

"En Cola bara", sa Ludwig till den fotomodellånga servitrisen.

Faye beställde en gin och tonic. Vilket givetvis fick Ludwig att tänka på GT igen. Clive Berners smeknamn kom dock inte från drinken utan var den interna beteckningen på CIA-stationen i Moskva, en placering som amerikanen påstods ha drömt om i hela sitt liv innan han funnit sig i att bli kvar i Berlin.

Drinkarna kom. Ludwig slog för hundrade gången på några timmar bort luktminnet av den dödes rakvatten på toaletten.

"Är det nånting du inte har berättat?" sa han när Faye hunnit dricka lite.

"Vad vill du veta?" sa hon efter några sekunders tvekan. Hon ställde ifrån sig glaset och såg på honom.

"Mängder av saker. Var har du gjort av listan? Hur överlevde du egentligen nere i Marrakech? Hade du på känn att det var ett bakhåll? Vad har du för relation till Lucien Gell?"

"Jag hade tänkt utpressa ambassadören", sa hon. "Få honom att ordna åtalsimmunitet åt mig. Det var därför jag ringde in till att börja med. Sen insåg jag att din chef kan göra mer för mig."

"Smart tänkt. Hur fan hamnade du i Parchim av alla ställen?"

"När jag landade i Berlin hoppade jag in i en taxi på flygplatsen, men chauffören sa att hans skift var slut och att han skulle åka hem. Så jag frågade om jag fick åka med för en billig peng. Han bodde i Parchim. Det passade rätt bra, jag behövde få vara ifred och tänka."

Ludwig väntade, och när inget mer kom upprepade han: "Och din relation till Gell?"

Faye bet sig i läppen. "Han var mitt livs sista kärlek." Så fort hon yttrat orden slöt hon ögonen mot solskivan som anades bortom molnen och drack några klunkar till.

Med ens ville Ludwig bara därifrån. Han hade kollat innehållet i kuvertet: tjugotusen euro. Det räckte för att göra sig skuldfri gentemot Pavel och ta några dagar ledigt, vilket var hans ihåliga omskrivning för att supa skallen av sig igen. Vilket vore en katastrof. Det var alldeles för nära inpå senaste vevan. Hur kunde han redan längta dit?

"Jag behöver en hobby", sa han och drog håret ur pannan.

"Det gör alla", sa hon dämpat.

Han satte sig upprätt, grensle om solstolen. "Du måste ge dem listan, Faye."

Hennes replik kom omedelbart. "Jag måste passa mig så att jag inte ger dem för mycket för fort."

"Du måste ge dem listan. Förstår du vad som kan hända om den hamnar i fel händer? En gång i tiden skulle jag själv ha varit med på en sån lista."

"I fel händer?" sa hon och vände sig bort från honom. "Jag har svårt att tänka mig vad som vore värre än att ge den till CIA."

"Om nu allt ska vara så satans öppet, varför inte bara läcka listan till pressen?" fräste Ludwig. "Varför inte bara lägga ut skiten på nätet och se vad som händer?" Han svepte i sig läsken och ställde undan det immiga glaset med en smäll. "Jävla snorungefasoner. Ni har aldrig fattat vad ni ställer till med."

"Har *ni* fattat vad ni ställer till med? Du själv, till exempel, vad har du för överblick?"

"Det finns folk som har överblick", sa Ludwig blekt. "De jobbar heltid med att ha överblick. De är…" Hans röst dröp av.

"Vad?"

"De är legitimt tillsatta genom… genom demokratiskt förankrade processer."

"Vem är det nu som pratar som en dum snorunge?"

"Och vem har tillsatt dig? Vem har bett dig att rota i sånt som –"

"Vad jag har för *legitimitet*, menar du?" Hon stirrade på honom nu som om hon ville utrota hela hans art. "Du vet ingenting. Det gör inte din lilla mustaschprydda gris till chef heller."

Ludwig ryckte på axlarna. "Jag skiter väl i vilket."

"Gör du verkligen det?" sa hon med förbytt tonfall.

Det var någonting hon ville säga, något hon ville be honom om, det var han helt säker på.

Så fan heller.

Han reste sig och gick en runda längs poolen. Blicken svepte över den blanka, klordoftande ytan. Tänka sig att rika människor alltid ville ha detsamma som små barn: stora leksaker i onaturliga färger. Och att de alltid fick sin vilja igenom överallt, om det så var uppe på ett hustak. Det var så urtypiskt för riktningslösheten i väst. Vad symboliserade den, denna karamellbassäng – vad slogs den för, vad inspirerade den till? Inget, utöver sig själv. Efter två decennier i väst hade han lärt sig att se överflödet också i avskalade designdetaljer – det fanns där, i själva porernas renhet, i frånvaron av smuts och fukt i springorna mellan molekylerna själva. Det fanns där i själva tomheten.

"Ludwig?" ropade Faye efter honom.

Han vände sig om.

"Vet du", sa han och drog med handen över en av de klädda, blommönstrade fåtöljerna under takutbyggnaden från barkuben, "femtio procent av all skit de proppade i oss i DDR stämde faktiskt ganska bra. Om hur det är här i väst, menar jag."

Faye sa inget, såg bara frågande på honom.

"DDR var ett repressivt fuskbygge", fortsatte Ludwig. "Det betyder inte att väst är raka motsatsen. Det finns förmodligen inga raka motsatser. Det enda som finns, det enda som räknas, är... största möjliga frånvaro av stövelsula mot halspulsåder. Och den frånvaron är på det hela taget större här. Åtminstone för er civilister."

"Vad är det du vill ha sagt?" Faye stod lutad med ena axeln mot glasväggen in till bardelen.

"Jag vill ha sagt att jag vet hur det är att hata ett system." Ludwig gick närmare henne. "Jag vet hur det är att vilja få bort det. Men du och dina vänner har valt fel system att kriga mot. Det här systemet är så bra det blir, hur jävla tomt det än känns. Jag beklagar, men så är det."

"Tomt? Det är inte tomheten jag vänder mig emot, det är förbrytelserna."

Ludwig skakade på huvudet som om det skulle hjälpa honom att bli av med illamåendet han började känna.

"Men de är en religion, dina mänskliga rättigheter!" Han slog ut med händerna mot himlen som en profet ur Gamla Testamentet. "En saga! Du och dina gelikar – ni lägger hela era liv på att tala om en perfekt fred. Men de ni kämpar mot är programmerade för ett evigt krig. De tycker sig slåss för er överlevnad medan ni... ni står vid sidan av och bara spyr galla över dem. Förr eller senare är det ni som blir fienden, för ni *syns* i alla fall. Er kan de komma åt."

"Rättigheterna är ingen religion", sa Faye dovt. Hon pekade ner i marken. "De är gällande lagstiftning. Allt jag förväntar mig är efterlevnad av gällande rätt! Det borde inte vara en utopi."

En av GT:s kostymer kom ut på terrassen. "Ert rum är färdigt, miss Morris", sa han och ställde sig med armarna bakom ryggen som en säkerhetsvakt på en rockkonsert.

Faye reste sig. Hon gick fram till Ludwig, som stod som fastfrusen och stirrade på tevetornet. Han hade aldrig varit uppe i det. Märkligt.

"Skiter du i vilket?" upprepade hon. "Gör du verkligen det?"

"Ta hand om dig nu", sa Ludwig. Han trängde sig förbi henne och GT:s man och tog hissen ner till verkligheten.

nato-högkvarteret,
bryssel / be
mån 18 juli 2011
[16:45] / cet

Efter en och en halv timme var det äntligen paus i överläggningarna. GT hade inte begärt ordet en enda gång, utan hade som bäst nickat instämmande åt plattityderna. Annars satt han mest och stirrade som hypnotiserad på konferensens suggestivt menlösa motto, som då och då rörde sig i en remsa över små datorskärmar på det runda bordet:

## TRYGGARE TILLSAMMANS – SÄKERHET GENOM SAMORDNING

Bryssel. Luften var torr och tunn som i en flygkabin, inredningen var som en lågbudgetvariant av FN:s säkerhetsråd. Själva NATO-loggan mot den ljusblå fondväggen gjorde honom illa till mods med sin instrumentella iskyla. GT såg fram emot det nya bygget som skulle stå klart någon gång inom några år.

Det värkte i korsryggen när han reste sig från den stumma stolen och följde strömmen till förfriskningarna som dukats upp i salen intill. Snittar med vilt och pepparrotsmousse och årets första champinjoner. Mineralvattnet var franskt, möjligen i en åtbörd som syftade till att klappa grodätarna på huvudet; de hade trots allt efter årtionden av trotsigt poserande haft vänligheten att åter inlemma sig i organisationens operativa struktur. Överlag hade NATO blivit för stort, för mycket av ett FN- eller EU-organ. Ingen litade på de nya medlemmarna från öst, i alla fall inte på deras känsla för proportioner eller hemlighetsmakeri. Och tillströmningen av nya medlemmar hade gett upphov till den irriterande villfarelsen att det inte längre var amerikanerna som ensamma bestämde allt.

"Clive", sa CIA:s stationschef i Hamburg och tog i hand. Oförskämt ung, oförskämt lång, oförskämt energisk. Blond som på en värvningsaffisch för Waffen-SS. Joggade en mil varje morgon, enligt vad GT hade hört. Namnskyltarna befäste den kullkastade världsordningen: Hamburgchefen var där som "Samordnare amerikanska delegationen", GT själv bara som "Sakkunnig region/kultur". De generaler – en brittisk och en amerikansk – som yttrat sig hade stämt av med Hamburgchefen först, inte med GT.

Förr i världen hade det varit annorlunda. Då hade samtliga hundrafemtio personer i salen, inklusive tolkarna, anat exakt vem GT var. Då var Berlin världens medelpunkt, nu var det bara ett illa planerat museum.

"Rick", sa GT och slukade ytterligare två snittar.

"Det är snart över", sa Hamburgchefen.

I några brutala sekunder trodde GT att karln menade hans karriär.

"Ingen gillar såna här möten", fortsatte den blonde och tog ännu ett musbett av sin enda snitt. Och så hände det oerhörda: han gav GT en dunk i ryggen.

Hela rummet måste ha sett det. I väntan på en vettig reaktion bestämde sig GT:s autonoma nervsystem för att sprattla igång ett hysteriskt leende. Alla stirrade – militärerna, EU-delegaterna, fransmännen, turkarna... och värst av allt: chefen för Europasektionen på CIA:s operativa avdelning. Hon var där från högkvarteret i Langley över dagen, och såg nu ut att överväga om hennes Berlinchef borde avlivas.

Det gick flera sekunder, men till sist lyckades GT ta kontroll över situationen. Långsamt och målmedvetet tog han ett kliv framåt och gav Hamburg en kram, klappade honom över ryggen och sa med hög röst: "Det ordnar sig, Rick! Alla är livrädda i början! Det är ingen fara."

Hamburg lösgjorde sig och såg sig förskräckt omkring. Sedan tog han sig så långt bort från GT som möjligt.

GT log och bet sig samtidigt i läppen, som för att smaka på knivhugget han just utdelat. Dags att röra på sig: genom byråkrathorden och fram till Europachefen. När de skakade hand såg hon uppriktigt lycklig ut – kunde hon ha genomskådat hans spektakel? Aldrig lätt att veta med Fran Bowden.

"Hoppas resan gick bra?" sa GT och återgäldade leendet.

Bowden nickade. Hon var svart, tio år yngre än GT och kraftig på ett sätt som tilltalade honom. Idag hade hon en beige dräkt och svarta pumps.

Hon var en av Cheneys och Rumsfelds flickor som mot alla odds överlevt maktskiftet i Washington 2009. I sina mer fåfänga stunder inbillade sig GT att hon hade någon sorts respekt för honom som kalla krigetveteran och överlevare. I ännu vildare stunder inbillade han sig att han hade kunnat leva ett gott liv med henne.

"Rena farsen det här", sa GT. Han sänkte rösten och fortsatte: "Alla vill visa hur duktiga och insatta de är, men ingen vill dela med sig av vad de vet. Vilket ändå inte är ett skit. Vad ska vi med allierade till i det här kriget? De enda som vet nåt är saudierna och ryssarna och kineserna. Det är dem vi borde sitta i möten med, inte de här förbannade blötdjuren."

"Vi överlever säkert", sa Bowden torrt och lät blicken vandra över lokalen.

Det var inte riktigt vad GT hade hoppats uppnå med sin lilla tirad, som var helt anpassad efter Bowdens åsikter. Hon var svår att komma in på livet; riktigt svår. De enda hon litade på i hela världen hade lämnat politiken. Nuförtiden satt de på sina lantställen i Mellanvästern och Södern och sprättade upp royaltycheckar för memoarerna de gnällt ihop.

"Men visst", sa hon och log strävt, "om det stämmer att ett förfarande är säkrare ju mindre effektivt det är måste det här vara den säkraste sammankomsten genom tiderna."

GT sken upp. Nu gällde det att passa på. I timmar hade han funderat på om han skulle våga ta upp problemet med de dolda filerna som Almond stött på: spärrbulten i utredningen. Till sist hade han bestämt sig för att det var en dålig idé att fråga Bowden. Men det var något visst med möjligheter som bara infann sig någon gång vartannat år. Han måste passa på.

"Och på tal om effektivitet kontra säkerhet", sa han och lutade sig närmare. Bowden luktade Angel, en parfym han köpt i present till Martha och som hon vägrat använda. "Vad är Operation CO?" viskade han. "Jag skulle behöva åtkomst till några filer, men de är spärrade. Är det nåt du känner till? Operation CO?"

Bowden höjde på ett hårdplockat ögonbryn. Hur skulle han tolka det? Var det av igenkännande, eller berodde det på GT:s skamlösa utnyttjande av sin plötsliga audiens med en av CIA:s tio högsta chefer?

"Operation CO? Har jag aldrig hört talas om." Hon strök bort något obefintligt skräp från Diorhandväskan i lack och guld. "Men filer brukar vara spärrade av en anledning. Min erfarenhet av återvändsgränder är att man ska vända så fort som möjligt. Ju längre in man kommer desto trängre blir det."

"Jaså? Jag brukar ha tur, det dyker alltid upp en vändplan."

GT förbrukade sin sista charm på att backa upp tjatet med ett någorlunda pojkaktigt flin.

Det tycktes inte ha mycket effekt.

"Det finns inga vändplaner längre, Clive. Håll dig du till huvudlederna. Och förresten." Hon harklade sig. "Det är väl lika bra att vi tar det nu när vi ändå träffas."

GT såg något nytt i hennes blick, något som inte alls klädde henne, något som han omedelbart ryggade tillbaka inför. Medlidande.

"Det har tagits en del beslut på sistone, Clive. Förändringar på gång."

GT:s lungor upphörde att tillgodogöra sig syret ur luften.

De förbannade svinen, de *kunde inte* göra så mot honom. De fick inte.

"Det är dags för nytt blod", sa Bowden och la handen på hans axel. "Och de måste skolas in i lugn och ro, i en... kontrollerad miljö."

"Kontrollerad miljö!" fnös han. "Det var inte länge sen Berlin var själva frontlinjen, själva –"

Han kom av sig.

Fronten. Den hade lösts upp rätt framför ögonen på honom. Och sedan hade den förstås dykt upp igen – det gjorde den alltid – men dessvärre någon helt annanstans.

Av allt att döma befann den sig nu i Afghanistan och Pakistan, men den var på god väg att flytta till Arabiska halvön och Östafrika. En nyckfull älskarinna att jaga efter. GT hade plågat sig igenom år av studier i ryska och tyska för den gamla frontens skull. Till vilken nytta? Den enda trösten var att de som nu var på väg upp i världen en dag skulle få känna på hur roligt det var att ha gjort lika meningslösa investeringar i pashto och arabiska och persiska och swahili.

"Du har tjänat ditt land väl", sa Bowden kallt. "Vid nyår får du äntligen åka hem. Var snäll och se fram emot det. För din egen skull."

Ett halvår, knappt det. Fem månader hade han kvar på sin post. Fran Bowden hade just gett honom sparken. För att omvandla hans station till en satans träningsanstalt? Inte en chans. Hon hade fattat beslutet här och nu, på grund av det intryck han gav. *Jag går runt och ser dödsmärkt ut*, tänkte GT paralyserat. Hon såg på mig att jag redan är förbi och fattade ett snabbt avgörande.

"Fem månader?"

"Gör det bästa av det. Trappa ner."

"Det kan hända att jag tar och bestrider det här, Fran", sa GT utan tillstymmelse till övertygelse.

Hon la huvudet tre grader på sned. "Det tror jag inte."

Och med det vände hon sig ifrån honom. GT stod ensam kvar i ett hav av uttråkade vargar, avslaget mineralvatten och renskrapade brickor. Han längtade våldsamt bort från allt vad huvudleder hette. Var han den ende där med hungern i behåll? För första gången i sitt liv längtade Clive Berner hem – till Berlin.

oranienstrasse
berlin kreuzberg / de
mån 18 juli 2011
[18:35] / cet

Det var inte särskilt många gäster på Venus Europa denna tidiga måndagskväll, men det var heller inte tomt. Något med lokalen gjorde att den alltid kändes ganska lagom belagd; illusionen avslöjades först i och med kassaavräkningen. Ändå älskade Ludwig fortfarande de scharlakansröda draperierna där inne, de champagnefärgade väggarna, möblerna i mörknad ek.

Scheuler stod i baren. Någon ny artonårig hipsterjävel med hängslen och tvinnad mustasch hade hand om borden. Den enda överlevande från förr, Tina, gjorde sitt bästa för att träna upp nykomlingen, som i sin tur av någon anledning verkade undvika Ludwig till varje pris.

Ludwig, iförd vit T-shirt och ett par Levis 501:or – som om tiden stannat någonstans under högsommaren 1987 – slog sig ner i baren. Scheuler var inte den som försatte ett westernfilmiskt tillfälle. Han slog utan ett ord upp en whisky åt chefen och gjorde stor sak av att lämna honom ifred.

Det fanns en tid då Ludwig verkligen hade njutit av att göra entré på sitt flaggskepp, njutit av maktställningen, av den obestridliga hierarkins särskilda strålkastarljus högst upp. Det fanns en period då han helt låtit sig uppslukas av den frihet han misstog maktkänslan för. I början av nittiotalet var det verkligen stort att få starta en egen rörelse. Oskuldens tid: 1990–1995. De befriade, entreprenörssinnade östtyskarnas guldålder.

Han rafsade åt sig en *Berliner Morgenpost* och fastnade i en obegriplig artikel om konsekvenserna av någon europeisk reglering av... av någonting som fanns på finansmarknaderna. Naken blankning? Han kunde inte påminna sig att han någonsin, före återföreningen vill säga, hade stött på tidningstexter han inte begrep ett ord av.

Tina gled förbi. "En av Pavels killar var här för en timme sen och frågade efter dig", sa hon innan hon försvann ut i köket.

Vid ett flertal tillfällen hade Tina missat att känna igen Ludwig ute på gatan; bara fortsatt rakt förbi honom som om inget fick störa hennes självklara avancemang. Hon var strax över fyrtio, från Frankfurt. Hundra procent västtysk: med den där aptiten, den där långsiktigheten som gränsade till det rent kallblodiga. Hon skötte jobbet exemplariskt samtidigt som hon sparade för att starta eget. Ludwig hade ett vagt, mardrömslikt minne av att ha friat till henne efter en fruktansvärd middag hemma hos sin mor, en kväll som fått sköljas ner med en hel del sprit.

Ett par i trettioårsåldern kom in genom den klena dubbeldörren. De såg sig omkring. Utan att växla ett ord med varandra vände de på klacken och försvann igen.

"Fittor", morrade Ludwig efter dem. Han drack en klunk och märkte plötsligt att Scheuler stod och gjorde sitt bästa för att ge honom en sträng blick. Effekten var sensationellt irriterande. "Men vad är det?" fräste han.

"Du måste reda ut det här med Pavel", sa Scheuler skolfrökenaktigt.

Martin Scheuler hade den urvattnade blicken hos någon som

onanerade minst en gång för ofta varje dag. Han var trettionio, fyrtio – femton år yngre än Ludwig och säkert tio kilo magrare. Han litade på precis alla, trots eller tack vare att han var så feg av sig, vilket fick till följd att precis ingen litade på honom. Han var alltid, alltid rödmosig i hyn och fuktig i håret som om han just trillat ut ur duschen.

Idag var han iförd en leksaksblå Adidasjacka, mörka säckiga jeans som var uppvikta nertill och överdimensionerade vita sneakers. Hans mål i livet verkade vara att successivt förvandlas till slovakisk gymägare. Metamorfosen hade gått i stå någonstans halvvägs. "Restaurangchef" var titeln på det visitkort Ludwig låtit trycka upp åt honom – enbart för att kyla av de skenande löneanspråken. Scheuler var omättligt nyfiken på Ludwigs sidverksamhet. Det var förklaringen till mannens underdåniga lojalitet. Men han hade bara vaga föreställningar om vad Ludwig sysslade med; industrispionage av något slag, smuggling kanske.

"Fyll på här för helvete", röt Ludwig.

Scheuler gjorde som han blev tillsagd. "Det börjar bli bråttom. Killen tog fram en kniv och hotade Tina, hade sönder en av barstolarna."

"Vad pratar du om?"

"Han drog kniv mot henne! Vem vet vad han hade gjort om inte jag –"

"Om inte du vadå?"

"Det var tur att jag var här, så mycket kan jag säga."

Ludwig frustade till så han fick whisky över halva tidningen. "Synd att jag missade det", sa han.

"Fan ta dig", sa Scheuler stött.

"Men lugna ner dig, jag har fixat fram pengar. Det löser sig."

"Då så, då är jag lugn." Scheuler gick så långt bort han kunde utan att lämna baren.

Hotat Tina med kniv? Ludwig skämdes som en hund. Det

var verkligen ynkligt att låta andra dras in i ens skulder.

Satellittelefonen ringde. Ludwig klev av barstolen och satte sig vid ett bord där ingen skulle höra. Det var GT.

"Vänta", sa Ludwig och aktiverade krypteringen. "Så."

"Mannen på rastplatsen. Mlopic."

"Ja? Vad har ni hittat?"

"Inte så mycket. Körkortet var äkta. Han har bott i Tyskland under de senaste fem åren. Rysk medborgare, moldavisk familj."

Moldavisk?

Det kunde inte vara sant.

Ludwig blev med ens ytterst medveten om sitt eget blodomlopp; det var som om det tjockades till, snabbades på, skruvades upp tills det hotade att tränga ut genom porerna på honom och dränka hela lokalen.

"Jaså?" sa han tunt och började krafsa med lillfingernageln i bordsskivan.

"Han var halvtidsanställd på nån strippklubb på Yorckstrasse. Ägaren heter..." GT bläddrade i några papper. "Han heter Menk, Pavel Menk. Är det nåt du känner till?"

Ludwig drog efter andan. "Nä."

Han andades ojämnt. Av och till svartnade det för ögonen. En sugande, metallisk ihålighet spred sig i mellangärdet.

Tjugotusen euro in, sextontusen i skuld, överskott fyratusen. Så hade Ludwigs resultaträkning sett ut. Nu var risken att den skulle få revideras ordentligt.

Han drämde till sig själv i pannan. Det kunde fan inte vara sant: han hade haft ihjäl en av Pavels indrivare.

Fast... visste Pavel om det? Det var förstås frågan.

"Hallå?" sa GT.

Ludwig hörde honom inte. I minst tio års tid hade han omedvetet räknat med att en alldeles egen himlakropp skulle ta form under fötterna på honom, bara han väntade tillräckligt länge.

Men än skvalpade han runt i samma gamla soppa av långsamt verkande kaustiksoda. Det här var den planet han fick hålla tillgodo med. Det här var dealen.

"Är du kvar?" frågade GT.

Ludwig återvände till den befintliga planeten. "Måste ha varit nån inhyrd jävel då", ljög han och hoppades att det inte hördes på den matta rösten. "Hydraleaks har väl inga egna muskeltyper, antar jag. Man vet ju inte, de kanske bara var ute efter att plocka in henne. Och så var jag i vägen."

"Precis, precis", mumlade GT. "Är du standby de närmaste dagarna?" GT flåsade – han måste ha varit på väg uppför en trappa. "Jag håller på att fila på en plan. Vi ska locka fram Gell ur rövhålet där han gömmer sig."

Ludwig harklade sig. "Absolut. Låter bra det."

Han förutsatte att GT med "standby" menade nykter. Och det var kanske ingen dum idé.

"Och Morris då", sa GT. "Fick du ut nåt mer av henne?"

"Jag förklarade världens beskaffenhet för henne."

"Det kan ju inte skada", sa GT dröjande. "Nåt annat?"

"Inget relevant."

GT var tyst en lång stund. Det fick inte Ludwig att börja prata. Till sist la amerikanen på med ett kort: "Då så."

Ludwig stirrade i flera sekunder på det halvtomma whiskyglaset innan han tömde det. Tina gick förbi bordet och gav honom en förbittrad blick från sin sida av anställningsavtalet.

"Men du", ropade Ludwig efter henne. "Jag ska prata med Pavel."

Tina stannade upp och vände sig om. Hon gav Ludwig den aktivt nollställda blick hans exfru haft som favoritbestraffningsmetod.

"Det är givetvis helt oacceptabelt att de kommer hit och ger sig på dig", fortsatte Ludwig. "Det ska inte hända fler gånger."

Hon nickade sammanbitet. Hennes nyckelben i den där vita skjortan, hennes uppsatta ljusa hår i den kvava luften. Hennes avstängdhet.

★

En kvart senare stod Ludwig ensam vid sin port på Adalbertstrasse. En cyklist for förbi bakom ryggen på honom; han såg inte vederbörande, hörde bara ljudet. Reflexmässigt greppade han efter pistolen, som naturligtvis inte var där.

"Nu får du fantamig varva ner lite", sa han hetsigt till sig själv och låste upp porten. Det var tomt inne på gården. Borde han ringa GT och be honom skicka dit någon?

Fast hur skulle det se ut om han bad om livvaktsskydd nu, när han inte längre hade hand om Faye? Det sista Ludwig ville var att GT började ana att den döde på rastplatsen inte hade ett dugg med Faye och Hydraleaks att göra. Inte nog med att Ludwig hade tackat ja till det kraftigt höjda arvodet, han hade riskerat hela uppdraget genom att inte ha ordning på sina privata affärer. Uppdraget och uppdraget – han hade riskerat Fayes liv. Även detta skämdes han över, minst lika mycket som han skämdes över att Tina råkat i kläm. Allt handlade om hans vidrigt usla ekonomiska sinnelag. Allt handlade om hans totala livsoduglighet i ett kapitalistiskt system.

Uppe i lägenheten stank det fortfarande tändvätska och rök; han hade bränt upp kläderna från rastplatsen i diskhon några timmar tidigare. Det kunde finnas blodspår och annat som inte syntes från morgonens massaker.

Han gick några varv med en doftspray som enligt uppgift skulle lukta apelsin. Datumet hade gått ut. Parfymer blev aldrig gamla, påstod hans mor. Det var bara att rengöra munstycket med jämna mellanrum.

Efter en timme av tilltagande städmani som kulminerade i utdragen vapenvård i arbetsrummet – Glocken i fyra delar, en tesked CLP-olja ur en gråsvart plastdunk, två grova svarta piprensare, ett halvt paket tops, två tygtrasor – insåg han att den enda möjligheten att ta sig igenom natten var en dubbel whisky med två sömntabletter. Strax innan medicinen började verka tryckte han upp en pinnstol mot vredet till ytterdörren och la pistolen under sängen i höjd med huvudet. Så la han sig tillrätta och väntade.

Hans problem var inte lösta, kunde han konstatera innan dimman sög tag i honom. De var på frammarsch.

# TISDAG

pestalozzistrasse,
berlin charlottenburg / de
tis 19 juli 2011
[10:05] / cet

"Jag heter Clive och jag är alkoholist", sa GT och blickade ut över sina trettiofem likar. De satt i en cirkel på pinnstolar i den kvava lilla aulan. Utanför de fördragna gardinerna föll ett lätt regn. Alla väntade på att amerikanen skulle fortsätta.

"Jag har varit nykter i snart fem år."

De applåderade, alla utom kvinnan som liknade hans farfar och sov med ögonen halvöppna.

GT nickade och kände sig som en skenhelig predikant. "Fem år. På många sätt de bästa fem åren i mitt liv."

Det var en satans lögn, en av de värre. Men allt han gjorde var inlindat i lögner; till och med hans närvaro på AA-mötena grundades på en lögn i sekreterarens kalender. Där stod det "Gymträning" varje tisdagsmorgon. Gymträning. Ett stående skämt bland hans underhuggare, så mycket hade han insett. De förstod mycket väl att han gjorde något annat. Men exakt vad var det bara Johnson som visste. Det var förbjudet för CIA-personal att gå i någon form av konsultationer utanför organisationen och det gällde både juridiskt bistånd och samtalsterapi. CIA var en värld i sig. Man förväntades hålla sig inom denna värld, leva och dö på detta fartyg som aldrig gick i hamn.

Det fungerade inte. Alla stansade ut sina egna små andningshål. Alla tittade åt ett annat håll när de såg en kollega göra något otillåtet. Bara då kunde de räkna med att själva bli förlåtna sina små överträdelser.

"Jag har missat möten", fortsatte han. "Jag har tvivlat. Då och då har jag velat... gå tillbaka. Men jag återvänder aldrig dit."

Dit? Dit där han tillbringat varje kväll med en halvflaska konjak och ett drygt paket cigaretter. Dit där han vägde tjugo kilo mindre och sov som en spädgris varje natt. Dit där han unnade sig... *bränslet*.

Applåderna ville aldrig sluta. Till sist satte han sig med armarna i kors och blängde ner i golvet.

Utan förvarning reste sig nu farfarskvinnan upp som en högborgerlighetens egen Lazarusgestalt. Friedrich, huvudsponsorn, var på väg att hindra henne men hejdade sig. Alla uppmuntrades att dela med sig; alla måste få tala.

"Åttonde och nionde steget borde förses med lämpliga undantag", sa kvinnan.

"Hur menar du då?" sa Friedrich bekymrat.

"Det är inte alla som har något att be om ursäkt för", fräste kvinnan. "Vem ska jag be om ursäkt? För vad ska jag be om ursäkt?"

Hon började vifta hotfullt med ett vasst pekfinger. "För att jag överlevt alla katastrofer som drabbat mitt älskade fosterland?"

"Herta...", försökte Friedrich.

"För att min välsignade make dog i kampen mot bolsjevismen? Ska jag be om ursäkt för det? Eller för att jag har svårt att förstå den där mumlande engländaren? Finns det inga avdelningar för riktiga tyskar? Vad ska det här föreställa egentligen, UNESCO?"

Pekfingret riktades mot GT. Han visste inte vad han skulle ta sig till utan såg bara vädjande på Friedrich. Ledarens min hade nu övergått från medlidsam till oändligt trött. Rimligen måste han ha tänkt detsamma som GT: *Men gå hem och runda av de sista bittra åren med lite portvin då, kärringjävel, det är inte hela världen…*

"Alla är välkomna här, Herta. Och Clive pratar utmärkt tyska, som du mycket väl vet."

"Spriten", tjöt kvinnan och pekade av någon anledning upp i taket. "Spriten lockar fram sidor i oss som vi inte visste fanns. De – de levande sidorna."

En tystnad la sig över lokalen. Det var som om ärkeängeln Gabriel sjunkit ner genom taket kvinnan pekat på och ställt sig bakom en fullt utrustad bardisk. Trettiofem själar kastades ner i den oändliga törsten. Allt som hördes var Hertas pipande andetag.

Locka fram? GT fick något frälst i blicken. Locka fram!

Clive Berner må ha slutat dricka och slutat röka, men i helvete heller att han tänkte sluta med det enda som gav honom någon glädje längre. Jobbet. Det var allt. Jobbet. Han skulle locka fram Hydraleaks ur skuggorna. Han skulle lägga beslag på Lucien Gell, om det så var det sista han gjorde. Det var det enda han hade kvar att leva för. Det var värt allt.

Han likviderade en Läkerol på tre tuggor.

Men hur skulle han gå tillväga? Ambassadören. Han måste knäcka ambassadören och få honom att samarbeta, få honom att berätta hur han burit sig åt i sina kontakter med Hydraleaks.

Hertas ylande röst skar genom hans tankar. "Om mina barnbarn säger att jag ska genomföra programmet så genomför jag programmet. Jag gör som jag blir tillsagd." Och så nästan skrek hon: "Men ni får tala om för mig vad det är jag ska be om *ursäkt* för." Så satte hon sig igen och Friedrich var snabb att ta vid och börja hålla dagens tal. Temat var ödmjukhet.

GT kände hur planen tog form inombords som ett rasslande kopplingsschema. Steg ett: konfrontera ambassadören. Steg två: få ambassadören att kontakta någon på Hydraleaks och bestämma ett möte för överlämnande av... av... av några falska eller meningslösa dokument, man fick väl rota fram en rapport eller lite korrespondens med UD i Washington som ingen jävel brydde sig om. Steg tre: ett övervakat möte där ambassadören lämnade över dokumenten till Hydraleaks kurir. Steg fyra: förföljande av kuriren till Gells gömställe. Förhoppningsvis.

Friedrich började knyckla upp en papperslapp och undslapp sig något skämt om vikten av att vara förberedd. Åhörarna väntade artigt. En och annan tittade diskret på klockan.

GT vände sig av och an på den obekväma stolen. Planen hade minst två brister, insåg han. För det första kanske Hydraleaks inte alls hanterade pappersmaterial utan enbart tog emot information i digital form. För det andra var det långt ifrån säkert att en kurir skulle leda CIA raka vägen till Gell. Fast på den sista punkten var GT mindre orolig; Gell var enligt alla uppgifter ett kontrollfreak av galaktiska format och ville garanterat själv granska alla dokument. Vilket också ledde tillbaka till det första problemet: förmodligen ville Gell se originaldokumenten i pappersform innan han började försöka prångla ut material till media.

"Det är så otroligt viktigt", mässade Friedrich nu, "att vi har tålamod med dem som inte har vår sjukdom, de som inte förstår vår situation. De har ingen aning om vad vi tvingas gå igenom varje dag. Det är lätt att hata dem för det. Men alla har sina kors att bära, och det gäller dem också. Vad vet vi om vilka svårigheter de har, vilka problem som gnager i dem? Vi får inte hata människor bara för att de inte är alkoholister och inte förstår oss. Det viktigaste är kanske inte att be folk om ursäkt", sa han med tydlig adress till Herta, "utan att kunna förlåta andra. Först då kan vi förlåta oss själva."

GT reste sig och slank diskret bort till kaffebordet där ett magert försett kakfat legat och stirrat på honom sedan mötets början. Han hällde upp en kopp kaffe och stoppade i sig ett par kringlor.

Tankarna ryckte och slet. Jo, Gell skulle vilja se materialet med egna ögon. Särskilt när det rörde sig om en så uppburen källa som USA:s ambassadör i Berlin. Gell måste gå i fällan.

Applåder igen. Det tog GT flera sekunder att förstå att det inte var honom man hyllade. Han applåderade själv lite halvhjärtat, vinkade vänligt åt Friedrich och närmast sprang ut därifrån. AA-ledaren hade en gång tagit upp med GT att det var märkligt att han alltid var först ut från mötena.

Ute regnade det fortfarande skoningslöst. GT ställde sig under ett träd och väntade på bilen. Det kanske var nya tider, tänkte han smått euforiskt. Det kanske rådde förvirring om vem som var den verkliga fienden och hur kriget skulle föras, men de gamla hederliga, beprövade metoderna som tusentals spioner mödosamt mejslat fram höll än idag. Han skulle besegra den här vidriga tidsåldern. Han skulle visa hela världen att det gamla hantverket fortfarande höll måttet.

Johnson kom körande med BMW:n.

"Tillbaka till ambassaden", sa GT med ett flin som fick mustaschen att spreta upp mot kindknotorna. Han smällde igen dörren, sjönk ner i baksätet och satte på sig säkerhetsbältet.

De for iväg österut.

"Kan du kolla hur ambassadörens schema ser ut idag?"

Johnson tog fram sin Blackberry. "Just nu är han hos Berlins handelskammare, men han ska vara tillbaka efter elva."

"Bra. Ring hans sekreterare och boka in lunch på Panoramapunkt vid halv ett. Det var alldeles för länge sen vi pratades vid."

yorckstrasse
berlin kreuzberg / de
tis 19 juli 2011
[11:35] / cet

Klubben på Yorckstrasse kunde utifrån misstas för en liten porrvideobutik med några runkbås och en minibiograf. Men den oansenliga fronten med laxrosa spegelglas dolde, som så mycket annat i en stad där historiens lager låg och skavde mot varandra i outgrundliga konstellationer, ett stort underjordiskt komplex i flera våningar.

Överst låg själva videobutiken, ett rum på högst fyrtio kvadrat med hyllor utmed väggarna. Avlånga lådor med reafilmer och sexleksaker upptog större delen av golvytan. Vid ena kortväggen stod en för tillfället obemannad, hög kassadisk klädd i zebraskinn. I en liten vaktkur längre in satt en mager kvinna i femtioårsåldern och läste.

En utsövd om än inte utvilad Ludwig Licht, i svart kostym, vit skjorta och svart vitprickig slips, gick fram till kuren och harklade sig.

"Jag ska träffa Pavel", sa han.

På andra sidan pansarglaset höjde kvinnan blicken från sin skvallertidning och såg ihåligt på honom.

"Det har jag inte hört nåt om."

"Bara säg att Ludwig är här."

Hon lyfte på interntelefonen och mumlade någonting ohörbart, väntade på svar. Så tryckte hon på en knapp innanför pansarglaset. Ett metalliskt surrande förkunnade att den orangemålade dörren som ledde vidare ner till själva klubben nu var olåst. Ludwig öppnade och påbörjade nedstigningen i underjordens första krets.

Några trappsteg följdes av en sluttande, kraftigt svängd ramp med röd gummimatta. Med en meters mellanrum satt guldmålade kandelabrar med ilskna halogenlampor. Det var som att snirkla sig ner i en excentrisk diktators parkeringsgarage för gocartbilar.

En svart dubbeldörr med nitar i lädret stod öppen in till den jättelika lokalen. Den korta bardisken gick i samma stil som dörren. Flera olika små dansgolv, scener och catwalks med invecklade ljusslingor längs kromdetaljerna varvades med klungor av soffgrupper i röd vinyl.

En asiatisk strippa i persikofärgat hår och gulnad frottémorgonrock stod och drack kaffe vid kassaapparaten. Hon höjde inte på blicken när Ludwig kom in. Det gjorde däremot Pavel, där han satt i ett soffhörn och pratade i telefon. Hans ansiktsuttryck ändrades inte – han registrerade kort och gott Ludwigs närvaro och fällde ihop mobilen, som om den vore ett paraply och han just upptäckt att det slutat regna.

Ludwig satte sig mittemot den jämnårige stridsvagnen Pavel Menk, som bar ett minimalt krucifix i en desto kraftigare guldkedja utanpå polotröjan. Det tunna mörkröda bomullstyget smetade åt som ett lager vaselin över hans världsunika blandning av fett och muskler. Flintskallig var han, förutom ett decimeterlångt råtthäng i nacken och över öronen. Den kalla men ganska grumliga blicken förde tanken till Ludwigs gamla överordnade i öst: de ömsom trötta, ömsom sprattliga reptilerna.

Pavel började nicka innerligt; som i samförstånd, som i rena maskopin.

"Är du sugen?" Pavel nickade åt asiatens håll.

Ludwig blinkade ett par gånger. "Öh, nej, det är bra."

De satt tysta. En utomstående hade kunnat tro att de smälte ett dödsbud tillsammans. Vilket de på sätt och vis gjorde, insåg Ludwig.

"Fint av dig att komma, Ludwig. Det uppskattar jag." Pavel drog med tungspetsen fram och tillbaka mot övre tandraden.

Ludwig drog efter andan. "Jag har goda nyheter." Han la kuvertet på bordet. "Hela skulden, med räntan och allt. Sextontusen euro. Jag beklagar att det drog ut på tiden."

Pavel ägnade inte kuvertet en blick. Istället satt han med halvöppen mun och såg forskande på Ludwig.

Ett lågt, väsande gurgel hade börjat leta sig upp genom strupen på moldaviern i takt med varje andetag. Ludwig fann det för gott att runda av diskussionen.

"Ja, så är det i alla fall." Han sköt kuvertet närmare Pavel, lutade sig tillbaka och la armarna i kors.

Pavel stängde munnen och andades med näsan istället, vilket bara gjorde att det lät ännu värre om honom. Måste ha legat en polypproblematik i botten.

"Vi tar en drink." Han knäppte med fingrarna men strippan i baren stod och halvsov och reagerade inte, varvid Pavel själv hävde sina anabolstinna gamla kilon ur soffan och in bakom bardisken.

Han återvände med två glas gin. "Det nyttigaste som finns", sa han och tryckte ner sig vid bordet igen.

"Förmodligen", sa Ludwig. "Skål."

Pavel smuttade lite på spriten. "Det ligger ett område på andra sidan floden", sa han drömskt.

"Amen", sa Ludwig, som misstog repliken för något ortodoxt talesätt om det bättre livet efter detta.

Pavel gav honom en förbryllad blick innan han fortsatte: "Det har alltid legat där. Nuförtiden är det många som betraktar det som ett eget land."

"Jag vet inte om jag hänger med riktigt", sa Ludwig.

"Transnistrien. Landet på andra sidan floden Dnestr."

"Okej."

"Kristna turkar har styrt området. Riktiga turkar har styrt området. Och rumäner", sa Pavel och låtsasspottade tre gånger över axeln. "Rumäner har styrt området. Ni tyskar har styrt området. Ryssarna har styrt området. I tre år, min vän, i tre lyckliga år fick vi moldavier själva styra området. *Som är en del av vårt land.* I tre år fick vi styra det. Nu är det ryssarna som styr det igen."

Ludwig nickade och drog i sig lite gin. "Imperialismen förnekar sig inte", sa han osäkert.

"Femhundrafemtontusen transnistrier finns det. På ett ungefär, antar jag, jag vet inte vem som har räknat dem. Fram till igår fanns det så många i alla fall." Pavel gjorde en paus, och vecklade sakta ut handflatorna som för att väga världens skilda orättvisor mot varandra. "Nu är de en mindre. Femhundrafjortontusen... niohundranittionio. Det är en liten men klar förbättring."

Ludwig svalde. "Otto Mlopic."

"Tänk att du la namnet på minnet i alla fall", sa Pavel och knackade sig pedagogiskt i pannan.

"Jo, jag hade tänkt ta upp det där", sa Ludwig snabbt. "Jag är verkligen ledsen att –"

"Nej nej nej", viftade Pavel bort invändningen. "Du förstår inte. Jag har inga problem med att du minskar det transnistriska befolkningsbeståndet. Du får gärna minska det ännu mer. Faktum är att jag gladeligen skulle betala dig ett styckpris för varje galen transnistrisk hund du avlivar. Men nej. Nu handlar det om konsekvenserna av att ha ihjäl just den här transnistriern. För just den här transnistriern som vi pratar om, han var skyldig mig pengar. Hela hans släkt var skyldig mig pengar. Och nu", sa han och höjde dramatiskt armarna mot skyn som för att välkomna Gud fader att höra hans vittnesmål, "nu betraktar de skulden som betald. Som betald!"

Han lät det hela sjunka in. Ludwig öppnade munnen för att protestera, men Pavel avbröt honom.

"Tiotusen euro, Ludwig. Så om det inte ligger tjugosextusen euro i det där kuvertet är du fortfarande skyldig mig tiotusen."

Ludwigs blick dalade ner i golvet.

"Ligger det tjugosextusen euro i kuvertet?" frågade Pavel magistralt.

"Nej."

"Nej", log Pavel. "Just det. Hur mycket ligger det i kuvertet?"

"Sextontusen."

"Så hur mycket är du skyldig mig?"

"Jag är inte skyldig dig nånting!" protesterade Ludwig. "Det var han som attackerade mig! Jag frågade vad han ville och vem som hade skickat honom, och... och han svarade inte. Vad fan skulle jag ha gjort? Det är sånt som händer, för helvete!"

"Det är sånt som händer", härmade Pavel honom med gnällig röst och uppspärrade ögon. "Bah. Allt som händer får konsekvenser, Ludwig. Dina handlingar, dina konsekvenser." Han svepte det sista ur glaset.

Ludwig skakade på huvudet. "Det var självförsvar."

En skröplig man kom ut genom en av dörrarna till rummen för privatvisning. Några steg efter följde en sjukligt blek strippa med avancerade hårförlängningar; hon hade uppenbara abstinensbesvär och höll huttrande armarna om sig i morgonrocken.

Gubben dröp skamset av mot utgången och strippan försvann genom en annan dörr.

"Det är alltid självförsvar", sa Pavel. Han la huvudet aningen på sned och sa: "Men på tal om goda nyheter: den goda nyheten är att du har visat dig så... kapabel, Ludwig. Det hade jag faktiskt ingen aning om. Det är mycket glädjande för oss båda. För det betyder att du kan betala de tiotusen in natura."

Det gick några sekunder. "Jag vet inte riktigt..." Detta hade tagit en obehaglig vändning. "Alltså, hur menar du att –"

"Välkommen till tjänstesamhället. Humankapital och nätverk och resurskraft, Ludwig. Det är allt som räknas."

Ludwig greps av en viss panik.

"Du gör mig en liten, liten tjänst", fortsatte Pavel. "Du mobiliserar alla dina tjusiga humana kunskaper. Sen drar vi ett streck över alltihop."

"Vad är det för tjänst vi pratar om?"

"Ludwig!"

"Så att vi verkligen är överens, menar jag."

Pavel drog igång det tvångsmässiga nickandet igen. "Du kan lita på lilla pappa, det vet du ju."

Ludwigs grimas försökte uttrycka otålighet men nådde inte högre verkshöjd än ren ynklighet. "Självklart."

"Säg att det öppnar en konkurrent på samma gata, mitt framför näsan på dig. Vad gör du?"

*Skickar hälsoskyddet på honom*, tänkte Ludwig bittert. "Fördubblar mina ansträngningar?"

"Hehe. Kanske det." Pavel blängde till på den sovande strippan i baren. "Kanske inte. Men tänk att han ska servera precis samma mat, precis samma meny, kanske lite lägre priser. Men samma – samma koncept."

"Ja."

"Sänker du priserna? Byter du mat? Vad gör du?"

"Kanske... tar en pratstund med honom?" försökte Ludwig.

"Det har redan utspelat sig en sån pratstund. Hjälpte inte. Och det fanns... vittnen. Men så kom jag att tänka på dig."

"På mig."

"Ni har ju ingen koppling till varann."

"Du vill att jag pratar med konkurrenten."

"Nej. Jag vill att du skrämmer bort konkurrentens finansiär. En liten polack med dramatiska polska drömmar. Han har inte skrivit på än. Nästa vecka. Du tar hand om det innan dess. Inga pengar, inget kontrakt på lokalen, inget nytt ställe mittemot."

Ludwig gapade. "Finansiären, säger du? Fan Pavel, det är dig de borde skicka till Saudiarabien och få ordning på en del grejer."

Det kom bara en tom blick och en axelryckning till svar, kryddat med ett "Kanske det."

Ludwig var fortfarande slö i skallen av sömntabletterna från kvällen före och hävde ur sig: "Men varför tror du att jag skulle klara av nåt sånt?"

Pavel log – eller rättare sagt, han *lät sig själv le*, som om hela hans yttre var en övergödd ödla han gick runt med i koppel och viskade instruktioner åt. I ett anfall av klartänkthet förstod Ludwig att det kanske var precis så Faye Morris betraktade honom själv och GT.

"Du är den typen bara", sa Pavel och rapade. "Sånt man lärde sig känna igen i Afghanistan."

Temperaturen sjönk ytterligare, som den alltid gjorde när man såg en monstruös spegelbild av sig själv.

Afghanistan. Det fanns mycket Ludwig inte ville veta om vad Pavel Menk sysslat med i Afghanistan på sovjettiden. GRU, gissade han. På underrättelsesidan gick Pavel ju att föreställa sig. Men i Röda armén? Han måste ha varit i tjugofemårsåldern när det begav sig. Omöjligt att se honom bemanna en kulspruta i en helikopter, kasta sig upp och greppa ratten till en jeep. Fast omöjligt? Vad var omöjligt när man var tjugofem?

"Skål för våra eviga fiender i bergen", sa Ludwig med några hertz för gäll röst. "Dumma som höns, omöjliga att besegra."

"För det storslagna åttiotalet", höjde Pavel glaset.

"Var håller finansiären till då", sa Ludwig. "I Warszawa?"

"Skit i det. Du ska inte söka upp honom, bara skrämma bort honom. Bränn ner stället, eller nåt. Få honom att tänka sig för innan han satsar sina smutsiga pengar."

"Hur kan det vara värt så mycket för dig? Tiotusen euro? Du skulle kunna få det gjort för en tredjedel."

Pavel höll upp ett pekfinger i luften. "Det finns olika värden i livet. Jag kanske är nyfiken på om du klarar det. Det kanske är ett inträdesprov."

"Ett –", började Ludwig. "Jag kom inte hit för att söka jobb, Pavel. Med all respekt."

Pavel log kokett. "Vi får väl se."

"Tid och plats", suckade Ludwig.

"På andra sidan gatan. Lokalen är tom, den går inte att missa. Senast på torsdag kväll."

"Nu på torsdag?" sa Ludwig. "I övermorgon?"

"Men vad är det med dig?" snäste Pavel. "Hur lång tid tar det att blanda en molotovcocktail, för helvete? Ja, nu på torsdag. Jag vill att polacken ska vara kvar här i Berlin när det händer, och han åker hem igen på fredag."

"Och det rör sig om... de bedriver alltså... kriminell verksamhet?"

"Ha! Du är för jävla rolig du, Ludwig. Jag förstår inte ens frågan. Förstår *du* frågan?"

"Sådär", blev svaret. Han reste sig.

Pavels torra skratt var det sista Ludwig hörde innan han påbörjade uppstigningen. Kvinnan i vaktkuren satt och tittade på något filmklipp i sin mobiltelefon. Kassadisken var nu bemannad av abstinensstrippan med hårsvallet, och ett par i tjugofemårsåldern gick runt och glodde på leksakerna med en lägenhetsvisnings uppspelta noggrannhet.

Han klev ut i det blöta grådiset på gatan. Där, ja. Där kom den: den plötsliga syretillströmningen i hjärnan, den kleptomana lättnaden över att ha stulit sig ännu lite tid.

Tvärs över gatan, på andra sidan allén som delade av körfälten, såg han lokalen ifråga: stora gråvita pappsjok satt upptejpade på insidan av fönstren. "Öppnar i september", stod det i röd tusch. En rosa neonskylt hade ställts på golvet alldeles intill rutan:

CLUB WET DREAMZ

Ludwig började gå mot U-bahnstationen.

Än bet han sig fast, noterade han. Än var det fler gäster än döda på hans utdragna begravning.

ebertstrasse
berlin potsdamer platz / de
tis 19 juli 2011
[13:10 / cet]

Potsdamer Platz låg som en nygjord rotfyllning i juliregnet. GT hade gått den korta biten från ambassaden och stod nu med ett rutigt paraply och väntade på grönt vid ett övergångsställe. Detta skulle vara berlinarnas Times Square, deras Tokyo, deras Kuala Lumpur – men vad de än gjorde med stället kom man aldrig ifrån att det var den eviga brottsplatsen: först rikskansliet och Hitlerbunkern, sedan ingenmanslandet där muren hade stått som allra mest naken och oförneklig. Inga uppblåsta biografpalats eller familjestinna glassbarer i världen kunde utplåna den kvardröjande skammen.

Fast det kanske de visst kunde, tänkte amerikanen och fällde ihop paraplyet när han nådde pelargången. Det krävdes bara att man suddade ut sådana som han själv först. Ombesörjdes gratis, om än sakta, av tiden själv.

Kollhoffskrapan stod som hämtad ur en skräckfilm där det gotiska bara hade släppts fram till hälften: brunt tegel istället för svärtad sten, glada spetsigheter av något okänt ironiskt släkte. Ändå hade GT svårt att motstå den och bland allt det nya var den hans absoluta favoritbyggnad. Det hindrade dock inte att han fick köpa biljett som en tredje klassens turist för att åka hissen upp. Något slags portier berättade om byggnadens oerhörda höjd och hissens fasansfulla hastighet.

Det första han såg när dörren gled upp var Ron Harrimans långtaniga kostymklädda rygg och kastanjebruna hårsvall. Ambassadören stod lutad mot ett räcke vid fönsterväggen och insöp utsikten. Maktgalna individers favoritsysselsättning, från Wagner till Herzog med diverse andra figurer dessemellan. Berghof-testet, kunde man kalla det: ställ dig och se ut över en bergskedja och beskriv dina känslor.

"Ser du nåt du gillar?" sa GT och föll in bredvid honom.

"Skulle jag inte påstå." Den fyrtiosjuårige Harriman vände sig sakta om med ett leende av det beklagande slaget. Han var solbränd och fräknig som en skolpojke, och håret var fönat och sprayat på bästa politikermanér. Den tredelade kostymen var mörkblå och kritstrecksrandig och slipsen champagnefärgad. Nej, ambassadören begrep sig inte på Berlin. Stan började om på nytt hela tiden, en tjuvstart för varje kvarter. Han såg ingen helhet. "Vilken sommar", tillade han med en grimas.

Först nu upptäckte GT de båda livvakterna ur ambassadens säkerhetsstyrka: en med ryggen mot bardisken, en några meter från hissdörren. De var verkligen diskreta. Den ena hade inte ens kostym utan klubblazer och blåjeans.

"Det fanns tyvärr inga vanliga bord, men –", började GT.

Ambassadören viftade med handen. "Det löste sig tydligen. Kom."

De gick in i restaurangdelen och slog sig ner vid ett bord med utsikt snett norrut över Tiergarten. Murade pelare stod på rad utanför de svartmålade träbalkarna som delade upp fönsterväggen. Duken vid det runda lilla bordet var grå, inte vit; en mörkrosa miniflamingo stod där en blomvas hade varit på sin plats. Det var inte GT:s typ av ställe, men definitivt ambassadörens. Extravagant kitsch i kombination med ekologisk mat var precis vad kosmopolitiska karriärister drömde om när de började planlägga karriären i sisådär tolvårsåldern.

De beställde: GT tog en blodig entrecote, ambassadören en laxsallad. Jodå, Harriman hade lämnat hillbillyskapet bakom sig någonstans i det dimglåmiga Wyoming Valley uppe i nordöstra Pennsylvania. GT tackade Gud för att han själv inte gjort det. Det var en av många faktorer som i alla lägen gjorde honom överlägsen dessa liberala blötdjur med sina kaloriräknare i mobilen och tofumumsande yogafruar. GT hade inte glömt hur det var att hungra efter sådant som gjorde livet uthärdligt. Det hade inte fienden heller.

GT åt upp långt före ambassadören. "Hur är det med Liz?" frågade han och drack lite mineralvatten. "Har hon vant sig vid exilen?"

Harriman, som hade munnen full med mat, försökte förmedla ett svar genom en guppande huvudrörelse av indiskt snitt. GT nickade.

"Jag förstår", sa han och rättade till den lila paisleyslipsen. "Det är inte alltid så lätt."

Det fanns tre sorters amerikanska ambassadörer ute i världen: de som utnämndes som belöning för lång och trogen tjänst, de som utnämndes för att undanröjas som inrikespolitiskt hot och så de som utnämndes för att presidenten måste visa lite god vilja och göra en partiöverskridande gest. Ron Harriman var en blandning av kategori två och tre. Bush hade tillsatt honom för att han seglat upp som stark kandidat mot en sittande republikansk senator, och som grädde på moset var han ju demokrat.

"Det är ju inte för evigt", sa Harriman med tonfallet hos någon som fortfarande trodde på sina böner. Han la besticken tätt ihop på tallriken. Högst två tredjedelar hade han ätit.

GT sken upp. "Nä, och på tal om det: hur går det med sonderingarna hemma i Pennsylvania?"

Ambassadören gav honom en häpen blick. GT log.

"Jag antar att det är 2016 du siktar på", fortsatte GT. "Tänk att du var så sugen på att ta dig till kongressen, vem hade kunnat ana det."

"Jag vet inte vad du har hört", sa Harriman trevande, "men det finns ingenting konkret än. Absolut ingenting."

"Det finns en sonderingskommitté." GT torkade sig om munnen med en beige tygservett. "Och de har börjat dra in en hel del pengar, har jag förstått."

Det blev droppen för ambassadören. "Vad har du med det att göra?" sa han med uppspärrade ögon. "Vad håller du på och gräver i det för!"

"Så så. Nu ska vi inte hetsa upp oss. Klart att jag är nyfiken på lite allt möjligt. Det blir så i mitt yrke."

Ambassadören fnös och la armarna i kors. "Och än sen då? Vad trodde du, att jag tänkte sitta här och ruttna resten av livet? I den här förbannade..." Han fastnade med blicken på riksdagskupolen i fjärran och skakade på huvudet.

"Hur brukar det gå för vänsterliberaler i Pennsylvania nuförtiden?" sa GT vänligt. "Jag hänger inte med så bra längre."

"Det blir en öppning tidigare än 2016", sa ambassadören surt. "Men det vet du säkert redan."

"Just det, så var det ja. Jag tror säkert att du klarar det, för övrigt. Du är den charmiga typen. Och de fina väljarna i din hemstat kommer säkert att gilla dig. Om du ändrar på precis allt, vill säga. Men det gör du väl? Du har väl gått med i NRA, hoppas jag."

Ambassadören svarade med en behärskad grimas.

GT lutade sig fram över bordet och sa med låg röst: "Fast det vore ju tråkigt om drömmen gick i kras bara för en liten detalj som... tja... landsförräderi."

"Vad pratar du om? Vad är det du säger?"

"Du vet jävligt väl vad jag pratar om."

Ambassadören var tillräckligt chockad för att ha ett fullt fungerande pokeransikte, om man med pokeransikte menade ett uttryck som förmedlade gränslös oförståelse.

"Har du verkligen inget bättre för dig än att spionera på mig?" sa han och torkade sig avmätt med servetten igen.

GT höll på att njuta sig fördärvad av hela spektaklet. "Ska vi gå ut och ta lite luft kanske?" Han nickade mot livvakterna. "Det är nog bäst om de stannar här nere, skulle jag säga."

Harriman reste sig utan ett ord, gick fram till mannen i klubbblazern och sa något. GT följde efter ambassadören uppför den smala trappan till de övre panoramagångarna allra högst upp i skyskrapan. Det var som en utbombad katedral där uppe. Tak saknades. Och teglet var bränt, vilket förstärkte effekten.

Regnet hade lättat en aning, men inte tillräckligt. Inga andra människor syntes till. GT och Harriman fällde upp sina paraplyer och stod där mittemot varandra i varsin tegelnisch, i varsin kostym.

"Jag tror att du skulle må bra av lite… politisk omskolning", sa GT beskt.

Den skärrade Harriman höll sig avvaktande.

"Du är en upptagen man", fortsatte GT, "så jag förstår att du kanske inte har hängt med så bra på sistone. Det blir så många cocktailpartyn och paneldiskussioner. Vilken tur för dig att skattebetalarna fortfarande har såna som mig anställda. Såna som håller vakt uppe på krönet medan du sitter med näsan i nån japansk gräsdrink."

"Gode Gud", sa ambassadören omtöcknat. "Vad var det Kierkegaard skrev… Hegel är för gammal för att hålla sina föreläsningar och jag är för gammal för att lyssna på dem?"

"Man blir aldrig för gammal för att lära sig." GT lutade sig mot gallret längst in i nischen. "Dels har vi ett alltmer expansionistiskt och råvarutörstande Kina. Dels har vi en verklig folklig resning i arabvärlden – ett område som uppvisar en sällsynt olycklig kombination av fattigdom, dåligt humör och om inte egentlig kontroll över så i alla fall konkret fysisk närhet till världens väsentligaste råvarureserver."

"Jaha?" sa ambassadören irriterat.

"Jag vet inte om du har snappat upp det, men vår första och heliga prioritet är att säkra tillgången till energi för den civiliserade världen. På lång sikt. Energi."

Ambassadören ryckte på axlarna. "Säger du det så."

"Energi", fortsatte GT oförtrutet, "ingår i ett maktpolitiskt kretslopp där ekonomisk makt, politisk makt, militär makt och… civilisatorisk slash kulturell makt… fungerar i ömsesidigt stärkande harmoni. Ja? Eller om vi vänder på steken: i ömsesidigt frätande nedåtgående spiraler. De som ifrågasätter västs fortsatta globala dominans har helt enkelt inte alternativen klara för sig. Demokratier som förlitade sig till enbart demokratiska medel skulle bli rövknullade fullkomligt åt helvete av den sortens regimer som håller på att ta form. Inte ens Nixon hade det som krävdes för att rädda Vietnam. Nu är det bara vekhet på alla fronter. Inte från presidentens sida, faktiskt, utan på lägre nivåer. Din nivå, till exempel. Det är skrämmande."

"Jag fattar fortfarande inte varför jag har gjort mig förtjänt av de här tiraderna", sa ambassadören tanigt.

"Åh, men det tror jag visst att du fattar", sa GT kallt. "Protest-rörelser, indignerade kulturpersonligheter, *läckande tjänstemän*" – här gjorde han en paus och kryddade med en äcklad grimas – "alla begår ni samma tankefel. Ni tror att det bara handlar om pengar. Och visst, Irak berodde naturligtvis på oljan, det är ju självklart. Men inte på oljans *ekonomiska* värde. Poängen är att det inte handlar om pengar, det handlar om makt. På den yttersta dagen, när den stora tusenårsredovisningen ska in, handlar det om överlevnad. Vår överlevnad, Ron."

Ambassadören stirrade på sina skor i några sekunder innan han utbrast: "Jag tänker inte stå här och –"

"Jag vet vad du har gjort."

Lång tystnad.

"Okej?" fortsatte GT. "Jag känner till dina kontakter med Hydraleaks. Så för att citera din gossidol", rundade han av, "är det dags att du frågar dig vad du kan göra för ditt land."

"Jag hade…", började ambassadören.

"Va?"

Harrimans blick gick runt, runt som ett rotorblad.

"Jag hade mina skäl att läcka den där rapporten. Min far." Han harklade sig. "Min far tog livet av sig efter tre rundor i Vietnam. Hängde sig i garaget. Mamma hittade honom. Inte en cent fick vi. Inte en –"

"Det var tråkigt att höra", sa GT. Han var på väg att säga något om vad fadern hade tyckt om att hans son gått och blivit landsförrädare, men insåg att tiden nu var mogen för att beträda de lite varmare spåren. "Ron, vi kan reda ut det här", sa han med låg röst och all innerlighet han förmådde. "Jag förstår att du blev… att det gick av sig självt bara. Sånt som händer. Om du visar mig att du är på banan igen så kan vi dra ett streck över alltihop."

Ambassadören nickade. Ett nytt ljus tändes i hans ögon: en liten stjärna över Betlehem, en skälvande strimma hopp över den annars så gyttjiga horisonten.

"Jag är på banan, Clive."

"Hur gick det till när du överlämnade rapporten?" frågade GT. "Var det ett möte?"

"Ja."

"Ett möte med en kurir?"

"Ja. Jag antar det. Vet inte vem hon var. På ett snabbmatställe här i stan. KFC."

"Hur kontaktar du dem? Har du ett telefonnummer?"

"Nej", sa Harriman. "Jag skriver ett meddelande i min statusrad på Facebook, och då kommer det nån till restaurangen klockan tolv dan efter."

"Vadå för meddelande?"

Ambassadören sa syrligt: "Ännu en härlig dag i världens vackraste stad."

GT formligen spann. "Är du beredd att göra en insats för laget igen, Ron?"

"Ja", sa Harriman med det enfaldiga ansiktsuttrycket hos en förlåten tolvåring. "Jag är med."

erich-steinfurthstrasse
berlin friedrichshain / de
tis 19 juli 2011
[17:30 / cet]

De slet likt två galärslavar vid varsin roddmaskin i exakt en timme. Det var första gången på månader för Ludwigs del, och han fruktade att Scheuler skulle ställa till med en skräll. Men när tiden var ute visade distanstalen samma pinsamma sanning som alltid: hans restaurangchef var chanslös.

Gymmet som inte var något gym låg på andra våningen i ett utdömt hyreshus på Erich-Steinfurthstrasse strax norr om Spree, mittemot Ostbahnhof i Friedrichshain. Det var gott om folk där inne: idel män i femtioårsåldern och uppåt. Förutom roddmaskinerna utgjordes den enda träningsutrustningen av ett par sandsäckar och en uppsättning skivstänger, vikter och hantlar.

Det var Ludwigs absoluta favoritplats i universum. Huller om buller stod spelbord i plast med överfulla askfat. De nytapetserade gulblommiga väggarna kantades av olagliga enarmade banditer. Stället drevs av en "serbokroatisk fredsförening" instiftad under Balkankrigen på nittiotalet. Ingen hade någonsin sett en serb där inne, ett kulturellt misslyckande som hade sin förklaring i de kroatiska flaggorna utanför.

Merparten av gästerna var där för att läsa tidningen, kedjeröka och dricka sprit. Tanken var att mjuklanda efter ett långt taxiskift, att bättra på chanserna för överlevnad när man återigen måste ställas inför hustrun ute i någon mörk förortslägenhet.

"Gammal är äldst", grinade Scheuler uppgivet när han jämfört resultaten. Han stängde av displayen.

Ludwig dunkade honom i ryggen innan han la sig på en bänk och slöt ögonen.

"Jag kan inte fatta att du aldrig blir bättre. Det är fan moraliskt stötande."

"Det som är riktigt stötande", sa Scheuler och lutade sig mot väggen intill, "är faktiskt att du aldrig blir sämre. Trots att du tar så dåligt hand om dig. När var du här senast egentligen?"

"Måste ha varit i vintras nån gång. Strax efter nyår tror jag."

"Du ser. Så jävla orättvist."

"Du kom igång för sent i livet, Martin. Det är bara det."

"Jag började träna när jag var fjorton."

"Jaha", sa Ludwig och satte sig upp på bänken. "Vad fan då för nåt, skateboard?"

"Rodd."

Ludwig skrattade rått och skakade på huvudet. "Säg det människoöde som inte är tragiskt."

"Jag har bättre teknik än du. Jag har bättre kondition. Jag har mindre fett att släpa på."

"Då är det ett Guds mirakel vi bevittnar. Varenda jävla gång."

"Amen."

De duschade och klädde om. Det fanns bastu, men de var för hungriga för att dröja sig kvar. Vid sjutiden åt de hamburgare på ett ställe intill. Ludwig drack ett par Warsteiner och lät sig invaggas i förbrödringens stilla normalitet.

Tills Scheuler förstörde alltihop med att fråga:

"Vad är det för jobb du håller på med? Jag vet att du har nåt på gång."

Ludwig drack ett par långa klunkar. "Var har du fått det ifrån?"

"Du håller dig undan, och ändå är du nykter när man träffar dig, och så sa du att du har fixat pengarna till Pavel. Du *har* väl fixat pengarna till Pavel?"

"I stort sett."

"Man kan be folk om hjälp, Ludwig. Har du tänkt på det?"

"Nej."

Scheuler försökte med ett avväpnande leende.

"Allvarligt talat, du borde –"

Ludwig reste sig, drog upp en sedel ur fickan; la den på bordet som om den var alltings slutpunkt.

"Du vill inte in i den delen av mitt liv. Ingen vill in där."

"Men kan du inte bara berätta vad som –"

"Nej."

Han gick hela vägen hem till fots med gymbagen dinglande i axelremmen. Över Spree via Schillingbrücke, ner förbi St Thomaskyrkan och den krökta Bethaniendamm där muren en gång karvat upp Kreuzberg i en nordlig och en sydlig del. Det hade slutat regna.

Vad var det för jobb? Samma jobb som alltid. Vallning av åsna utför slänt, noll risk för någonting. Stor häpnad på alla håll när någonting ändå inträffade.

★

Det blev ett sexpack öl till priset av småpengar och två minuter kallprat i tobaksaffären mittemot porten på Adalbertstrasse. Ludwig var halvvägs över gatan när motorcykeln kom farande från höger. Det brände till i knäskålen. Han kastade sig framåt, gjorde en halv kullerbytta och duckade bakom en bil.

Mc-föraren bromsade och lyckades stanna femton meter bort, vände sig om, fällde upp visiret.

"Gick det bra?" ropade hon förvirrat. Först när hon åter vände blicken framåt fick hon syn på Ludwig, och kände pistolmynningen mot näsroten.

"Vem är du?" väste han.

"Förlåt! Förlåt!"

"Vem jobbar du åt?"

"... jag pluggar", sa flickan och svalde.

Hon stirrade vindögt på den lilla Walther PPK:n.

Så föll någonting på plats i Ludwigs bröst. Det var som att äntligen komma upp till ytan och dra ett enormt andetag.

"Mitt liv är åt helvete", hörde han sig själv säga.

Flickan hade slutat andas. Hennes blick flämtade desto mer.

*Mitt liv är åt helvete.* Det var som om han satt fastspänd i elektriska stolen och valde just de orden som sina sista. Hade han inte sagt samma sak till sin mor när han berättat att han sökt in till Stasihögskolan i Potsdam-Eiche? Hade han inte sagt samma sak till sin son strax före skilsmässan?

"Snälla... döda mig inte", viskade flickan.

"Va?" Ludwig säkrade vapnet och stoppade tillbaka det i jackfickan.

Trafik. Det närmade sig trafik.

"Försvinn." Han smällde ner hennes visir. "Och håll inte på och kör på folk, för i helvete."

Hon for iväg illa kvickt. Utan att själv lägga märke till det memorerade Ludwig nummerplåten. Han gick och hämtade gymbagen och påsen med öl.

Svetten i pannan. Men det gick. Det gick att se sig snabbt omkring, omvärdera situationen. Nätt och jämnt gick det.

★

Merkel och Sarkozy på teve igen; Helan och Halvan. Kanalbyte. ZDF visade DDR-dramat *De andras liv*. Ludwig satt kvar på golvet och stirrade bedövat på interiörbilderna från sin gamla arbetsplats på Normannenstrasse. Skammen hann ikapp först efter flera minuter. Han stängde av, gick till kylen och tog en öl till.

I badrummet stoppade han gymkläderna i maskinen. Men tvättmedlet var slut. Han gick och hämtade flaskan med diskmedel i köket, klämde ur en deciliter i facket och satte igång kortprogrammet. I arbetsrummet stoppade han sin Walther PPK på översta hyllan i skåpet – en pistol han köpt strax efter murens fall för att fira att han aldrig mer behövde nöja sig med den ryska kopian, en Makarov som byttes in i samband med transaktionen. Han hade aldrig avfyrat Walthern annat än på skjutbanan. Den förde otur med sig: en gång hade han fått en stekhet tomhylsa rakt över örat och blött som en gris i flera timmar. Och så nu ikväll. Han hade tappat kontrollen.

Tappat. Kontrollen.

Burken var tom. Han knycklade ihop den med vänsterhanden och släppte den i teakpapperskorgen vid skrivbordet.

Förr eller senare måste han återfå koncentrationen. Två hinder: tankarna på starksprit och situationen med Pavel.

Pavel.

Säga vad man ville om GT som uppdragsgivare: Ludwig hade ingen lust att byta honom mot Pavel. Men förr eller senare skulle GT gå i pension. Och någon måste Ludwig jobba åt, krogarna bar sig inte. Ett scenario där han hamnade i klorna på någon gangsterboss blev troligare för var år som gick. Är det allt jag är värd nuförtiden? tänkte Ludwig äcklat. *Är det allt jag har att erbjuda? Springschas åt en andra rangens hallick?*

Han gick tillbaka till vardagsrummet. En ny ölburk. Så drog han efter andan, tog mod till sig och gjorde det som hela dagen syftat till att skjuta upp: han ringde sin son.

"Hej", svarade svärdottern.

"Det är Ludwig." Han slickade sig om läpparna. "Tänkte gratta på födelsedagen. Hur mår den lille mannen?"

"Jo, han mår bra. Walter nattade honom för ett par timmar sen."

Ludwig tittade på klockan. Halv tio.

"Det är klart, jag förstår", sa han snabbt. "Kom inte loss förrän nu."

"Mycket att göra?" Marias röst var så full av förakt att den hade kunnat driva en lastbil.

"En del. Så är det. Men du, är Walter där eller?"

"Hallå där", sa hans son efter en stund.

"Jag ville gratta det... det lilla underverket. Men han sover förstås." Ludwig harklade sig. "Annars är det bra då?"

"Jo."

"Tänkte jag kunde komma och hälsa på om ett tag."

Den sortens tystnad uppstod som inte borde uppstå efter en sådan utsaga.

En vacker dag tänkte Ludwig berätta för sin son om vilken sida han egentligen stått på under de gamla onda åren. Det borde inte vara så svårt. Det borde gå av sig självt.

Fast... först hade grabben varit för ung för att förstå. Nu var han för gammal för att rucka på sina uppfattningar. Visst, han skulle förstå vad Ludwig sa. Men det skulle aldrig sjunka in. Pojken var färdigformad, stelnad. Ute ur ugnen för gott.

Till slut sa Walter: "Det låter bra."

Ludwig väntade på att någon inbyggd sufflör skulle förse honom med rätt replik. Det ville sig inte.

"Ja, men då hörs vi om det!" fick han ur sig. "Okej?"

"Okej."

Och så kom räddningen i form av att det ringde på satellittelefonen.

"Jaha, nu är det nån som ringer", sa Ludwig lättat. "Vi får höras lite längre fram. Hej hej."

Han bytte telefon.

"Vi håller på att trä betet på kroken", sa GT och njöt uppenbarligen av formuleringen. "Kan du ta hand om själva fisket imorgon förmiddag?"

"Absolut." Ludwig slutade kallsvettas. "Men då får vi starta om taxametern."

Tystnad.

"Bara så att jag har varit tydlig", la Ludwig till.

"Inga problem", sa GT.

"Var nånstans?"

"Alexanderplatz."

Ludwig gick in i arbetsrummet, loggade in på datorn. Hela dagen hade han förträngt situationen med Pavel, men nu lossnade det.

GT sa något om finanskrisen eller vädret eller både och. Ludwig lyssnade knappt men formulerade ändå någonting om en långsam syndaflod. De var överens. De la på.

Uppkopplingen vaknade.

Wikipedia. Transnistrien. Flagga: röd med ett grönt fält tvärs över mitten, plus en gul hammare och skära och stjärna längst upp till vänster. Som om Libyen inlemmats i det sovjetiska imperiet.

Och så hade en plan börjat ta form. Ludwig, en varm förespråkare av fri uppfostran, lät processen sköta sig själv. Och det gjorde den.

# ONSDAG

berlin alexanderplatz / de
ons 20 juli 2011
[11:50] / cet

Det borde ha varit stekhett, folk borde ha vallfärdat till badplatser utanför stan eller legat nere vid kanalerna och solat. Nu fick de hålla tillgodo med sjutton grader, avgasgrå molnskyar och löpsedlar om eurons förestående undergång. Klockan var tio i tolv.

Under en låg, välvd S-Bahnbro i gult tegel låg Alexanderplatz eget Kentucky Fried Chicken. Ludwig Licht stod inne i bokhandeln mittemot och höll utkik genom ett skyltfönster.

Han räknade till fem olika böcker om Stasi där inne. Ostalgin dröp som sirap över hela området, från medaljförsäljarna vid tevetornet till urvalet i presentshopparna. Turisterna älskade den gamla onda tiden. De älskade att föreställa sig sådana som Ludwig i färd med att slå in dörren hemma hos någon stackars bleksiktig poet mitt i natten och föra honom till en fuktig tortyrkammare tre våningar under marken.

Han slet blicken från ett av bokomslagen och återgick till att hålla uppsikt över restaurangen. Området mellan de båda lokalerna var perfekt: enbart gångtrafik, öppet och ljust. Det enda problemet var att Ludwig än så länge inte visste vem han letade efter.

"Har ni tid ett ögonblick?"

Någon petade Ludwig på axeln. Han vände sig om. Ung kvinna med Greenpeacejacka och en pärm i famnen.

"Nej", sa Ludwig.

"Det tar bara –"

"Försvinn, hippiejävel." Han spärrade upp ögonen och pekade mot dörren.

Kvinnan svor tyst och backade ut från bokhandeln.

★

Minuten senare fick Jack Almond sin hink med friterade kycklingbitar och tillbehör, som han var tvungen att betala kontant – ett vanligt fenomen i denna inte helt uppdaterade del av världen, där vart och vartannat ställe inte tog kort överhuvudtaget eller enbart godtog någon inhemsk variant. Han stirrade på kvittot i någon sekund innan han vek ihop det och stoppade det i plånboken. Det sista han borde fundera på just nu var om det var värt att kräva ersättning för utlägget av sin arbetsgivare. Ändå hade han svårt att skaka av sig frågeställningen.

Och på tal om arbetsgivare: ambassadör Harriman satt vid ett bord en bit in i den långsmala lokalen, nästan ända framme vid kassan. Senaste veckans *Die Zeit* låg uppslagen bredvid matbrickan, och Harriman låtsades läsa den med stort intresse. Det lyckades inget vidare: han svettades som om han just klivit upp ur fritösen.

Någonstans i tidningen låg dokumenten GT kommit fram till att man kunde leva med att läcka: korrespondens som handlade om UD:s tilltagande oro över det nya regeringsunderlaget i Ungern. Men det spelade ingen roll hur skärrad ambassadören såg ut, det var bara naturligt under de föregivna omständigheterna. Kuriren skulle knappast vänta sig något annat.

Almond gick och satte sig vid ett bord så nära utgången som möjligt. Det var inte mycket folk; han hade bra uppsikt över ambassadören.

Sekunderna gick. Almond hade svårt att äta men började tvinga sig igenom innehållet på plastbrickan. Pommes fritesen och barbequesåsen var enklast att få i sig.

Genom entrén kom nu en ung, lång man med blå munkjacka, smala gråsvarta jeans och svart billig ryggsäck. Han hade begynnande dreadlocks, skärrad uppsyn och dåligt handlag med rakhyvlar. När han såg sig omkring i lokalen var det som för att stämma av med ett foto han fått se. Annan kurir än förra gången, med andra ord. Ambassadören verkade inte heller känna igen ynglingen utan ryckte till när han slog sig ner vid bordet.

Utan att först beställa något. Inte så professionellt, konstaterade Almond.

Ambassadören vek prydligt ihop tidningen, sköt den ifrån sig, lät den ligga på bordet. Reste sig och gick ut. Ynglingen väntade tills han var borta och rullade sedan ihop tidningen och stoppade den i ryggsäcken, som satt kvar på ryggen och redan var öppen. Manövern påminde om en bågskytt som stoppade tillbaka en pil i kogret.

Det var dags att meddela Licht. Almond hade protesterat våldsamt mot GT:s beslut att låta tysken sköta själva skuggandet, men till ingen nytta. Det var tydligt att GT litade mer på Licht än på Almond och de andra i den egna personalstyrkan. Och visst, Licht hade ju visat sig kapabel när det gällde att inte låta sig hejdas. Han var infödd och hittade överallt i stan. Om han greps kunde CIA förstås förneka all kännedom på ett helt annat sätt än om en ambassadanställd amerikan åkte dit. Likväl störde det Almond att man hellre anlitade en nergången företdetting än ändrade själva arbetsmetoderna. Den dagen han själv tog över GT:s jobb tänkte han genomföra en drastisk översyn. Av en mängd olika saker.

Han slog numret.

"Ja?" svarade Licht.

"Blå munkjacka, svart ryggsäck."

"Tänkte nästan det", sa Licht. "Då tar jag över." Han la på.

Almond fortsatte att småprata rakt ut i tomma intet, skrattade till och med åt något imaginärt skämt, gjorde diverse gester. Mobiltelefonerna var verkligen en välsignelse i hans yrke. De smälte in. Och ju mer yvigt man betedde sig, ju mer normalt ohyfsat mot omgivningen, desto mer avväpnande var det i allas ögon. Folk som föreställde sig hemliga agenter tog för givet att de bara mumlade i hörsnäckor.

Ynglingen gick från bordet. Av någon anledning verkade han lugnare nu. Trodde förmodligen att uppdraget var slutfört.

★

Ludwig såg kuriren komma ut från KFC och börja gå i nordvästlig riktning, utmed S-Bahnstationen som skilde dem från själva torget där tevetornet reste sig. Det var igång.

Förbi ett McDonald's. Kuriren gick snabbt, vilket bara underlättade för Ludwig; det var värre med någon som sölade fram och tog sig tid att sondera omgivningarna. Förhoppningsvis var han på väg till stationen. GT hade visserligen en helikopter, en bil och en motorcykel i beredskap om det skulle behövas, men kollektivtrafik var alltid enklast.

Och in gick han. Gott om folk överallt – alldeles lagom. Två kvinnliga poliser stod intill en bankomat och blickade ut över myllret i hallen. Kuriren gav dem en hastig blick och fortsatte mot en rulltrappa. Ludwig lät ett äldre par kliva på rulltrappan innan han fortsatte upp.

På perrongen hade ett tåg precis avgått. Kuriren ställde sig och lutade sig mot ett räcke på samma sida och tycktes vänta på nästa. Det välvda taket släppte igenom ett dovt, smutsigt ljus utifrån och den stora, luftiga *Berliner Morgenpost*-loggan på kortsidorna gav ett intryck av välstånd och god smak som få av resenärerna var bortskämda med.

Efter tre minuter anlände det röda och gulbeiga tåget: S-7 mot Potsdam Hauptbahnhof. Västerut, således. Men hur långt? Kuriren klev på. Ludwig tog en annan dörr i samma vagn och satte sig åtta stolsrader bakom. Kuriren hade tagit av ryggsäcken och satt med den i knät.

Det var sju andra passagerare i vagnen, samtliga för gamla eller för unga för att kunna vara inblandade på något sätt. En av Ludwigs uppgifter var att se till att ingen okänd tredje part, i den mån någon sådan var närvarande för att hålla ett vakande öga över kuriren, upptäckte skuggningen. Hittills tydde inget på det. Han skickade ett sms till GT:

Jag + K på S-7 mot Potsdam HBF.

Så påbörjade han ännu ett meddelande som var redo att skickas så fort det stod klart var kuriren tänkte stiga av:

Anländer nu till

Så länge den skuggade inte sett förföljaren var det enkelt; först om kuriren såg Ludwig ordentligt blev det svårare, för då gällde det att han inte fick se honom för många gånger därefter.

Någonstans mellan stationerna Hackescher Markt och

Hauptbahnhof vände sig kuriren halvt om och kastade en blick över resten av passagerarna. Ludwig satt rakt bakom honom och registrerades inte av den unge mannen.

Genom Hauptbahnhof, vidare västerut strax ovanför parken, sedan Bellevue. Så fort tåget satte fart efter Tiergartenstationen reste sig kuriren och gick fram till närmaste dörrpar. Ludwig kompletterade meddelandet till GT med:

BHF Zoo. Stiger av, fullföljer.

Ludwig satt kvar i det längsta och reste sig inte från sätet förrän kuriren redan klivit av. Klockan var fem i halv ett. Ungdomar drällde omkring på perrongen. På väg till eller från djurparken. En fet blond unge spottade tvångsmässigt på marken utan att någon ingrep.

Kuriren var på väg mot en rulltrappa till höger. Ryggsäcken, längden och inte minst den olyckliga frisyren gjorde det lätt att hålla reda på honom. Ludwig undrade vad han fick betalt. Fick han överhuvudtaget betalt? Detta var den ideella sektorn, lika obekant för Ludwig som någon av de nya planeterna NASA envisades med att upptäcka.

Ute på Jebensstrasse tog kuriren av åt vänster, det vill säga söderut. Ludwig såg till att hålla en simhallslängds avstånd. Vart var de på väg? De gick längs med stationen, under ett utskjutande litet tak. Postlådor. Postlådor? Fanskapet tänkte väl inte *posta* dokumenten?... Nej, han gick rakt förbi dem.

När kuriren rundade stationen och började gå i sydöstlig riktning på Hardenbergstrasse väntade Ludwig i tio, femton sekunder innan han följde efter. Det var riskabelt, men man måste skjuta in små buffertar här och där.

Nu. Han gick runt hörnet. Det var mörkt under järnvägsbron. Kuriren syntes ingenstans. Ingenstans, ingenstans –

jo där, ute i ljuset, på andra sidan av en reklampelare med borgmästarens bekymrade uppsyn och klotter som gick ut på att "vi kommer bränna din bil också", en anspelning på bilpyromanerna som härjade i stan. Kuriren fortsatte på vänster sida av samma gata, som nu övergick i Hardenbergplatz. Den gamla utbombade Gedächtnis-Kirche med sin mjukt futuristiska tillbyggnad syntes en bit fram. I övrigt var allt fult som ett plåstrat sår. På teve i DDR hade man älskat att visa bilder från området kring Zoo; det var kommunisternas bästa vapen i propagandakriget om vilken sida av muren som egentligen hade högsta alieneringsgrad. Mängder av trafik, förfärade turister på röda dubbeldäckarbussar som bara förde tanken till hur mycket trevligare det hade varit att åka till London istället.

Vid biografmonstret Zoo Palast bytte gatan namn till Budapester Strasse. Kuriren fortsatte rakt fram. Han vände sig aldrig om, trampade bara vidare som om han var på väg till första bästa universitetsföreläsning.

De nådde ingången till Zoo med kopparelefanterna, och fram till Olof Palme Platz. Gatan svängde tvärt norrut. Området bytte karaktär: Zoo och dess murar med butiksarkader längs ena sidan. En trädallé, finansbolag, resebyråer. Det började bli betydligt mindre folk, vilket gjorde att Ludwig tvingades öka avståndet till femtio meter. Kuriren hade inte vänt sig om en enda gång sedan de gått av tåget. Möjligheten fanns att han ibland kastade ett öga i fönstren tvärs över gatan, men Ludwig betvivlade det.

Efter ytterligare några minuter korsade de bron över kanalen. Stülerstrasse tog vid. Kuriren fortsatte i ett par hundra meter innan han tog av till höger, in på Rauchstrasse. Och vad var det för... oväsen?

På bortre, norra sidan av gatan, på en asfaltplan med ryggarna mot ett stort modernt byggnadskomplex med skandinaviska flaggor stod tjugofem, trettio demonstranter och skanderade någonting Ludwig inte kunde urskilja. De såg inte ut som de gamla vanliga globaliseringshatarna. Ett tiotal poliser bildade en mur framför dem.

Men han måste fokusera på måltavlan. Kuriren gick in genom en grind på Ludwigs sida av gatan, in till en gammal gråbrun sekelskiftesvilla i tre våningar. En låg mur med järnstaket kringgärdade huset.

Två kostymklädda män beväpnade med k-pistar gick genast fram till kuriren och eskorterade honom till en dörr på sidan. Så var de borta.

Vad i *helvete?*

Trettio meter längre bort på samma tomt: en flaggstång.

Högst upp en röd, vit och svart trikolor med två gröna stjärnor. Den syriska flaggan.

Syriska ambassaden.

En av demonstranterna kisade mot Ludwig där han stod som fastfrusen och svor för sig själv.

Det tog aldrig slut, det här uppdraget. Det fortsatte och fortsatte som en akut blodförgiftning.

Ludwig vände på klacken och började snabbt gå tillbaka samma väg han kommit. Bakom honom bytte demonstranterna ramsa. Den rymde större delen av Ludwigs arabiska ordförråd:

*"Allah – Syrien – Frihet – Inget mer! Allah – Syrien – Frihet – Inget mer!"*

När han var på andra sidan kanalen tog han fram satellittelefonen och ringde GT.

"Ja?" sa amerikanen. "Var är du nånstans?"

Ludwig tryckte på krypteringsknappen. "Säkra linjen", sa han och ställde sig i en port.

"Klart", sa GT. "Vad är det som händer?"

Ludwig Licht, ovan som han var vid att häva ur sig repliker av någon större betydelse för världspolitikens gång, dröjde en stund med svaret. Han skrotade ett par formuleringar innan han till sist hittade en som kändes passande.

"Det har tillstött en smärre komplikation."

amerikanska ambassaden
berlin pariserplatz/de
ons 20 juli 2011
[12:55/cet]

GT satt en stund och snurrade runt satellittelefonen på sitt skrivbord, som ett barn med en uppochnedvänd sköldpadda. Så tröttnade han och lät den ligga. Sekunderna flöt fram, oformliga vätskeansamlingar i en övergiven rymdstation. Inget annat rörde sig i det ljudisolerade rummet; bara sekunderna genom detta isande vakuum.

Någonstans djupt inom Clive Berner fanns en självbild som lutade åt det rebelliska. Men vem ville han göra uppror mot nu? Vem var det egentligen som oförtjänt satt på den makt han hatade så innerligt? Han drog ett långt andetag.

Nej, det handlade inte om uppror, det handlade om att lyckas. Det handlade precis som det alltid gjort om att *vinna*.

När han tittade upp märkte han att Almond kommit tillbaka från Alexanderplatz och stod i dörröppningen.

"Hur gick det då?" sa underhuggaren efter en viss evighet där GT såg sin karriär passera revy.

"Den satans jäveln", morrade GT. "Han sitter och gömmer sig på syriska ambassaden." Han kavlade upp skjortärmarna, öppnade en ljummen Colaburk, drack några klunkar och torkade sig i pannan. "Förbannade jävla helvete. Vi måste tänka."

Almond sjönk ner i en av fåtöljerna.

"Då är det ju kört", sa han flegmatiskt.

"Fan heller!" GT glodde hatiskt på honom. "Vad är det med dig?"

"Men vad ska vi göra?"

"Just det", sa GT. "Just det." Han trummade med fingrarna på mobilens baksida.

"Är Licht kvar på platsen?"

"Nej, han drog sig tillbaka så fort han såg kuriren gå in på ambassaden."

"Borde vi inte skicka dit nån?" frågade Almond hastigt. "Se om kuriren kommer ut igen? Då kan vi –"

"Nej. Än så länge verkar ingen ha upptäckt att vi är dem på spåren. Och vad ska vi med kuriren till? Nu vet vi var Gell befinner sig."

"Men kuriren kanske har information som…" Almond tystnade. Den enda informationen av värde hade de naturligtvis redan fått.

GT:s fasta telefon ringde.

"Vad?" fräste han.

"Ambassadör Harriman på ettan", sa hans sekreterare.

"Be honom dra åt helvete."

"… sir?"

"Säg att jag ringer upp honom."

Han la på.

"Du tror väl inte att Harriman kan ha… varnat dem?" sa GT till Almond och såg med ens skräckslagen ut. "Stoppat med nån lapp?"

"Nej. Nej, absolut inte. Han vill bara att det här ska försvinna."

GT suckade. "Det får vi hoppas."

"Jag är helt övertygad om det, sir. Vad skulle han vinna på att slå larm?"

"Nej. Du har rätt." Han reste sig och gick bort till soffbordet, där han blev stående. "Jag är inte riktigt mig själv, känner jag."

"Licht skötte sig i alla fall bra", sa Almond försiktigt.

"Ja, det är klart." GT gav honom en härsken blick. "Vad trodde du, att jag anlitar honom av rena känsloskäl?"

Almond snörpte vagt med munnen utan att svara.

"Till att börja med", fortsatte GT, "så måste jag prata med den förbannade Morris igen. Jag måste få veta vad det är som händer. Vad håller de på med, syrierna? Man kunde tro att de har nog med skit att ta hand om på hemmaplan just nu."

"Onekligen."

"Ring Licht och skicka honom till Soho House också, Morris litar mer på honom. Under tiden får vi ta och tänka till lite."

"Tänka till lite, sir?"

"Inget är omöjligt, Almond."

Det gick några sekunder medan Almond lät GT:s ord sjunka in.

"Jag är inte helt säker på att det stämmer, sir. Men kanske borde vi ta kontakt via de vanliga kanalerna? Om UD kan rycka in och prata med Syriens ambassadör i Washington, höra efter vad det är som pågår egentligen."

"Solar du?" sa GT och gav underhuggaren en lång, sval blick. "Solarium, menar jag? Brun som en tegelsten är du, året om."

Almond lät sig inte ruckas på. "Ja, det gör jag faktiskt – det är för mina eksem. Men sir... med all respekt. Det här är sensationella nyheter. Vi måste väl i alla fall rapportera till Langley att syrierna skyddar Gell? Och borde vi inte kontakta FBI och ge dem allt vi har om morden i Marocko? Det måste väl ändå vara deras utredning?"

GT gick ett varv runt soffgruppen och ställde sig bakom fåtöljen där Almond satt. "Jag har ett väldigt gott råd till dig", sa han med låg, mörk röst. "Om du vill fortsätta ta dig upp i den här typen av organisation ska du inte ringa hem till mamma och berätta att du har upptäckt ett nytt problem. Du ska ringa hem till mamma när problemet är *löst*. När du har nåt att komma med."

"Jag förstår", sa Almond och stirrade rakt framför sig.

"Men visst", sa GT. Han gick runt fåtöljen igen. "Det skadar inte att höra sig för. Fast då får vi göra det själva och prata med våra egna källor. Jag vill ha ett möte med exilsyrierna – med, vad heter han… Gemayel. Nu ikväll."

"Om han nu har nån info att komma med", sa Almond. Han slickade sig om läpparna som om han höll på att torka ut fullständigt.

GT upphörde med kretsandet och slog sig till slut ner i soffan mittemot. "Vem vet, han kanske kan vara till lite nytta för en gångs skull."

"Hur då, tänker du?"

Återigen stirrade de på varandra obekvämt länge. Återigen upplevde GT dels hur han inte kom någonvart, dels hur situationen höll på att glida honom ur händerna. Kunde båda inträffa samtidigt? Värst av allt var att han uppenbarligen ingav allt mindre förtroende hos sin underlydande för var minut som gick.

"Jag vet inte", sa GT och drog sig över hakan. "Det ger sig. Jag måste tänka, som sagt. Ordna det bara."

Almond nickade och reste sig. "Självklart, sir. Jo förresten, jag luskade vidare i det där med Operation CO."

"Ja?"

"Jag hittar inget vettigt annat än i sammanfattningen av ett föredrag som vår Europachef höll för flera år sen hos MI6 i London."

"Fran Bowden?"

"Ja."

"Men jag frågade henne om det i Brysscl!"

Almond nickade deltagande, som för att rädda ansiktet på sin chef. "Hon tog upp det i förbigående bara, sa att framtidens insatser måste dra lärdomar av Operation Controlled Outlet."

GT ryckte på axlarna. "Och det var allt?"

"Så tanken slog mig", fortsatte Almond, "att vi kanske inte är de enda som har en operation igång. Hänsyftningen skulle ju kunna vara att nån aktör... ägnar sig åt att kontrollera läckorna. Åt att strypa flödet."

GT nickade och vände blicken inåt. Strypa flödet...

"Då gäller det mer än nånsin att vi måste hinna först", sa han efter några sekunder. "Ring Licht. Vi åker till Morris om en kvart. Och ordna mötet med Gemayel."

Almond skulle säga något, men det knackade på dörren. Johnson klev in.

"BBC News", sa han och tog fjärrkontrollen. "Vilken kanal?"

"Tolv", sa GT.

"*... hittills hållits hemligt av utredningsskäl. Att myndigheterna nu går ut med uppgifterna kan tyda på att man nått en återvändsgränd.*"

Kameran panorerade över medinan i Marrakech från taket till något hotell. Klipp till myllret av folk på ett stort torg. Kommers. Ormtjusare.

"*Att västerlänningar mördas i Marocko är ytterst ovanligt, särskilt i den stad som är landets skyltfönster och stora turistmagnet. Även detta kan vara förklaringen till att ingen velat gå ut med uppgifterna om de tre dödade amerikanerna. Vi återkommer med mer om detta så fort vi –*"

Johnson stängde av.

"Inget om Hydraleaks", sa han. "Än så länge."

GT vände sig till Almond och sa med missriktad skadeglädje: "Du ser. Tiden håller på att rinna ut."

Almond tittade upp i taket. "Eller så har den redan gjort det."

Johnson gjorde sitt bästa för att hantera att de inte invigde honom i ämnet.

"Ta tag i det där jag bad dig om nyss", sa GT till Almond och körde ut dem.

Så var han ensam igen. Han kom på sig själv med att längta efter att få prata med Licht. Almond och Johnson och de andra var bara krypande karriärister. Licht var den ende som dög något till. Licht kunde man råna banker med.

Tanken skakade om honom. Råna banker, det var ju också en association... varför skulle han riskera allt detta? Varför övervägde han ens att dra igång den operation som obönhörligt höll på att ta form i bakhuvudet? Fruktansvärt riskabla saker. Rena vansinnet.

Fast svaret var ju uppenbart. Han hade precis noll att förlora. Ett och annat att vinna, däremot. För nu var han i ett läge där han måste fundera på hur han skulle försörja sig och Martha under de kommande fem, tio åren. Den privata sektorn fick det bli. Dubbelt så hög lön, tre gånger så bra pensionsavtal. Och GT var inte så knusslig vid det här laget; det måste inte nödvändigtvis bli något rumsrent konsultföretag i Washington eller Boston eller Chicago – vad fan, han kunde gott tänka sig att göra en trevare hos något av legosoldatföretagen också om det var på det viset. London, Pretoria, i värsta fall Beirut. Det fanns gott om tjänster: kundkontakter, operativ planering, medlingsbefattningar... Och hos den typen av bolag var det definitivt ingen som brydde sig om man hade gått för långt, ställt till med spektakel, kraschlandat hela den förbannade farkosten: bara man kunde visa att man var tävlingsinriktad och målmedveten och hänsynslös. *Clive Berner? Var det inte han som ställde till med rena jävla världskriget i Berlin häromåret? Ring honom och boka en intervju, han verkar roligare än de vanliga gamla avdankade analytikerna som brukar söka skrivbordsjobb hos oss...*

Och undrens tid kanske inte var förbi: kanske skulle Bowden rädda honom om han visade lite initiativförmåga. Om han lyckades, vill säga. Kanske skulle hon göra det. Kanske inte. Kanske behövde han bara en sista rejäl adrenalintripp.

Men till att börja med var han väl tvungen att ringa upp ambassadören. Han reste sig ur soffan och tvingade sig bort till skrivbordet som om det vore en tandläkarstol.

"Hej", sa Harriman med grötig röst. "Jag skulle bara höra så att allt... har ordnat sig."

"Jadå." GT satte telefonen på högtalarläget, kavlade ner skjortärmarna och drog på sig kavajen. "Allt ordnar sig till det bästa."

"Det viktigaste är förstås att ingen kommer till skada", hörde GT till sin häpnad mannen häva ur sig.

Vissa plattityder lät sig inte besvaras.

"Jaha", fortsatte Harriman. "Lycka till då."

Men CIA:s stationschef i Berlin hade redan lämnat sitt skrivbord.

soho house
berlin stadtmitte / de
ons 20 juli 2011
[14:20] / cet

Versaillesparketten i Fayes svit på Soho House var formidabelt välrestaurerad, och överlag hade man lagt ner en förmögenhet på att återskänka huset dess forna storhet. Ludwig kunde inte påminna sig att parketten funnits där under partiarkivets tid. Kanske hade den varit täckt av någon plastmatta, kanske hade han aldrig varit på just det här våningsplanet.

Sängen såg ut att vara för tre. Ett pärlfärgat badkar med svart kant och befängda lejonfötter stod mitt i rummet likt en trofé från 1871 års krig; längre bort en magnifik soffa i röd sammet och några laxrosa, tamburinformade kuddar. Sex höga fönster skyldes av tunna gardiner. Och så ett litet, krökt sminkbord med en mintgrön puffpall. Stället var värdigt en förstklassig diktatorshustru.

Faye satt i den randiga fåtöljen i vinkel mot soffan. Hon hade sina bara fötter på den gröna marmorbordsskivan och var i övrigt iförd någon sorts svart sidenpyjamas. Ludwig log åt den bisarra scenen. Allt som fattades var en långhårig katt på armstödet.

"Vad du ser glad ut", anmärkte hon dystert när han slog sig ner i soffan.

"Hur har du haft det?"

"Jävligt tråkigt. Jag står snart inte ut mer."

Ludwig nickade och drog med handen över sammeten. "Jag beklagar."

Han önskade att GT skulle dyka upp så fort som möjligt. Det var svårt att komma på något rimligt att säga i enrum, särskilt när han inte visste vilken vändning allt skulle ta.

"Men ju mer du berättar desto snabbare –"

"Jösses." Faye slöt ögonen och lutade huvudet bakåt. "Jag hade glömt vilken apparatnik du är."

Ludwigs grimas skenade iväg.

"Det är upp till dig", sa han bara.

Faye suckade. "Hur går det?"

"Både bra och dåligt, skulle jag säga." Han lutade sig fram en aning. "Varför i helvete sa du inte att han är på en ambassad?"

Hon gav honom en blick som var omöjlig att uttyda; den var både ilsken och uppgiven, som om Ludwig just ifrågasatt hennes heder medan det i själva verket var han själv som tvingat henne att ljuga. "Jag var inte säker."

"Du kunde ha nämnt syrierna."

"Ja, det kunde jag ha gjort."

Fem knackningar på dörren. GT klev in. All eventuell charm amerikanen kunde uppamma var borta. Ludwig hade aldrig sett honom så blek och... gammal. Så otroligt *gammal* han var. Men han rörde sig snabbt.

Raka vägen till soffan gick den fete mannen. Där satte han sig och teg.

Faye fick fram en fil och började ägna sig åt naglarna.

Luften i rummet tappades sakta på syre.

Ludwig bröt dödläget. "Vad gör Gell hos syrierna?"

"En överste i syriska Mukhabarat tog kontakt med oss för två år sen", sa Faye och la äntligen ifrån sig nagelfilen. "Efter att vi hade fått en anonym donation på flera hundratusen euro. Det var Lucien som träffade honom."

Mukhabarat var den gängse benämningen på hemliga polisen och underrättelsetjänsten i arabiska icke-islamistiska diktaturer som Hosni Mubaraks Egypten, Saddam Husseins Irak och Bashar al-Assads Syrien.

"Var träffades de?" frågade Ludwig.

"I Libanon." Faye svalde. "Och sen rullade det på. Vi fick ännu mer pengar och Lucien började... Han var helt i deras klor. Han rationaliserade alltihop med att man var tvungen att ingå allianser för att överleva – våra fiender var alldeles för mäktiga för att vi skulle ha råd att tacka nej till andras vänskap."

"Och de här vännerna", sa Ludwig beskt. "Vilka är de exakt? Bara en enskild avdelning inom Mukhabarat? Vem är det som håller i trådarna?"

"Jag vet inte. De har mycket pengar."

GT bröt sin tystnad. "Och ni trivs här, miss Morris? Allt är till belåtenhet? Hur är servicen?"

"Tackar som frågar", sa Faye.

Ludwig fortsatte: "Det är säkert iranierna som står för finansieringen. Kanske känner inte ens regimen i Damaskus till vad som händer. Vad vet du om den här översten? Kan han vara styrd direkt av Teheran, av revolutionsgardisterna?"

Faye ryckte på axlarna. "Jag vet att Lucien respekterar honom. Det är mycket ovanligt."

"Och det här var upprinnelsen till Hydraleaks... inre splittring?" sa Ludwig.

"Ja."

GT satt tyst och tänkte.

"Vad heter han?" sa Ludwig. "Översten."

Faye tänkte efter. "Jag vet inte."

"Vet inte eller minns inte?" frågade GT.

"Jag vet inte, säger jag!" Hon la armarna om de beniga knäna och kurade ihop sig i fåtöljen. "Det värsta var inte att vi tog emot pengar av de där människorna, av företrädare för en kryptofascistisk polisstat. Det värsta var att Lucien började rätta sig efter deras 'råd', som han kallade det – deras instruktioner."

Ludwig kliade sig i nacken och tänkte högt. "Det syrierna vill med ett sånt här upplägg är såklart inte bara att stödja en grupp som skadar deras amerikanska fiender. De vill kontrollera informationsflödet också... se till att hejda såna läckor som rör deras egna tilltag på hemmaplan."

"Kontrollera flödet", mumlade GT och stirrade upp i taket.

"Ja", sa Ludwig och såg på honom. "Precis. Kontrollera flödet."

Faye tog ner fötterna från bordet och la benen i kors. "Lucien fick mer och mer förståelse för deras synsätt. Det kom som en chock för mig. Jag hade aldrig trott att han skulle... att han var så vek."

"När flyttade Gell in på ambassaden?" frågade Ludwig.

Faye såg på honom och sa: "Det vet jag inte. Förmodligen när tyskarna drog igång det där skatteåtalet."

"Och var uppehöll han sig innan dess?"

"Olika adresser här i stan. Vanliga hyreslägenheter i andra, tredje hand."

"Ingen kommandocentral?" sa Ludwig. "Det låter märkligt."

Faye övergick till ett mekaniskt mässande tonläge när hon sa: "I gerillakrig är det vanligt att den starkare parten har svårt att inse hur begränsade resurser upproret behöver för att fortsätta."

"Var har du hämtat det där ifrån", sa Ludwig förundrat. "RAF:s manifest om stadsgerillan?"

"Från Lucien Gell." Faye suckade. "Jag kan honom utantill."

Alla satt tysta. Ludwig väntade på att GT skulle driva det hela vidare, men han verkade för stunden ha tankarna på annat.

"Beordrade Gell mordet på amerikanerna i Marrakech?" sa Ludwig slutligen. "Eller var det Mukhabarat?"

"Spelar det nån roll?" sa Faye med förvridet ansikte. "Han har satt sig i en situation där han är beroende av dem! Det är hans ansvar i vilket fall."

GT vaknade till liv igen och lutade sig fram mot Faye. "Det var naturligtvis Mukhabarat som genomförde själva operationen", sa han stilla. "Men Gell är ett fegt kräk. Vi *ska* komma åt honom."

Det lät på amerikanen som om han svor en helig ed inför sig själv. Innerligheten tycktes göra intryck på Faye, om än inte riktigt som han avsett.

"Och vad löser det, tror du?" sa hon ilsket.

GT svalnade betydligt. "Det är dags att ni talar om var den där listan finns, miss Morris."

"Har du mina papper med dig? Min åtalsimmunitet?"

"En sak i taget. Nu sitter syrierna på listan, är det så? Och vad mer? Har ni några stora läckor planerade? Vad vet de som inte vi vet?"

"Det skulle förvåna mig mycket om Lucien har gett dem åtkomst till nånting. Han är väldigt… noggrann med sånt. Jag är ganska säker på att jag har den enda kopian."

"Ganska säker", fnös GT. "Det gillar jag verkligen. Ganska säker."

"Min immunitet. Min *immunitet*."

"Att ni ännu inte har förstått." GT log ett frostigt leende och lutade sig fram tills deras nästippar nästan snuddade varandra. "Först när ni har frälst mig, miss Morris, först när ni har fått mig att *älska er* får ni de där papperen. Och än har ni inte väckt mina känslor så som man kunde ha hoppats. Fram med listan så kanske det börjar röra sig i mitt ömma inre."

Ludwig kunde inte fatta hur GT schabblade till det. Från och med att den gemensamma fienden i form av syrierna var etablerad gällde det att bibehålla den sammanhållningen, inte att plötsligt växla över till nya hot som bara påminde Faye om GT:s egentliga motiv. Det hade varit bättre om Ludwig själv fått sköta alltihop.

"Kom igen nu", sa tysken med låg röst. "Vi vet alla vem som är den verkliga fienden. Det här går att lösa."

Men Faye och GT hade fastnat i sitt privata lilla amerikanska inbördeskrig. I deras blickar stod tiden stilla medan de för sitt inre slet varandra i stycken.

"Du får ditt", sa Faye oändligt sakta, "när jag får mitt."

GT reste sig vresigt och gick bort till ett fönster.

"Mitt tålamod med landsförrädare håller på att ta slut", sa han och kände på sidentyget.

Faye såg inte på honom, satt bara som fastfrusen och bet sig i kinden.

GT vände sig om. "Det är inte klokt vad stackars biståndsarbetare råkar ut för nuförtiden", sa han kallt och samlat. "Särskilt kvinnorna. De hittas gruppvåldtagna och lemlästade överallt, det är bara att sätta spaden i första bästa grop i Afghanistan, på Afrikas horn, i Colombia... sånt som knappt hamnar på nyheterna längre. Förfärlig utveckling."

Han kastade ett öga på Ludwig, som snabbt vek ner blicken mot den senapsfärgade persiska mattan.

"Jag är varken landsförrädare eller biståndsarbetare", sa Faye med klar blick.

Hon verkade inte det minsta rädd. Ludwig avundades henne.

"Hur skulle ni beskriva er gärning då, miss Morris?" sa GT mellan tänderna.

"Saneringsarbete."

GT drabbades av en ansiktsryckning som fick larmet att börja ringa för fullt i Ludwigs skalle.

"Saneringsarbete?" sa amerikanen behärskat.

"Ja. Jag städar upp efter alla välgödda svin som har förstört mitt land."

Det blev för mycket för stationschefen. På ett ögonblick var han över henne. Fåtöljen hon satt i vräktes baklänges. GT hade henne blixtsnabbt i ett strypgrepp. Det gick inte att urskilja vad han morrade åt henne, det gick inte att föreställa sig att han kunde vara så snabb, så hatisk, så våldsam.

Ludwig väntade i några sekunder innan han reste sig och tog tag i den fetes kavaj. Men när han började dra i den kom han ingenvart; allt som hände var att tyget hotade att spricka.

"Nu får det fan räcka", sa Ludwig och tog tag i nackhåret på sin chef. Han drog till ordentligt.

GT ylade till och släppte taget om Faye. Någonstans inom loppet av en dryg sekund hade hon amerikanens pistol i handen.

All rörelse kom av sig. Så förde Faye sakta, sakta mynningen mot GT:s näsa och osäkrade vapnet.

GT andades som en oxe. Faye var röd i ansiktet och kippade efter luft. Hon hade fixerat sin plågoande med blicken som om hon inte skulle kunna återfå andningen förrän hon gjort slut på honom.

I ett paralleluniversum drog Ludwig sin pistol och punkterade situationen med två skott i kvinnans panna. Men inte här. Det förbrukade all disciplin han hade att hejda impulsen att oskadliggöra hotet, men han klarade det.

"Undan med dig", fräste han åt GT och dunkade till honom över axeln.

Amerikanen avlägsnade sig långsamt.

"Faye", sa Ludwig.

Hon siktade alltjämt på GT. "Rör det sig i ditt feta inre än?" sa hon hest. "Känner du kärleken?"

GT återfick något av fattningen. Han nickade. "Nånting känner jag."

Ludwig sträckte försiktigt ut handen och la den över pistolen. "Jag tar hand om den nu", sa han utan att dra i vapnet.

Hon tittade upp. "Jag dödar honom om han rör mig igen."

Ludwig nickade tyst och såg henne i de gröna ögonen.

Han ville henne väl. Han ville att hon skulle överleva, att hon skulle få... fortsätta. Allt han kunde göra var att hoppas att hon skulle känna av det.

Ett par sekunder till bara.

Faye lät honom ta vapnet; han säkrade det och stoppade det i bröstfickan på kavajen. GT var klok nog att inte be om att få tillbaka det.

"Nästa gång vi ses har jag med papperen", sa amerikanen andfått. "Och då talar du om var listan finns."

"Bara om han är med." Faye pekade på Ludwig och drog undan håret från ansiktet.

GT gav Ludwig en lång blick. "Då säger vi det, miss Morris."

★

En piccolo i svart uniform stod och väntade i hissen när Ludwig och GT rundade hörnet i korridoren.

"Ut med dig", sa GT.

Den unge mannen gav Ludwig en nervös blick innan han lämnade hissen.

På väg ner gav Ludwig tillbaka pistolen. GT tog den utan ett ord.

"Jag hade inte mycket till val, Clive."

Inte ett ord sa GT.

Situationen var bekant: deras första möte, 1989, hade ägt rum i en hiss. Då hade de haft kontakt i drygt fem år. Ensidig kontakt, förstås. GT hade varit Ludwigs handläggare via ombud. Han hade läst dokumenten Ludwig kopierat, läst hans rapporter.

Dagarna före och efter murens fall gick Ludwig och vittjade "deras" soptunna vid Kollwitzplatz i Prenzlauer Berg varje kväll, de vanliga rutinerna till trots. Han var trettiofyra då, trettiofyra och fullkomligt uppgiftslös. 1989. Stasi var i upplösning. Ludwig hade att se fram emot utsikten att bli kallad att vittna i ett otal rättegångar, eventuellt att själv bli åtalad. Åtalad! Och hans hjältemod under de gångna åren måste givetvis förbli hemligt – eller? Inte ens det visste han hur det förhöll sig med. Kunde amerikanerna hjälpa honom, skriva något slags intyg till de västtyska myndigheterna?

En kväll låg en hotellbroschyr i soptunnan och ett datumintervall var ditklottrat. Tre dygn tillbringade Ludwig med att vanka av och an på det där hotellet. Tre dygn. Sedan stod plötsligt GT i hissen en tidig morgon. Med nya arbetsuppgifter. DDR låg i sina sista dödsryckningar och snart skulle ett helt land smältas ner i Förbundsrepubliken, som ett stycke värdelös metall för att dryga ut myntbeståndet. Men arkiven fanns kvar.

CIA fick nys om att övergångsregeringen tänkte ge folk insyn och tillträde till Stasifilerna. Det fanns en hel del känslig information i de där filerna, till exempel Stasis egna utredningar om misstänkta mullvadar och dubbelagenter – ända upp till ministernivå. Alla gissningar var heller inte felaktiga. Ludwig hade fortfarande tillträde, allt var ett byråkratiskt limbo. Så under ett par månaders tid plundrade han det GT sa åt honom att plundra. Det var inte så svårt. Hälften av kollegerna var upptagna med att förstöra dokument i paniken inför slutet.

Ludwig gick prydligt tillväga. Inget mikrofilmande eller avskrifter eller kopierande den här gången: han tog originalfilerna och gav dem till amerikanerna. Det var i rättan tid. Den 15 januari 1990 stormade folk hans arbetsplats. GT:s folk hade varnat honom; Ludwig tillbringade dagen och kvällen på diverse biografer på västsidan.

Hans fru, däremot. Hans fru deltog i stormningen. Enligt uppgift med järnrör i hand. Hon och hennes prästvän och järnröret.

Deras äktenskap överlevde inte muren, som visade sig ha varit den bärande vägg som hållit ihop det. Och Ludwig berättade aldrig att han egentligen hade varit på hennes sida under alla år.

Han fick ett slags övergångsvederlag av amerikanerna, köpte sin lägenhet, köpte sin krogrörelse. Inga tyska myndigheter hörde av sig. Alla var upptagna med att städa undan det gamla, inte dra fram det i ljuset.

Och nu? Fortfarande samma eviga storstädning. Fortfarande samma paniska ljusfobi.

Fortfarande samma meningslösa uppdrag.

I samma stund som hissdörrarna gled isär sa Ludwig: "Jag är –"

"Våga inte be om ursäkt."

Ludwig visste inte hur han skulle tolka det.

"Hur mår du egentligen?" frågade han och skyndade efter amerikanen över det mörka marmorgolvet i lobbyn. "Har du sovit som du ska?"

GT stannade upp. Hans båda kostymklädda gorillor följde intresserat förloppet från ett par mörkgröna skinnfåtöljer strax intill entrédörrarna.

"Är det bara jag", sa han mellan tänderna, "som fortfarande *bryr* mig?"

Ludwig blev smått ställd. "Nej", sa han med viss tvekan.

"Då är vi på samma sida då?"

"Det är klart att vi är!"

GT såg forskande på honom. Så genomgick han en närmast total förändring och utbrast: "Fast jag tyckte det gick rätt bra där uppe. Hela good cop, bad cop-grejen. Det funkar ju."

Detta var ett skriande patetiskt sätt att försöka rädda ansiktet. Ludwig hade svårt att tänka ut ett vettigt svar.

"Jag är på väg till ett känsligt möte", sa GT och la armen om honom. "Kan du köra mig dit tror du?"

"Tänker du fixa immuniteten åt henne?" sa Ludwig och tog ett steg tillbaka. Någon gång måste han ställa frågan – och varför inte nu, när hans chef var så labil.

"Det är upp till Justitiedepartementet och snutarna, inte mig." GT kastade en blick åt receptionsdisken som om den var en magisk portal till FBI:s högkvarter.

"Har du pratat med dem då?"

"Nej, inte direkt."

Ludwig såg förtvivlat på honom.

"Allt beror ju på vad vi hittar när vi tar Gell", sa GT med lägre röst. "Han har väl också den där listan, förutsätter jag. Då förlorar överenskommelsen med Morris lite av sin... aktualitet, skulle jag säga."

"Herregud", sa Ludwig med avsmak och skakade på huvudet. "Och vadå när vi tar Gell? Hur fan ska det gå till?"

De kom ut på gatan. En gul spårvagn gnisslade iväg från hållplatsen och två luftballonger med reklam för Berliner Volksbank verkade ha fastnat i den tjocka grå himlen. Ett gäng krustpunkare i före detta svarta T-shirtar trakasserade förbipasserande shoppingturister genom att hetsa sin schäfer att skälla på dem. Men en strimma sol bröt igenom molngröten trots allt.

"Det här är ju Tyskland", sa GT med det sälla leendet hos en nyutskriven mentalpatient. "Den stora smältdegeln. Möjligheternas land."

berlin treptower park / de
ons 20 juli 2011
[16:15] / cet


Tjugo minuter senare var de framme. Ludwig ställde Range Rover vid den lilla triumfbågen på Treptower Parks västra sida, GT klev ur och sträckte på sig. Himlen var ännu mörkare nu men fortfarande föll inget regn. Löven i de kraftiga ekarna och bokarna spann i vinden.

"Vi är sena", sa GT.

Ludwig kollade så att han stängt av lyset och låste bilen. "Vill du ha mig en bit bort eller ska jag delta?" frågade han och började gå efter amerikanen.

"Det är bäst att du är med. Det är ändå du som kommer att ha hand om själva operationen."

Ludwig stannade. "Operationen?"

Två parkskötare, båda alldeles för gamla, åkte förbi på varsin flakmoped. "Vi tar det sen", sa GT. "Kom nu."

Först var det som vilken park som helst. För den som var oförberedd på krigsdyrkande monumentalarkitektur kom det gigantiskt anlagda minnesområdet som en chock: en blandning av grekisk olympisk arena och något som Speer, Tolkien och Orwell kunde ha tänkt ut tillsammans.

Kontrasten var stark mellan den täta skogsparken och ytorna som öppnade sig. En luftig allé ledde fram till en port som bestod av två futuristiska torn i röd granit – stenen var hämtad från Hitlers sönderbombade rikskansli. De tio meter höga tornen, som pryddes av varsin hammare och skära, förde tanken till ett par sovjetiska flaggor som förvandlats till örnar och slagit sig ner på marken med böjda huvuden. Två nästan svarta statyer av sovjetiska soldater föll på knä nedanför i samma vördnad. Här vilade femtusen soldater från hela det enorma Sovjetimperiet, som förlorat tjugosju miljoner i kampen mot – Ludwigs far, till exempel.

Han stannade upp. GT hann ikapp honom.

"Farsan satt i Sibirien", sa Ludwig. "Visste du det?"

"Ja." GT såg ursäktande ut, som om det var pinsamt att ha läst på om den andres bakgrund.

"Ryssarna släppte honom femtiotre. Min mor hade väntat på honom sen fyrtiotvå."

GT visslade till. "Elva år. Folk hade ett annat perspektiv på den tiden."

"De sa knappt ett ord till varann. Men de avlade mig i alla fall. Det var de... kapabla till."

"Det brukar gå."

Ludwig ryckte på axlarna.

"Han dog i lunginflammation, den jävla rövkarln. Som om han inte tålde minsta lilla. Och det kanske han inte gjorde längre, Gud vet hur många liv han hade förbrukat där borta."

Fantasierna om vad fadern måste ha upplevt hade för länge sedan trängt undan varje konkret minne Ludwig hade av mannen. Östfronten. Röda flammor mot skymningshimlar av järn; silhuetter på flykt över sjunkande fält.

"Min far tålde en hel del", sa GT stilla. "Tog honom hela livet att supa ihjäl sig."

Ludwig avvärjde det sidospåret. "Tänk, under uppväxten var jag övertygad om att gubben var benhård nazist. Nu slår det mig att jag kanske borde ha frågat honom. Ta min egen son. Borde jag berätta för honom att jag var en del av... av min tids motstånd?"

"Ja, det är klart att du borde."

"Jaså? Fast varför då? Det är en bra grabb. Kanske delvis för att han tror att hans far är ett sånt svin. Det måste ha format honom. Vad skulle bli bättre av att jag berättade? Vad har jag för *rätt* att göra det?"

"Det är tydligen en enorm insikt det där när man får barn", sa GT. "Att man inte är den viktigaste människan på planeten längre."

Ludwig nickade. Det var lika mycket fågelskit på de tyska stenblocken som de kyrilliska. En liten sten låg och tiggde om att bli undansparkad.

"Den insikten har ju aldrig blivit aktuell för mig", fortsatte amerikanen. "Men man förstår att alla andra får den, och på det sättet får man ju ta del av den själv. Men bara indirekt. Bara som princip."

"Skit samma", muttrade Ludwig och drog båda händerna genom håret. "Vad tjänar det till att grubbla? Kom så betar vi av det här."

Två vägar ledde framåt och ramade in fem jättelika kransar i ärgad koppar: på var sida hade sju stentavlor stora som personbilar rests och blivit vanprydda av upprymda, babblande Stalincitat. Den ryska lydelsen gick att läsa längs den ena stigen, den tyska utmed den andra.

En bra bit bort, på en gräsbevuxen hög kulle som nåddes via en stentrappa, tronade Jevgenij Vutjetitjs magnifika, mörka staty på vit marmorsockel: en bister soldat, tio gånger förlagans verkliga storlek, som krossade svastikan med sin stövel och sitt enorma svärd medan han bar på en tysk föräldralös flicka. Hon gav ett lugnat intryck där hon klamrade sig fast. Ett tacksamt intryck.

"Det är så vackert här", sa Ludwig med låg röst. "Så vackert och så fasansfullt."

GT höjde på ett ögonbryn. "Kanske inte alla länder i världen som skulle ha låtit det här stå kvar efter befrielsen."

Efter flera sekunder förstod Ludwig att han syftade på befrielsen från ryssarna efter murens fall. "Det är sant. Men det är viktigt att det finns kvar. Det krävdes en diktatur för att besegra en annan." Han stannade upp och stirrade på en av Stalinstenarna. "Det är som ett monument över... över en genomliden cellgiftsbehandling."

Han hade varit där minst fem gånger vid olika DDR-jubileer. Partipamparna älskade att fotograferas bland segerherrarnas överdådiga spark rakt i ansiktet på sitt kuvade brödrafolk.

De gick uppför den långa trappan till dörren i den vita sockeln under jättestatyn. Ludwig förundrade sig över GT:s katastrofalt dåliga kondition; han lät som om han försökte välta undan en lastbil han fått över sig. Ingen hade gissat att det bara skilde sex år mellan dem.

Inne i det minnesrum som uppfyllde själva sockeln var det svårt att inte oroas av statyns tyngd ovanför. Det var kallt och torrt. Där inne väntade nu GT:s kontakt likt en bortglömd vålnad. Kamal Gemayel, en mager, blek man i sjuttioårsåldern med gråsprängt skägg och kalt huvud, bar en tunn, olivfärgad oljerock med bältet knäppt. De glåmiga ringarna under ögonen befäste intrycket av en människa som åt mycket lite och aldrig sov mer än en timme åt gången. Detta var en man, tänkte Ludwig omedelbart, som befunnit sig så länge i krig att hans ansiktsuttryck inte längre skiftade. Två slags människor brukade uppvisa den sortens lamhet i mimiken: dissidenter och folk som genomlidit åratal av ockupation. Ludwigs tid i Stasi hade lärt honom att känna igen tecknen på ett par sekunder. Till slut hade han känt igen dem i sin egen spegelbild.

Ingen tog i hand. Ett tag stod de bara där alla tre och bearbetade en sovjetpropagandistisk inredningsstil som gått ur tiden, och som bäst kunde beskrivas som "futuristbarock": en tungt smyckad femuddig röd stjärna med guldkanter upptog en stor del av det runda taket, och runt om besökarna sträckte sig en väggmålning som föreställde olika representanter för den evigt muskulösa och ändlöst tacksamma sovjetiska arbetarklassen.

"Hundratusen dollar", bröt GT tystnaden. "Det är vad ni fick av oss förra året. Såvitt jag kan avgöra köpte ni femton ballonger och några liter grisblod för pengarna."

"Det var kurderna", sa Gemayel hest. Hans adamsäpple var hotfullt påträngande: som om en galge han fått nerkörd genom munnen var på väg ut.

"Kurderna?" GT spärrade klentroget upp ögonen.

"Det var kurderna som kastade blod på ambassaden. Inte vi."

"Om jag hade gott om tid skulle jag be dig förklara skillnaden", sa GT knastertorrt.

Något i syrierns blick sa Ludwig att han inte uppskattade sarkasmen.

"Vi har använt pengarna på bästa möjliga sätt", sa mannen lugnt. "Trycksaker, möten, samordning... gömställen åt folk som riskerar att skickas tillbaka ner till slaktarna i Damaskus."

"Det var ju glädjande." GT drog med ett finger över väggmålningen. "Men nu är det dags att ni gör nåt för oss."

Gemayel nickade sakta.

"Hur många poliser var det på plats?" frågade GT Ludwig.

"Tio." Ludwig tänkte efter. "Tio, max tolv."

"Vem är han?" frågade Gemayel.

"Min högra hand i det här ärendet. Har du några invändningar mot det? Nåt särskilt som stör dig?"

Syriern skakade på huvudet.

"Vad fint att alla kan acceptera varann", sa GT. "Då gör vi såhär. Idag är det onsdag... du ringer och får bort alla demonstranter från syriska ambassaden så fort som möjligt. Blir det några problem med det?"

"De gör som jag säger", svarade syriern. "Men vad ska det tjäna till?"

"Bra", sa GT. "Bra. Sen lägger ni upp nånting på era hemsidor om en stor protestaktion i övermorgon... alltså direkt efter fredagsbönen. Gå ut med det i ett pressmeddelande också. Skriv att det blir den största demonstrationen hittills, att alla ska komma till ambassaden. Vad fan, skriv att ni samkör med kurderna till och med. Varför inte. Men att det ska ske först på fredag."

"På fredag", nickade syriern.

Det gnistrade i ögonen på GT, konstaterade Ludwig: amerikanen såg ut att skrapa på en inre vinstlott. "Berlinpolisen är säkert redan trötta på att betala en massa övertid för att skydda ambassaden. I bästa fall drar de undan bevakningen helt, och så skickar de inte dit några nya snutar förrän på fredag."

"I bästa fall, ja", sa Ludwig. Han gillade inte alls vart det här var på väg.

"Och... varför vill vi ha bort bevakningen?" sa Gemayel och kastade ett öga på Ludwig.

"För att det underlättar när ni stormar ambassaden imorgon", sa GT som om det vore den självklaraste saken i världen.

Både Ludwig och Gemayel stirrade på amerikanen; Ludwig med en våldsam skepsis, Gemayel med något som mer och mer liknade en kamphunds upphetsning.

"Om vi gör det här", sa Gemayel med eftertryck, "kan jag knappast garantera ambassadpersonalens säkerhet."

GT ryckte på axlarna. "Baathisterna? Det är upp till er."

"Du menar att vi har grönt ljus... hela vägen?"

"Så grönt det kan bli."

"Och det är sanktionerat från högsta ort?"

"Högsta ort! Inget är sanktionerat från högsta ort. Ni har grönt ljus från *mig*. Räcker inte det? Gör vad ni vill. Men spräng ingenting i luften bara, det är så jävla känsligt med sånt."

"Vi är inga terrorister." Det lät som en replik Gemayel var van vid att yttra.

"Nej då. Bara ge fan i att spränga nånting."

Ludwig befann sig fortfarande i chock. "Storma ambassaden", fick han fram.

"Javisst", sa GT. "Vi ska röka ut den jäveln."

"Vem är det vi pratar om?" sa Gemayel nervöst. "Röka ut vem då?"

GT vevade med handen. "Bry dig inte om det."

"Ursäkta oss ett ögonblick", sa Ludwig till exilsyriern och drog med sig GT ut på trappan.

"För det första", sa Ludwig när de var ensamma. Han nickade upp mot rummet i sockeln. "Hur fan kom gubben in överhuvudtaget? Jobbar han här i parken, eller?"

GT log. "Han har fått nyckeln av mig."

"Och du har fått den av?"

"Öh, av ambassadören. Som har fått den av borgmästaren."

Ludwig visste inte hur han skulle fortsätta samtalet. Det var för mycket.

"Även om ni lyckas lura bort de tyska snutarna", viskade han, "så blir det jävligt kort om tid. De skickar dit allt de har när de inser sin blunder. Halva GSG-9 i full krigsmålning, med mörkersikten och automatvapen och helikoptrar och hela skiten. De älskar sånt här. Det räddar deras budgetanslag för flera år framöver."

"Det kan säkert bli lite kinkigt. Men ingen annan verkar ha nån bättre idé."

"Jodå, jag har en mycket bättre idé: skit i Gell. Låt honom sitta hos de där svinen och ruttna."

"Nej." GT stirrade ut över parken som på ett slagfält han anlänt till alldeles för oförberedd. "Nej."

"Han sitter redan i fängelse!" utbrast Ludwig argt. "Fattar du inte det? Om inte annat är det bara att vänta tills Assad störtas från makten nere i Damaskus, då ändras ju allt ändå."

GT hade vitnat i ansiktet. Att låta tiden ha sin gång var inte ett alternativ. "Gell sitter inte mer i fängelse än vad jag gör. Han. Ska. Bort. Därifrån. Nu. Jag står fan inte *ut* med att –"

"Okej", suckade Ludwig och slog ut med händerna. "Okej. Jösses. Det är ditt liv."

"Vi kan uträtta nåt riktigt stort den här gången, Ludwig."

"Vänta lite nu… Nej. Nej nej."

"Jodå." GT stramade åt slipsknuten. "Jag räknar med att du följer med dem in."

Ludwig skakade på huvudet och skrattade till. "In på ambassaden?"

"Jamen, de är ju precis tokiga de här jävla människorna", sa GT med en åtbörd upp mot sockeln. "Du måste vara med och hålla ordning på dem."

"Och varför just jag?"

"Du vet varför."

"Jag vill att du säger det. Säg det rakt ut. Annars är det slutdiskuterat."

"För att jag inte litar på nån annan!"

"Det är inte därför, Clive. Det är inte därför. Det är för att du vill kunna förneka all inblandning när det går åt helvete."

"Varför skulle det gå åt helvete? Och det betyder inte att jag överger dig i så fall", skyndade GT att tillägga. "Men ja, visst.

Det blir enklare på alla sätt om det inte finns några tydliga band till oss."

Ludwig kunde streta emot bäst han ville: han visste förbannat väl att han inte skulle vägra. Återigen såg han framför sig den värld han skulle hamna i om han bröt med CIA och gick över till maffian. Återigen undrade han vad det egentligen var för skillnad.

Det måste vara skillnad. Det *måste*.

Spionerna längtade efter att få bete sig som maffian. Maffian längtade efter att bli lika respekterad som spionerna. Båda var på god väg att lyckas. Det var bara världen som höll på att gå under på köpet.

"Det får bli ett saftigt jävla risktillägg för det här", hörde Ludwig sig själv säga som på någon bandupptagning från Watergateförhören.

"Självfallet. Precis som förra betalningen."

"Gånger två."

GT genomled några spasmer i ansiktet, det var allt. Sedan nickade han.

De gick tillbaka in i minnesrummet.

"Kan ni hantera skjutvapen?" frågade Ludwig syriern.

Gemayel sken upp. "Vi har en egen skytteklubb."

"Automatkarbiner?"

"Jadå. Några av oss i alla fall."

"Det här blir hur bra som helst ska du se", sa GT och dunkade syriern i ryggen. "En succé för demokratin."

# TORSDAG

```
berlin charlottenburg-wilmersdorf / de
                    tors 21 juli 2011
                       [04:10] / cet
```

I den obefintliga nattrafiken tog det bara trettiofem minuter att köra hela vägen till Spandauer Yacht-Club. Marinan låg högst upp på västra sidan av Grosse Wannsee; om man fortsatte söderut i några kilometer kom man till den skelettfärgade praktvillan där nazisterna hållit sin ökända konferens en januaridag 1942. På motsatt strand vilade Grunewaldskogen i dimbankarna som ett brottstycke av en annan tysk verklighet, en svunnen tid, en bröderna Grimm-epok som mest verkade upptagen med att sörja sin egen hädangång.

Ludwig parkerade några hundra meter in från stranden, vid en kiosk för sommargäster. Han hade varit på marinan två gånger tidigare genom åren och mindes inga högre stängsel, men tog ändå med en liten avbitartång. Resten av vägen ner till vattnet gick han till fots iförd svart vindjacka, genomskinliga latexhandskar och brun skidmask. För att mildra det hotfulla intrycket – om någon mot all förmodan skulle få syn på hans silhuett såhär dags – bar han en New York Yankees-keps ovanpå skidmasken. Med lite tur skulle ett eventuellt vittne som såg honom på håll beskriva honom som en mörkhyad baseballfanatiker.

Det var molnigt och hyfsat mörkt för att vara en natt i juli. Det var fullkomligt tomt på folk. Det var perfekt.

Ett halvmeter högt staket intill en dubbelt så hög häck. Ludwig klev över hönsnätet och gick förbi en torrdocka för småbåtar. Inom loppet av tio sekunder hade han sett tre övervakningskameror. Men bevakningen skedde inte i realtid, det var Ludwig säker på. Det var dyrt med nattpersonal och byggnaderna var som väntat helt nedsläckta. Ingen satt klistrad vid några skärmar. Det enda syftet var att skänka marinans medlemmar lite konstgjord sinnesfrid och mjuka upp deras motstånd mot de höga avgifterna.

Tredje bryggan på vänster sida. Motorbåten var trettiosju fot lång, vit med gråbrunt teakdäck och döpt till *EURO LADY*, ett namn så innerligt smaklöst att Ludwig knappt hade trott sina ögon första gången han sett det. En dyr pjäs, såvitt han kunde avgöra. Ett dyrt och klumpigt kreatur i en liten sjö.

Ludwig gick hukande ut på bryggan samtidigt som han tog fram sin pistol, en Glock 21 med 9mm subsonic-ammunition. Han skruvade på ljuddämparen. För maximal ljudreducering vore det egentligen bäst med ett klent .22-kalibrigt vapen, men då måste man vara säker på att man kom riktigt nära måltavlan. Glock 21:an var en kompromiss. Med lägre utgångshastighet på kulan än hans vanliga Glock 19 lät den mindre, och ljuddämparen var av högsta kvalitet. Så hade den också kostat drygt tusen euro. Men ljudlöst skulle det knappast bli, särskilt inte vid en stor sjö.

I båten var gardinerna fördragna i de ovala rutorna och det var släckt nere i kajutan. Framme vid relingen la Ludwig vapnet på däck och hävde sig försiktigt, försiktigt ombord. Båten måste ha vägt minst tio ton men krängde ändå till i vattnet; han stod på huk en stund tills den slutade. Så smög han bak till sittbrunnen.

Dörren ner till kajutan bestod av två träskivor i teak, med ett slags tak i form av en inskjutbar plastskiva. Det gick inte att avgöra om den var låst. Ludwig väntade i en hel minut och kände sedan efter. Den gled upp.

Nu var problemet bara att få bort de förbannade träskivorna utan att väcka någon. Alternativet var att –

"Hallå?" hördes nerifrån.

Ludwig dammade snabbt av plan B. "Det brinner på klubben", sa han på ryska. "Varför svarar du inte i telefon?"

"Vilken av dem?"

"Den på Yorckstrasse."

"Men för i helvete..."

Och där kom Pavel Menk ut i kajutan från hytten i fören. Han hade en av de persikofärgade frottémorgonrockarna från strippklubben på sig och en liten revolver i handen.

Det kan inte ha dröjt mer än en hundradels sekund innan Ludwig avlossade två skott: det första i brösthöjd, det andra högre upp till följd av rekylen från det första. Båda träffade. Moldaviens ansikte blåstes av. När han fallit baklänges och hamnat sittande mot det hopfällda matbordet lyfte Ludwig undan den översta träskivan och tog sig nerför den korta branta trappan.

Pavel stirrade på en punkt strax bredvid Ludwig. Ur det traskantade hålet i kinden sipprade blodet i en jämn, sakta ström. Men man kunde aldrig vara nog säker. Ludwig tog ytterligare ett steg framåt, stannade upp, iakttog förloppet.

Och döden kom.

Kontrollera andningen, kontrollera andningen... *lugna andningen så lugnar sig allt annat.*

Ibland var det bättre att stirra det man gjort i vitögat än att försöka stänga det ute – det som trängts undan hade en klar tendens att återvända i överdriven skala. Så Ludwig tvingade sig själv att se på Pavel en lång stund, att se det deformerade ansiktet med dess uppfläkta kött och söndersmulade smutsiga benbitar, som blandats ut i de två blodpölarna på mattan och på den nersölade bordsskivan bakom huvudet.

Ludwig drog efter andan igen. Det svåraste var att inte ta av sig den stickiga skidmasken.

Borde dröja ett tag innan någon hittade Menk; alltihop berodde dels på när folk på strippklubben började sakna hans sällskap, dels på om marinan hade för vana att snabbspola igenom inspelningarna från övervakningskamerorna även om ingen anmält något brott. Men när det än hände fanns det inga spår att gå på – annat än det Ludwig nu planterade.

Han öppnade jackan och tog fram två föremål. Det ena var en häftpistol. Det andra var en bunt pappersflaggor: röda med hammare och skära och ett grönt fält tvärs över mitten.

Ludwig böjde sig över liket. "Det här kommer nog svida lite är jag rädd", sa han, höjde häftpistolen och skred till verket.

När Pavel var färdigpyntad med de tjugo små flaggorna övergick Ludwig till att söka igenom båten. Ett par påsar kokain som han lät ligga. Några sedelbuntar i ett fack under ena madrassen i fören. Det luktade fortfarande av svettiga sängkläder där framme och under några sekunder mådde Ludwig illa på riktigt. Men han backade ut därifrån och tog sig samman. Skaffade sig en bild av hur mycket pengar det rörde sig om: åttatusen euro, minst.

En nyckelknippa låg intill gasolspisen. Ludwig klättrade upp för trappan till sittbrunnen, kastade ett öga in mot land, stängde och låste ner till kajutan. Nycklarna slängde han i vattnet. Så var han av båten och på väg därifrån. Det tog fem, sex minuter att gå tillbaka till bilen.

Tre minuter senare hade han kört runt sjöns norra spets och vänt söderut, ner på Havelchaussee. Han mötte ingen trafik, han såg inga tända fönster. Bokskogen tog vid. Här och där var marken sumpig av de senaste veckornas regn. En duvhök eller ormvråk satt uppflugen på en av Grunewaldturms tinningar och följde Ludwigs framfart med blicken som om jeepen vore en förväxt skogssork.

En halv kilometer senare parkerade han på lagligt avstånd från en busshållplats, såg sig omkring och bytte för andra gången samma natt nummerplåtar på bilen. Om någon sett den stå borta vid kiosken på andra sidan sjön var det säkrast så; man visste aldrig med välbärgade villaägare, de hade inget vettigare för sig än att sitta och skriva ner främmande människors bilnummer.

Ner till vattnet. Först slängde han pistolen så långt ut i sjön han förmådde, därefter ljuddämparen och häftpistolen snett åt ett annat håll. Ringarna la sig, allt var stilla. Han promenerade en bra bit söderut innan han tog av sig skidmasken och kepsen och grävde en liten grop bakom ett större buskage. Där la han två små braständarpåsar, fjuttade eld och brände upp persedlarna tillsammans med latexhandskarna, som han först nu drog av, och jackan.

Nere vid vattenlinjen satte han sig på huk och sköljde ansiktet. Den kvardröjande gummilukten från handskarna fick honom att minnas handtaget på hammaren han använt första gången han dödat en människa. Det var fjorton år tidigare och han hade varit en annan då. I veckor hade han varit i olag efteråt, i veckor och kanske månader. Och nu... Jo, han såg likheten. Han *såg* samma äckel. Men han kände det inte.

När det brunnit klart gick han tillbaka upp till gropen, fyllde igen den och trampade till marken.

På väg in till stan kom han på sig själv med att sitta och gäspa vid ratten. Antingen började han bli väl luttrad och avtrubbad eller så vägrade hans samvete att slösa med sig självt på ett svin som Menk. Och Ludwig visste att problemet inte var löst. Med detta första steg hade han bara köpt sig något dygn, om ens det. Den viktigaste delen av planen återstod.

★

Hemma i duschen började han undra om det inte varit ett misstag att bränna så mycket adrenalin på den allra enklaste delen av det som såg ut att bli en lång, komplicerad dag.

Känslan av att allting absolut inte kunde gå hans väg. Känslan av att ett isande nederlag var på väg rakt emot honom genom världsrymdens karga likgiltighet. Men han hade inga hörn kvar att backa in i.

                    warschauerstrasse
               berlin friedrichshain / de
                      tors 21 juli 2011
                        [07:45 / cet]

Det här jävla vädret. Vissa städer tålde ett utdraget lågtryck: Paris och Manhattan och Rom hade sina strategier för att se hyfsade ut oavsett inramning. Berlin, fastslog Jack Almond där han såg ut över en stad tömd på färg och liv och värme, var av en annan sort. Berlin hade inte råd.

Lina sov fortfarande inne i lägenheten. Almond stod med en kopp snabbkaffe och en av hennes Vogue lights ute på balkongen på fjärde våningen och iakttog huttrande trafiken nere på Warschauerstrasse. Hundratalet meter åt höger flöt Spree förbi under Oberbaumbrücke med dess sagotorn i rödbrunt tegel. Mittemot låg U-Bahnstationen. Tågens skrikande bromsar höll honom vaken om nätterna – de allt fler nätter han nuförtiden tillbringade i tyskans lägenhet. Han slängde fimpen rakt ut i regnet och gick tillbaka in.

Det vita sovrummet var överdimensionerat och definitivt undermöblerat. På väggen ovanför sängen hängde en blek affisch från någon utställning på Kulturforum, även den deprimerande minimalistisk. Madrassen var hård som ett flygplanssäte.

Han satte sig intill den mörkhåriga, pageklippta kvinnan och strök henne över kinden.

"Du stinker", konstaterade Lina utan att öppna ögonen.

Almond gick och hämtade en lapp i jackfickan ute i hallen och la den på nattduksbordet bredvid hölstret med hennes tjänstevapen.

"Jag tar en dusch nu", sa han, "sen måste jag åka. Men det är en sak jag skulle vilja be dig om. Jag skulle göra det själv om det inte... det skulle inte se bra ut, helt enkelt."

"Vadå?" Lina satte sig upp och kastade en dyster blick mot fönstret. Regnet öste ner där ute.

Han knackade med ett finger på bordet. "Det här är direktnumret till Fran Bowden."

"... okej?"

"Vår Europachef."

"Jag vet vem det är."

"Då så. Jag vill att du ringer henne och säger att ni har fått höra att hennes stationschef i Berlin håller på att spåra ur."

Lina stirrade på papperslappen. "Anonymt?"

"Jag vet inte. Halvanonymt. Du kan berätta att du jobbar på BfV, men du behöver inte säga vem du är. Ring från en telefonautomat nånstans."

BfV, Bundesamt für Verfassungsschutz, var tyska säkerhetspolisen. Almond och Lina hade träffats ett år tidigare på ett seminarium i Bonn. Ämnet hade varit informationsutbyte och samarbete mellan säkerhets- och underrättelseorgan. De hade tagit budskapet ad notam och dragit det hela lite längre än föredragshållarna kanske tänkt sig.

Informationssamarbete var en guldgruva. En av många saker GT lärt Almond genom åren: det var politikerna som höll i pengarna och politikerna ville ha samordning, inte minst i Tyskland där 11 september hade planlagts. Vad man än ville ha pengar till – vapen, utbetalningar till källor, nya datorer – skulle man alltid försöka hitta ett sätt att koppla det till samordning.

Men GT hade inte mer att lära honom. Gamlingen hade blivit en belastning. En skenande kostnad.

Om det enbart hade handlat om att röja en överordnad ur vägen för att ta hans jobb hade Almond inte gått vidare. Men nu råkade det ligga i landets intresse. Vad skulle han göra?

"Är du säker på det här?" sa Lina förbryllat.

"Nej, det är jag inte."

Hon började vakna ordentligt. "John…"

Han avbröt henne: "Säg till Bowden att Clive Berner har blivit galen, att han tänker låta storma s… en ambassad här i stan. Att det har med Lucien Gell att göra. Det räcker."

"Vilken ambassad?"

"Det är – man kan inte… Det räcker så."

"Vad fan, vilken ambassad? Om jag ringer det här samtalet och mina chefer får veta att jag kände till en –"

Almond uteslöt snabbt alla andra alternativ och ljög henne rakt i ansiktet:

"Jag vet inte vilken ambassad."

"Det tror jag visst att du gör."

"Men vi har ju pratat om det här, Lina", försökte han. "Med gränsdragningar och det."

Hon bara gapade efter honom när han lämnade rummet.

I badrummet en minut senare, i samma sekund som han insåg att han glömt ta med sig sin parfym- och tvålfria duscholja, började hon banka på dörren.

"Du får ta och lita på mig bara", ropade han till henne och vred på duschen.

"Du öppnar den här dörren."

"Vi får prata mer ikväll. Eller ja, ikväll är jag upptagen. Imorgon."

Hon slutade banka. Jack Almond var förvissad om att hon skulle göra det han bett om. Om hans självförtroende ifråga om ledarskap var välgrundat eller inte visste han knappt själv. Det spelade ingen större roll. Folk stod inte ut med att göra honom besviken.

GT var tydligen det enda undantaget. Så skulle den fete fan också få betala för sin envishet. Betala dyrt.

Han sköljde håret och gnuggade sig i ansiktet. Så utspelade sig någonting. En ansats till dåligt samvete – en ynka nervsignal från maggropen. Sedan var det över.

Livet gick vidare. Till att börja med stod valet nu mellan att använda Linas lavendeldoftande duschtvål och att hålla tillgodo med enbart varmvattnet.

yorckstrasse
berlin kreuzberg / de
tors 21 juli 2011
[11:05] / cet

"Pavel har inte kommit in än", sa den magra damen i vaktkuren på Yorckstrasse.

Ludwig la an en försmådd min. "Men vi sa elva."

"Han kommer väl när han kommer."

En svart kvinna i trettiofemårsåldern med skinnbyxor och gula ballerinaskor strövade runt bland filmerna och leksakerna. Hon förde anteckningar i en tjock pärm. Inventering i porrträsket.

Ludwig lutade sig fram mot mikrofonen i pansarglaset och sa: "Jag har pengar till honom. Kanske finns det nån annan här som kan kvittera dem?"

Utan ett ord tryckte kvinnan på knappen och dörren låstes upp.

"Tack", sa Ludwig och gick ner.

Innanför bardisken stod en ung man på en pall och dammade av flaskorna och glasen på de övre hyllplanen. Hans blick mötte Ludwigs i spegelväggen. Den regnbågsfärgade dammvippan var mindre än den Scheuler brukade använda: en proffsvariant.

"Nästa nummer är om tio minuter", sa ynglingen. "Vill du ha nåt att dricka så länge?"

Ludwig skakade på huvudet. "Jag ska träffa ägaren."

"Han är inte här."

"Vi hade avtalat tid."

"Kanske jag kan hjälpa dig." Han klev ner från pallen, gick runt disken och skakade hand med Ludwig. "Misha."

Ludwig hade träffat honom för sju, åtta år sedan, när han fortfarande var ett barn. De var inte särskilt lika, han och hans far. Misha var solbränd, smal, vältränad. Det svarta håret var kort och rufsigt. Hans ögon var större och klarare. Jeansen var Armani, den svarta T-shirten Boss. Kombinationen av lämplig avelspartner och ekonomiskt uppsving hade försett Pavel Menk med en riktigt stilig son.

"Jag har en skuld att betala", sa Ludwig.

"Säg den som inte har det", log Misha. "Kom."

Pavels kontor var kraftigt övermöblerat. Ovanför ett par proppfulla bokhyllor satt fem små teveskärmar som visade rummen där stripporna gjorde sina privata framträdanden. För deras egen säkerhet, naturligtvis. På det vita skrivbordet stod en uråldrig, analog kontrollpanel som liknade ett mixerbord. Någon dator syntes inte till. Pavel hade inte låtit sig ryckas med i digitaliseringen.

"Då ska vi se", sa Misha och öppnade en liten läderinbunden pärm. "Namnet?"

"Ludwig Licht."

"Där har vi dig, ja. Det står ett frågetecken efter summan."

"... han var väl osäker på om jag skulle få ihop pengarna."

"Jag ser inga andra frågetecken på hela listan." Misha tittade upp från pärmen och gav Ludwig en studierektormässig blick.

Ludwig gjorde en glåmig grimas. "Jag måste ha gett ett skakigt intryck."

Det blev lite tyst. Ludwig undrade om det varit ett misstag att komma obeväpnad.

"Här är pengarna i alla fall", sa han och drog fram kuvertet. "Sextontusen euro."

Misha tog kuvertet, räknade pengarna, klottrade något i pärmen.

"Jag tar och pratar med min far när han kommer", sa han och föste vänligt ut Ludwig från rummet. "Stämmer av med honom så att allt är okej, bara. Jag har varit bortrest ett tag."

"Låter bra."

När de var framme vid dubbeldörrarna kom ett sällskap på fem kostymklädda män in i lokalen.

"Jag känner igen dig", sa Misha och synade Ludwig.

"Vi har träffats."

"På båten, eller hur? För länge sen."

"Båten?" Ludwig såg sig omkring. Kostymerna skrattade spänt på väg till bardisken. "Nej, jag tror att det var här."

"Ja, ja. Vi ses."

Och med de olycksbådande orden gick Pavel Menks son tillbaka till baren och tog hand om de nya gästerna.

Ludwig dröp av. Uppe i butiken gick han ett par varv och vände och vred på några filmomslag. Sedan var han ute i luften igen.

Tunga, feta moln hade börjat skockas över himlen. Det drog ihop sig till ännu ett oväder som inte skulle följas av sol.

Allt gick planenligt; som längs en magneträls, som *klistrat*. Bra eller dåligt? Berodde på om det var en bra plan.

★

En och en halv timmes körning österut senare parkerade Ludwig vid en bilverkstad i utkanten av Lebus, som låg längs Oders västra strand. Den lilla hamnstaden hade två krigskyrkogårdar, flera gamla kyrkor som förstörts och byggts upp igen, en vandringsled för turister som ville njuta utsikterna från diverse platåer samt en av den fria världens mest frekventerade illegala vapengömmor.

CIA hade en lång tradition på området. I slutet av 1940-talet, då amerikanerna drabbades av panik över bristen på insyn i ryssarnas göranden och avsikter, strösslade man med vapen och utrustning över stora områden som Sovjetunionen kunde tänkas ockupera vid ett krigsutbrott. Grunden för en framtida motståndsrörelse var lagd. Men bortsett från att en och annan högerextrem terrorgrupp passade på att rusta sig till tänderna kom depåerna aldrig riktigt till användning. Östberlin 1953? CIA hade tagits på sängen, följt revolten på radio som alla andra och tvekat tills det var alldeles för sent. Ungern 1956? Samma historia, trots att man nu via sin egen radiostation, Radio Free Europe, hade eldat på massorna att resa sig mot det kommunistiska förtrycket.

På något magiskt sätt hade man ändå vunnit det kalla kriget, eller åtminstone tittat på medan ryssarna förlorade det. Nu hade flera av gömmorna flyttats längre österut, till platser som tidigare varit under Warszawapaktens kontroll, och tanken var inte längre att förbereda för partisankampanjer. Istället handlade det om att smidigt kunna utrusta CIA:s frilansare och paramilitära specialförband utan att först behöva be Washington om tillstånd för aktioner som ingen ville höra talas om till att börja med.

Som nästan allt annat hade systemet privatiserats, lagts ut på entreprenad – inte av någon ideologisk nit, utan helt enkelt för att det stärkte amerikanernas möjligheter att kunna förneka all inblandning om en gömma sprängdes. I så fall fanns bara ett faktureringsspår mellan vapenhandlaren och något

CIA-kontrollerat företag med postboxadress. Fakturorna ifråga brukade tala om "verktyg" och "maskinkomponenter". Omsättningen var inte blygsam. Ibland undrade Ludwig vad som skulle hända med världsekonomin om de sexton amerikanska underrättelseorganen skrotades.

Två hästar och något slags ponny stod och begrundade evigheten på andra sidan av ett elstängsel femtio meter bort. Själva verkstaden, en vit gammal brandstation med rött plåttak, var igång; stället hade fyra anställda som jobbat där i åratal utan att ha en aning om verksamhetens egentliga syfte.

Ludwig gick över grusplanen och raka vägen in genom den öppna garageporten. En mörkgrön Jeep Cherokee var upphissad för däckbyte. Två män gick runt och gjorde justeringar.

Ludwig gick förbi dem och fram till en bred orange dörr. Han hann inte knacka på förrän den öppnades.

Karl Breck – femtiotvå, utsparkad från Främlingslegionen tjugo år tidigare efter att ha fått skulden för en slaveri- och smuggelhärva i Franska Guyana, hade rasat i vikt sedan Ludwig senast såg honom. Kindknotorna var som på en fotomodell. Detsamma kunde man inte säga om den låga pannan, vars hud fältläkarna transplanterat dit från arslet efter en granatattack i Libanon: det ovala området hade en blekare ton.

"Gott att se dig", sa Breck och tog i hand. Han bar vita jeans och ett svart ribbstickat linne som visade för mycket av de håriga, fräkniga axlarna.

Ludwig följde efter genom korridoren. Dörren längst bort till vänster hade tre lås, varav ett med kod. Vad Brecks anställda trodde att han hade där inne var inte lätt att veta.

Breck slog in koden och lät ståldörren glida upp. Han tände lysrören i det fyrtio kvadratmeter stora, vitmålade utrymmet och stängde efter dem. Rummet saknade helt fönster. På de väggfasta hyllorna stod mängder av automatvapen med olika extrautrustning: M4, G36, UMP, till och med några AK-47 som specialstyrkorna ibland använde när de måste smälta in nere i något helvetesland åt sydöst. Tusentals askar med ammunition var travade från golvet och upp. På motsatt vägg fanns förutom pistoler också handgranater av alla tänkbara slag, gasampuller, gasmasker. Tre höga garderober var fullproppade med skyddsvästar, handskar och hjälmar.

Men på arbetsbänken mitt i rummet, bland mängder av rengöringsmedel, verktyg, sladdstumpar, trasor och elektronik, stod en helt annan skapelse. Ludwig drog efter andan.

En benvit och svart Sanremo Roma TCS, espressomaskinen som användes i internationella baristatävlingar. Den såg ut som framtiden måste ha tett sig för en obotlig optimist omkring 1971.

Ludwig kunde måtten i huvudet. Tresatsen – den största modellen – var en meter och åtta centimeter på bredden, femtiofem centimeter hög och femtiosex djup. Han hade mätt ut en plats åt den i baren. Det var bara att göra sig av med den gräsliga kaffeautomaten som stod där nu och gallra lite bland de aldrig använda champagneglasen.

"Vad ska du ha för den?" frågade Ludwig andäktigt.

"Den är begagnad. Jag håller på och justerar –"

"Spelar ingen roll. Hur mycket?"

"Tja. Fyratusen euro i alla fall."

Den måste stå på Venus Europa. Om det så var det sista fallet av trolöshet mot huvudman någon begick så *måste* den stå på Venus Europa. Det var dags att sätta sig i respekt hos de förbannade yuppiesvinen som bara vände i dörren.

"Sätt upp det som utrustning på kontot", sa Ludwig. Han hade fortfarande inte släppt apparaten med blicken.

"Det blir vår lilla hemlighet", flinade Breck.

"Så ska det låta."

CIA hade betalat för mängder av skit genom årtiondena. För

en gångs skull gick pengarna nu till någonting riktigt värdefullt. Det var ödet. Ända sedan tillverkningen hade maskinen varit på väg rakt i Ludwigs famn.

"Då säger vi det." Ludwig harklade sig. "Och så tar vi tjugo lätta västar och tjugo Berettor. Laddade med hålspetsammunition, två extramagasin till varje. En laddning C4 med detonator."

Redan under bilfärden dit hade Ludwig bestämt sig för enbart pistoler. Problemen med tyngre vapen var helt enkelt för många, särskilt bland taktiskt oerfarna mannar. I trånga inomhusutrymmen fanns en klar risk för att de skulle skjuta i vild panik. För det första skulle de göra av med ammunitionen på nolltid, för det andra skulle de garanterat ha ihjäl varandra av misstag när rikoschetterna började flyga. Det krävdes en viss typ av individ för att hålla sig till korta, kontrollerade salvor. En skräckslagen, fanatisk gröngöling under tidspress och beskjutning hörde inte till den kategorin. Med pistoler skulle saker och ting avlöpa smidigare, mer städat, mer etappvis. Pistoler fick inte folk att skena iväg på samma sätt.

Att det gick att nöja sig med pistoler var när allt kom omkring en viss tröst i sammanhanget. För aldrig i helvete att syrierna på ambassaden räknade med att bli angripna. Det var den enda – den absolut enda – styrkan i GT:s plan: överraskningsmomentet. Tunga automatvapen gjorde störst nytta när ett välförberett försvar måste knäckas, fysiskt som psykiskt, med ren eldkraft. Möjligen var Ludwigs lilla nedrustningsinitiativ ett försök från hans sida att forma om en plan han i grunden misstrodde.

"Kanske vill du prova det här också", sa Breck. Han höll fram ett par granater små som golfbollar.

"Vad är det för nåt?"

"Kolokol-1."

Ludwig tog ett steg tillbaka. "Är du inte klok? Det var ju det ryssarna använde i –"

"I Beslan, ja. Det här är en förbättrad formula, säger de. Vore kul att höra hur den funkar."

Brecks ansiktsuttryck hade övergått till det rent perversa. Ludwig rös till.

"I helvete heller. Stoppa undan skiten, jag blir nervös."

"Som du vill. Men den här då?" Breck drog fram sin mobiltelefon. "Ser ut som ett vanligt iPhone-fodral, eller hur?"

"Jo."

"Men kolla här. Kolla bara."

Så fällde han ut en liten bultsax, tre olika skruvmejslar, en avbitartång, en kapsylöppnare, en kniv och en såg.

"Jag vet inte riktigt", sa Ludwig.

"Men du fattar inte. Den här" – Breck hötte i luften med det tandade knivbladet – "den här lilla rackaren kan du skära upp kött med och allting. Jag har provat."

"Jag vill väl för fan inte skära upp kött med min telefon."

"Kom igen, jag har hur många som helst. Bara ta en och testa. Vad har du för telefon, en 4S?"

"Ja."

"Här."

Ludwig tog metalltingesten och bytte ut sitt gummifodral.

"Väger inte så farligt ändå", mumlade han. "Men har man inte sönder telefonen när man använder skiten?"

"Deras garanti är att verktygen håller hur länge som helst."

"Jamen telefonen."

"Äh, en sån kan du köpa var som helst. Det här är helt världsunikt ju."

De gick i omgångar till bilen: först med espressomaskinen, sedan med de tunga svarta tygväskorna.

"Lycka till med jakten då", sa Breck och utdelade en ryggdunk.

Ludwig hoppade in och startade bilen. Han visste aldrig

vad han skulle säga till folk som verkligen trivdes i branschen.

Regnet satte igång halvvägs till Berlin och blev bara värre för varje kilometer. Med tjugo minuter kvar till infarten till stan kastade han ett öga på den nyekiperade telefonen där den låg på passagerarstolen. Och mindes vad Faye lämnat kvar hemma i hans lägenhet.

★

Vid halv sex på kvällen parkerade han utanför krogen på Oranienstrasse, öppnade till lastutrymmet och gick in och hämtade Scheuler för bärhjälp. De svepte en sopsäck runt apparaten till skydd mot regnet.

"Jösses", sa Scheuler när de avtäckt underverket på disken. "Hur fan hade vi råd med det här?"

Ludwig sträckte på sig. "Jag sa ju att jag har ordnat allting."

Han hävde sig upp på bänken och riktade om en spotlight så att maskinen badade i ljus.

"Vi måste skaffa anständiga koppar", sa Tina utan att stanna upp när hon gick förbi.

"Det kanske du kan ordna?" ropade Ludwig efter henne. "Om du inte är för upptagen med att vara negativ i största allmänhet? Hallå?"

Hon försvann genom svängdörren till köket. Det gick upp för Ludwig att han hade lämnat sextio kilo vapen och utrustning i en öppen, dubbelparkerad, svindyr stadsjeep ute på gatan.

"Ses imorgon då", sa han till Scheuler.

"Fan vad stor den är. Var ska kopparna stå?"

"Du och Tina kan ju turas om att ha dem i en liten ryggsäck", sa Ludwig.

"På tal om det, det är torsdag så Tina drar vid sju. Kommer du in sen eller ska jag ringa hit nån?"

"Kan inte förrän imorgon. Lär dig maskinen till dess."
"Har du nån bruksanvisning?"
"Men hur svårt kan det vara? Du får väl känna dig fram."

Den av GT utlovade skåpbilen var på plats borta på Adalbertstrasse: en vit, smutsig Volkswagen. Nycklarna var fasttejpade på insidan av vänstra framdäcket. Ludwig släpade över tygväskorna från Range Rovern och stämde av så att påsen med silvertejp, handfängsel och pengakuvert var på plats i det annars tomma lastrummet. Han tog pengarna och smällde igen bakdörrarna.

Ett par askar kinamat tog han med upp i lägenheten och åt utan att sätta på teven. Tre timmar kvar nu.

Framåt åtta hämtade han Fayes mobiltelefon från skåpet i arbetsrummet. Batteriet var nästan slut. Eftersom han inte kunde PIN-koden satte han den för säkerhets skull på laddning.

Inga mejl – appen hade överhuvudtaget inget konto installerat. Inga bilder. Tre kontakter: "Pappa", "Mamma", "Lillebror". Fyra gamla sms:

Hur går det? När kommer du hem?

                        Snart. Vet inte exakt än.

Hon blir bara sämre och sämre.
Du borde vara här.

                        En vecka bara, jag lovar.

Kan du inte boka biljetten nu
så vi kan planera?

                        Måste avsluta några grejer först.
                        Hälsa mamma så hörs vi.

Konversationen var från i söndags, vid tvåtiden på dagen. Strax före att Ludwig hämtade henne på strandhotellet i Ziegendorf.

Det var därför Faye ville hem: hennes mor eller syster var sjuk.

Visst hände det att folk gav sig *in* i saker av politiska skäl. Men när de lämnade var det alltid samma sak. Det var alltid personligt. Det var alltid något enkelt som gjorde ont.

Regnet fräste och small mot fönsterbläcken. Det hade börjat mörkna. Där ute kurade Berlin ihop sig och sökte tröst i en framtid som förmodligen redan låg bakom henne. Strålkastarna på Museumsinsel lämnade mäktiga skuggor efter sig i arkaderna. Vattnet plaskade mot de fastkedjade borden på Tiergartens tomma uteserveringar. En dålig sommar, det var allt. Ännu en dålig sommar. Fred och framsteg och välstånd och skitväder. Hon var trögtänkt och blyg, rikets första dam. Trots allt hon varit med om var hon inte förberedd på någonting.

corneliusstrasse
berlin diplomatenviertel/de
tors 21 juli 2011
[21:35]/cet

De kom från varsitt håll i den kalla sommarkvällens regnglittrande halvdunkel. De var sammanlagt tjugoen man. Inga banderoller skvallrade om vart de var på väg; inga slagord skreks. Från luften måste de med sina uppfällda paraplyer ha liknat två kohorter med romerska legionärer i framryckning under projektilbeskjutning.

De företrädde ett land som inte fanns – ett fritt Syrien – och utgjorde den hårda kärnan av hundraprocentigt betrodda i Kamal Gemayels decennielånga kamp. Prognos, utsikter? De. hade mindre kvar att förlora än ett vrak på havsbottnen.

Ludwig, i grön regnparkas med kapuschongen uppfälld, väntade vid skåpbilen på Corneliusstrasse. Den enkelriktade gatan löpte parallellt med Rauchstrasse där ambassaden låg, fast ett kvarter längre söderut. Landwehrkanal flöt fram nedanför en liten slänt. En allé gjorde mötesplatsen fullbordad.

Gemayel anförde guppen som kom västerifrån, över bron Ludwig korsat dagen innan när han skuggat kuriren. Hans tio följeslagare hade palestinasjalar virade om huvudet. Nästan samtidigt syntes gruppen som kom från andra hållet, bortifrån Kulturforum och Potsdamer Platz.

Ludwig nickade åt den gamle syriern. Han öppnade dörrarna till skåpbilen. Två åt gången hoppade männen in, lämnade paraplyerna och försåg sig med västar, vapen och ammunition.

"Har du sprängdegen?" frågade Gemayel när han klev ur bilen.

Ludwig nickade. "Tänkte ta hand om den själv."

"Det behövs inte", sa syriern stolt. "Reza gjorde sin militärtjänst i ingenjörstrupperna." Han pekade på en man i tjugofemårsåldern.

Utan ett ord räckte Ludwig ynglingen C4:n och detonatorn. En smutsvit pråm med huttrande turister gled förbi nere i kanalen. Reza stoppade sprängdegen i en innerficka och detonatorn i en annan.

Den andra gruppen anlände och genomgick samma procedur i skåpbilen. När allt var klart drog Ludwig fram fotot på Lucien Gell och visade det för samtliga. Han sparade Gemayel till sist.

"Levande", sa han till den gamle.

"Jag vet, jag vet", sa Gemayel.

Ludwig fattade tag i mannens axel. "Levande."

Gemayel fick något roat i blicken.

"Och om det inte går?"

"Det måste gå", sa Ludwig. "Bara han inte kommer undan."

Det var förstås två ganska oförenliga besked på en gång.

"Oroa dig inte", sa syriern och fattade högtidligt tag om Ludwigs hand. "Om han jobbar med Mukhabarat är han lika mycket vår fiende som er."

Ludwig visste inte hur han skulle besvara gesten utan skakade fånigt handen innan han släppte den.

"En sak till", sa han så att alla hörde. "Inga döda tyska poliser. Inga döda tyskar överhuvudtaget. Okej? Inga döda tyskar. Upprepa."

"Inga döda tyskar", mumlade församlingen.

"Inga döda vadå?"

"Inga döda tyskar!"

Ludwig bemödade sig om att se var och en i ögonen och sa sedan: "Har vi tur går det här snabbt och smärtfritt."

Gemayel höjde ett finger mot skyn. "Allah. Syrien. Frihet."

"Inget mer!" svarade truppen.

De började gå. Regnet verkade inte bekomma de unga männen, det var bara Ludwig och Gemayel som ekiperat sig vettigt.

Pulsen började hamra. Det här var inte en artikel i *Foreign Affairs* eller *The American Interest* där statsvetare på betryggande avstånd beskrev en verklighet de aldrig behövde känna stanken av. Nere på marken – i 3D och färg och surround – gällde alls inga teorier, bara fysikens kallhamrade lagar. Ludwig var full av olust och onda aningar. Det fanns kvällar som inte kunde sluta väl; det fanns kvällar som inte hade en chans.

Gemayel måste ha känt det han också. Men han var inte ute efter att vinna. Han var ute efter hämnd.

★

"Förr i världen hade vi börjat med att klippa teleledningarna", sa GT nostalgiskt till Almond. "Men det tjänar inget till längre med alla förbannade mobiltelefoner."

De satt framtill i den mörkblå BMW:n på en parkering uppe i Tiergarten, en kilometer nordöst om syriska ambassaden. Jack Almond tittade på klockan för tionde gången på lika många minuter. Åtta minuter kvar. Han var inte på humör för småprat.

"Det går att slå ut mobiltäckningen med mikrovågor", sa

han ändå. "Eller så kan man sabba telemasterna runt omkring. Men vi har ju inga JSTARS-plan och SEAL-team här direkt."

GT ryckte på axlarna. "Ibland är det bättre att låta infödingarna själva göra grovjobbet. Som i Afghanistan."

"Infödingarna brukar också må bra av tekniskt understöd från oss. Och *Afghanistan?*" Almond avbröt sig. Han hade god lust att fråga sin chef om han läst en tidning de senaste tio åren.

"Gulliver?" hördes Lichts röst i radion. "Det här är Gretl."

GT ryckte åt sig sändaren innan Almond hann ta den. "Vi hör dig, Gretl", sa han uppspelt. "Vad händer?"

"Vi blir några minuter tidiga. Min bedömning är att det är bäst att dra igång direkt istället för att stå och glo."

"Det är upp till dig, Gretl. Hur är stämningen?"

Lång tystnad.

"Gretl?" sa GT.

"Stämningen." Ludwig suckade ljudligt. "Har du sett den där dokumentären om rullstolsrugby – vad heter den, *Murderball*?"

GT såg frågande på Almond, som ryckte på axlarna. "Jag uppfattade inte, Gretl. Kan du upprepa?"

"Stämningen är på topp", sa Ludwig.

"Bra!"

"Och inga poliser är på plats?"

"Bara ett par stycken", sa GT. "Vi lät en bil köra förbi och kolla för en kvart sen."

"Två snutar i en bil?"

"Om jag fattat rätt."

"Okej", sa Ludwig. "Och är du helt säker på det här, Gulliver?"

Almond gav GT en blick som skrek åt honom att för en gångs skull lyssna på folk. "Det går fortfarande att avstyra det, sir", sa han indignerat. "Jag måste – jag... jag rekommenderar å det *bestämdaste* att vi –"

GT viftade argt med handen, tryckte på sändknappen och sa: "Sätt igång, Gretl. Sätt igång."

"Fortfarande ingen som vet vilken våning måltavlan befinner sig på?" försökte Ludwig.

"Nej tyvärr", sa GT. "Du får leta rätt på honom."

Lång tystnad igen. Sedan: "Då kör vi."

"Ja", sa GT. Han lät bli att ta del av Almonds nattsvarta blick. "Nu plockar vi honom."

★

"Gå tillbaka till skåpbilen", sa Ludwig till Gemayel.

De befann sig bara tjugofem meter från korsningen till Rauchstrasse.

"Vi ska väl inte avbryta?"

"Nej då. Måste få bort snuten bara."

"Skulle inte det vara ordnat vid det här laget?"

"Tänk som det kan bli." Ludwig kastade ett öga på de andra. "Om jag inte är tillbaka om fem minuter måste du lova mig att ni lägger ner och åker hem."

Den gamle mannen drog sig över skäggstubben innan han mötte Ludwigs blick.

"Jag vet inte om jag kan lova det."

Och vad svarade man.

Exilsyrierna gjorde helt om och gick Stülerstrasse tillbaka. Ludwig fortsatte norrut.

När han rundade hörnet vid ambassaden slogs han av tre fenomen. Den gröna och vita polisbilen stod mittemot ambassaden med nosen bortåt. De rödvitrandiga kravallstaketen var prydligt hopsamlade för att snabbt kunna tas fram igen vid behov. Och det var tänt i alldeles för många rum inne på det nordiska ambassadkomplexet där polisbilen stod.

Det fanns flera alternativ för den här sortens scenario. Han kunde ha bett Gemayel att komma gående från motsatt håll och ställa till med en scen så att snutarna blev distraherade. Han kunde ha tagit emot galne Brecks sömngasgranat och försökt få in den i bilen. I det första fallet hade han behövt lita på att någon annan gjorde vad han skulle, och dessutom skulle poliserna hinna rapportera över radion innan de ingrep. I det andra fallet skulle snutarna med minst femtio procents sannolikhet stryka med.

Nej, det var inte bara lättja som fick Ludwig att så ofta som möjligt begagna enklast tänkbara plan. Det var dyrköpt erfarenhet.

Han korsade gatan och närmade sig polisbilen i normal takt med blicken på annat. När han var i nivå med höger bakdörr öppnade han den med vänsterhanden, drog fram pistolen ur hölstret och kastade sig in i baksätet. Fram med en kula i loppet. Upp med mynningen i nacken på den kvinnliga polisen i passagerarsätet framför.

"Godkväll", sa han och sträckte sig korsvis med vänsterhanden för att drämma igen dörren. "Jag är sugen på att åka en sväng."

"Vad fan tror du att du håller på med?" väste den skallige polisen vid ratten utan att vända sig om.

"Du tar och kör, annars skjuter jag skallen av henne. Gör som jag säger. U-sväng först och sen direkt till vänster. Inga dumheter."

Polisen teg och lydde. Efter några hundra meter sa Ludwig: "Vänster igen."

"Det är enkelriktat in där", sa snuten med pistolen i nacken. Men hennes kollega hade redan påbörjat svängen.

"Parkera bredvid skåpbilen där", sa Ludwig när de var framme. Exilsyrierna hade delat upp sig i flera mindre grupper. "Nej, på bortre sidan."

Gemayel och tre andra kom gående med dragna vapen. Ludwig öppnade dörren.

"Ni ska in i skåpbilen", sa Ludwig till poliserna. "Det kan gå väldigt smidigt. Eller så kan vi prova nåt annat sätt."

"Det ska nog gå smidigt", sa kvinnan.

Ludwig vände sig till Gemayel. "Bunta ihop dem. Det finns utrustning i säcken där inne. Lämna kvar deras vapen och radiosändare här."

De gjorde inte motstånd. Innan Ludwig stängde dörrarna till skåpbilen sa han: "Ni kommer inte behöva sitta så länge, det blir fullt pådrag lite senare och då hittar de er."

Båda de handfängslade, hoptejpade poliserna stirrade ner i golvet.

"Då tar vi och får det här överstökat nån jävla gång", sa Ludwig till Gemayels mannar. "Ett fritt Syrien, och så vidare. Sätt fart."

Alla stod tysta. Gemayel gav Ludwig en palestinasjal och gjorde sedan en handsignal åt Reza, som lösgjorde sig från gruppen och ensam började gå gatan fram. Han skyndade iväg med händerna i fickorna på sin mörkblå jeansjacka. Ludwig undrade om det var sant att han verkligen gjort militärtjänst. Inget i vare sig uppsyn eller hållning tydde på det.

Ludwig virade in sig i sjalen, följde efter ynglingen och rundade hörnet till Rauchstrasse. Inte en människa syntes till. Inga syriska vakter heller. De höll sig inomhus på ambassaden. Med lite tur hade de inte sett Ludwigs omhändertagande av poliserna utanför.

Den tre våningar höga paradvillan var upplyst med strålkastare som placerats i murgrunden där det låga järnstaketet var fäst. En snidad dubbeldörr, ambassadens huvudentré, återfanns längst ut till höger på framsidan. Och en grind, i samma midjehöjd som järnstaketet, ledde vidare genom en tre meter lång passage med högre staket på var sida.

Reza tog sig över grinden i en enda gymnastisk rörelse och stegade dödsföraktande rakt fram till dörren, där han tog fram sprängdegen. Vid det här laget syntes han på övervakningskamerorna – för andra gången detta dygn var Ludwig hänvisad till att hoppas på att ingen satt och bevakade monitorerna. Men syriern var snabb. Han satte den lerfärgade degen längs med dörrens mittspringa, i höjd med handtagen och låset, och fäste det avlånga paketet med silvertejp. I med detonatorns två tändstiftsliknande piggar. På med timern. Klart.

Ludwig klättrade över staketet och ställde sig runt hörnet på byggnaden. Syriern var hos honom på tre sekunder. De väntade.

"Vad satte du den på?" viskade Ludwig när det gått obehagligt lång tid.

"Två minuter", löd svaret.

Mer väntan. Femton sekunder, fyrtiofem. Nu kom Gemayel och de andra. De rundade gathörnet i total tystnad. När Gemayel såg att sprängdegen var på plats drog han fram sitt vapen ur regnrocken. De övriga gjorde likadant.

Drog luften ihop sig precis innan och tog sats? Ludwig kände inget av tryckvågen där han stod, men smällen var som en frontalkrock mellan två lastbilar.

Sekunden efter att dörren sprängts small det igen – bakom dem längs kortsidan av huset. Reza föll huvudstupa framlänges. Ludwig for runt och hann se en gevärspipa i ett fönster på andra våningen. Han avlossade två skott med sin pistol mot fönstret innan han egentligen fattat vad som hänt. Förmodligen hade han inte träffat någon; gevärsskytten hade hunnit ta skydd.

Och nu släpptes revolutionen lös. Samma sak som alltid: eld och rök och oväsen, folk som varit tysta så länge att deras vrål till sist inte gick att hejda. De kastade sig fram.

Ingen hade tid att begrunda det första offret, den unge man

som nu låg med halvslutna ögon och förblödde genom strupen vid Ludwigs fötter.

Ingen.

Ludwig kastade ett sista öga upp mot fönstret där skytten befunnit sig innan han klev förbi pojken och klättrade över det korta sidostängslet. Sist av alla steg han in genom den svedda dörröppningen. Den ena dörren hängde nätt och jämnt kvar på gångjärnen, den andra var som försvunnen. Luften var fylld av en kvalmig, dieselliknande sälta.

Ambassadens förmak upptogs helt av en otymplig metalldetektor. Den hade skrikit sig hes under den gångna minuten och pep återigen när Ludwig passerade och fortsatte genom en flera meter lång korridor.

För att nå receptionssalen tog han till vänster. Fem exilsyrier hade stannat kvar där inne. De stod med dragna vapen och siktade mot varsin dörröppning. En av dem höll utkik mot de dubbla trapporna upp till andra våningen.

Nedersta delen av väggarna var målade i ränder – den syriska trikoloren i dämpade jordfärger. En takfläkt i guld och rotting roterade sakta i taket. Tryckvågen hade inte nått hit in. På en djup byrå med marmorskiva stod en praktvas med ett fång knytnävsstora rosa rosor. Även på disken stod några vaser med tygrosor i samma färg.

Dofterna gav Ludwig en minneschock: rumsspray i jasmin och inbiten cigarettrök. Det var exakt som hemma hos hans mor.

Han hastade fram till en man som stod med uppsikt över entrén.

"Ge er omedelbart när polisen kommer", sa Ludwig med eftertryck.

Syriern nickade och sänkte sin pistol.

I sitt inre hoppades Ludwig att ingen tysk polis skulle dyka upp innan de hittat Gell och hunnit försvinna. Det var en ytterst skakig förhoppning.

Skottlossning hördes från andra våningen. Svårt att säga om det var en regelrätt eldstrid eller bara de yngre syrierna som avreagerade sig; i receptionen hade de satt ett antal skott i en stor oljemålning av al-Assad. På tavlan satt den sönderpeppade diktatorn i ett gudomligt ljussken vid sitt skrivbord och undertecknade ödesmättade dokument för nationens framtida väl.

På var sida om trapporna hängde meterstora, ornamenterade keramiktallrikar i vitt och blått. Några var sönderskjutna och skärvorna låg spridda överallt.

Alla dörrar stod på vid gavel utom en, som var lägre och smalare än de övriga. Ludwig såg sig omkring och hörde oväsendet sprida sig till fler och fler delar av byggnaden. Han fick helt enkelt räkna med att exilsyrierna avancerade och gjorde som han beordrat: att de systematiskt letade igenom ambassaden rum efter rum och gjorde det snabbt.

Den lilla dörren var låst. Han löste problemet med två skott, bytte magasin i pistolen och stoppade det halvtomma i jackfickan. Så sparkade han upp dörren, lutade sig fram och tittade efter. En källartrappa.

★

Rutorna började imma igen i den kvava BMW:n och Almond öppnade dem några centimeter med centralreglaget. Regnet visade inga tecken att avta. Parken var tom på folk.

"Fan också", sa GT och bet på en nagel. "Jag hade föredragit att vara med där borta framför att sitta här och glo."

Almond stelnade till. "Hörde du?" sa han och stirrade på sin chef.

"Nej, vadå?" GT såg sig omkring, som om det skulle skärpa

hans hörsel. Först urskilde han bara regnet som smattrade i motorhuven och taket. Men några andetag senare hördes klart och tydligt de ylande sirenerna från tiotals utryckningsfordon. Berlinpolisen hade vaknat.

"Gretl?" skränade GT i radion. "Hallå? Det kommer folk."

★

Ludwig skakade stilla på huvudet.

"Uppfattat", viskade han i det lilla headsetet.

"Har du sett till måltavlan?" sa GT.

"Nej. Kan inte prata mer nu."

Gång på gång hade han varnat både GT och exilsyrierna för att polisen skulle komma snabbt till platsen.

För sent nu. Framåt var enda vägen. Nerför trappan till källaren.

Han stängde dörren till receptionen bakom sig.

"Gretl?" hördes GT igen.

Ludwig drog irriterat bort headsetet, stoppade det i jackfickan och fortsatte ner. Från de övre våningarna hördes skottlossningen som om oljudet filtrerades genom en simbassäng.

Han var nere. En rak korridor med omålade porösa betongväggar sträckte sig i östlig riktning, utmed byggnadens långsida. Lågt i tak: tre vattenledningar och mängder av elkablar gjorde att Ludwig nästan fick huka sig där han smög fram. Fyra ståldörrar på var sida, alla stängda. En av dem, på vänster sida mot gatan till, hade en skjutlucka i ögonhöjd. Som i en häktescell.

Ludwig närmade sig sakta dörren tätt intill väggen och med pistolen dragen. Han nådde dörrvredet. Stannade upp. Skjutluckan var fördragen.

En rörelse i ögonvrån, ett gnissel när en dörr snett mittemot gled upp. Ludwig satte ett skott i lårhöjd på gestalten som tog form. I det kala, trånga utrymmet for ljudvågorna runt som en utdragen kortslutning och luften fräste till av krutröken. Måltavlan skrek, sjönk ner på knä och höll sig om ena benet. Ludwig rusade fram och tittade efter. Femtioårsåldern. Inte Lucien Gell, inte någon av Gemayels mannar. Beväpnad. Inte västerlänning. Tittade upp.

Avrättad med ett skott i pannan.

Ludwig andades ut, drog efter andan, hostade till. Tog en snabb titt över liket, in i det lilla förrådsrummet. Ingen där.

Han gick tillbaka till dörren med skjutluckan. Handen på vredet. Dörren öppnades utåt, mot korridoren. Fem sekunder fick gå innan han tog ett kliv framåt i sidled och siktade in i rummet utan att gå in.

Några skinnfåtöljer och ett glasbord med nyhetsmagasin. Ett tänt lysrör. Där Ludwig stod såg han inte hela rummet; det var svårt att avgöra hur långt det fortsatte in åt höger.

Han klev i sidled över tröskeln. En stor kvadratisk ventil över en bäddad tältsäng. En vit låg bokhylla. Rörelse: upp från baksidan av en fåtölj –

Ludwig slängde sig åt sidan samtidigt som det blixtrade till i det varma, fuktiga utrymmet. Mynningsflamman, smällen och smärtan i bröstet bildade en helhet. Det var som att kastas rakt in i solen.

Och slockna.

syriska ambassaden
berlin diplomatenviertel / de
tors 21 juli 2011
[22:10] / cet

Lucien Gell hade aldrig skjutit någon förr. Han kände sig på en och samma gång bedövad och förlöst; en stum tomhet virade sig kring honom. Egentligen var det oklart vad han hade väntat sig, men allt var bättre än tidigare eftersom han utgått ifrån att han skulle misslyckas med att försvara sig. Särskilt efter att han hört de båda skotten i korridoren utanför.

Kroppen slet visserligen fortfarande med sitt: stelheten i knäna efter de långa minuter som följt på explosionen vid entrén, minuter då han suttit på huk bakom fåtöljen i det kalla rummet likt en mörkrädd femåring. Det knastrade och knakade när han rörde sig. Händerna hade tappat all blodcirkulation efterhand som han kramat allt hårdare om pistolkolven. Även axeln värkte något fruktansvärt av rekylen från skottet. Och han hade klämt skinnet till slamsor mellan tummen och pekfingret; han måste ha hållit vapnet på fel sätt.

Nu la han ifrån sig pistolen han fått av översten när de insåg att de var under attack, gick fram till mannen på golvet och tittade efter ordentligt. Han var avsvimmad. Om det berodde på kulan eller att han slagit skallen i väggen var inte lätt att veta.

Gell drog av honom sjalen och noterade att han inte var arab. Efter viss tvekan kände han efter i fickorna. Ingen plånbok, ingen mobiltelefon, en bilnyckelring med VW-logga. Ett pistolmagasin, ett headset av något slag och ett fotografi –

Ett foto på Lucien själv.

De jävlarna.

Översten hade haft rätt. De hade kommit för att hämta honom. De hade tröttnat.

Han måste därifrån. Hur spelade ingen roll, bara han slapp hamna hos amerikanerna.

Borde han ta mannens regnjacka? Själv hade han bara en vit T-shirt på sig. Men han vågade inte röra karln mer.

Han såg sig om i panik. Bakom gardinerna var fönstret försett med galler. Det fanns bara en utväg, samma som den skjutne mannen måste ha kommit genom. Upp till världen, upp i ljuset.

Han tog palestinasjalen, svepte den om huvudet och lämnade rummet. Vad som helst, tänkte han vilt och började gå mot trappan. Vad som helst utom CIA.

Så vände han sig om. Vad hade han sett ligga borta i –

Översten. I dörröppningen tre meter bort låg översten.

Gell blev så lättad att han skämdes. Han gick bort till liket och var nära att spotta på det.

"Det var en komplicerad relation", sa han till den döde. "Jag fick inte ut det jag hade hoppats, måste jag erkänna. Hur var det för dig?"

Död som levande – översten såg honom inte i ögonen nu heller.

"Fascist", bräkte Gell. "Ni är fascister allihop. Hur kan det hända en människa att... en dag vaknar man upp och så har alla andra gått och blivit fascister? Hm? Men ligg där och var död då. Skiter väl jag i."

Fast... något hade ändrats. Gell stod på helspänn i korridoren och lyssnade. Skottlossningen hade upphört. Rop. Sedan flera brak; krossade fönster.

Han satte fart. Redan vid foten av trappan hörde han poliserna gorma på tyska där uppe. Han samlade sig, slöt ögonen en kort stund. Ett citat av hans favoritförfattare sökte sig till honom: *Han blundade helt kort och drack en liten, liten klunk av mörkret.*

Aldrig hade han varit så rädd. Aldrig hade han varit så... betydelselös. Allt var större än han, allt hade högre densitet. Hela världen kastade sig i virvlande rörelser mot honom som en piskande storm.

Vad hade han egentligen uppnått? Var han en Hannibal eller ens en Spartacus? Hade imperiet alls känt av hans angrepp?

Rom stod sig. Rom förblev. Själv var han blott en insekt som skulle stekas till döds i någon smärre eldsvåda.

De sista stegen uppför trappan gick han med händerna uppsträckta i luften.

Gasen luktade ingenting – först när han började hosta insåg han vad som hänt. Ögonen tårades som om någon hällt en dunk klorin i ansiktet på honom. Han sjönk ner på knä, började krypa mot receptionsdisken, kom av sig, var nära att kräkas, kröp vidare.

"Upp med dig", vrålade någon snett bakom honom.

Gell vred på huvudet, stirrade rakt in i pipan på en k-pist och vidare upp mot en svart gasmask.

"Upp, sa jag!"

Gell lydde och kom stapplande på fötter. Så small det till – han såg mynningsflammorna från trappan när ytterligare två skott avlossades som precis missade honom. Polisen sjönk ner på knä och fyrade av två korta salvor mot den unge skytten, som for baklänges och sedan kanade på rygg nerför trappstegen.

Polisen satt kvar på knä, skannade av trappan med lasersiktet. Nu återfick Gell initiativförmågan: han ålade sig in bakom disken, där han kurade ihop och hostade.

Det gick kanske tio sekunder.

"Du kommer fram med händerna synliga", hördes polisens förvrängda röst genom gasmasken. "Annars bedömer jag att du gör motstånd."

Gell reste sig sakta. Fem poliser kom gående nerför trappan. De sparkade undan pistolen från den döde ynglingen och fortsatte mot utgången.

"Fram med dem!" väste gasmasken.

Det var svårt att se någonting. Gell sträckte fram händerna i riktning mot rösten och blundade. Han kräktes, eller kanske inte; det kom ingenting.

Polisen måste ha märkt hans hjälplöshet och lät bli att handfängsla honom. De gick ut. En maskin av något slag ylade till. Synen återhämtade sig.

Det var inte såhär Gell tänkt sig sin första stund i friska luften på nio månader. Ute på gatan var det som om en invasionsstyrka intagit Berlin. Tio, tolv vita och gröna polisbilar, tre gråsvarta piketbussar. Två helikoptrar kretsade i luften och avsökte området med kraftiga strålkastare. Inne på de nordiska ambassaderna i byggnaden mittemot var det tänt i nästan alla rum. Gell urskilde en och annan silhuett där inne.

En ambulans rivstartade och satte på sirenerna, fler anlände. Tiotalet tungt utrustade poliser i svarta uniformer, några med gasmaskerna på, gick runt med dragna kompakta automatvapen och pratade i radio. Andra var i färd med att fösa in demonstranterna i två mindre lastbilar. Gells eskort lämnade av honom hos ett par reguljära poliser med elbatongerna redo. Den ene nickade åt Gell att hoppa in genom bakdörrarna och sätta sig på en bänkrad utmed sidan av lastutrymmet.

Där inne satt redan åtta aktivister. Samtliga hade palestinasjalar på huvudet, men ingen hade täckt ansiktet lika omsorgsfullt som Gell.

*Bra plan*, tänkte han och fick ännu en hostattack. Vad fan skulle han göra nu?

Elektriciteten som genomfor honom från mellangärdet och ut i varenda nervtråd löste problemet. Han vrålade till, studsade upp i lastutrymmet och slängde sig ner på första bästa sittplats, där han blev sittande i chock.

Polisen som använt batongen på Gell skrattade högt.

"Vilken jävla boskapshantering", sa han till sin yngre, mer bekymrade kollega. "Men ryck upp dig nu. Du får inte ta åt dig så förbannat."

★

"Han svarar inte", sa GT. Han såg villrådigt på Almond. "Tänk om det har skitit sig."

Underhuggaren gjorde inte en min, utan sa bara med maskinell precision: "Den här operationen har genomförts i strid med varje tänkbar etablerad procedur."

"Det är inte FBI det här", sa GT mellan tänderna. "Har aldrig varit, kommer aldrig bli. Vi jobbar inte så. Vi är ständigt bakom fiendens linjer, det går inte att jämföra med snutarna. Vi improviserar. Vi känner oss fram. Och Licht", tillade han sorgset, "kanske hade en dålig kväll."

"En dålig kväll?"

GT tog av glasögonen och masserade näsroten. "Han är periodare, Jack. Det är den värsta sortens alkoholister eftersom de själva tror att det är den lindrigaste. De inbillar sig att de bara är alkoholister medan de dricker. En sån människa har miljoner sätt att misslyckas."

Almond var just nu föga mottaglig för chefens livsvisdom. "I det här läget, sir, vet jag inte om det ens går att tala om framgång eller misslyckande."

"I det här läget?" sa GT och såg på honom. "Och vilket läge är det, skulle du säga?"

Almond tog ett djupt andetag med trytande tålamod: "Ett läge där inga parametrar överhuvudtaget har fastslagits för att bedöma vad som –"

"Ja ja!" avbröt GT honom. "Herre*gud*. Var inte en sån jävla fittpratare hela tiden."

Almond bet ihop. Ännu en ambulans for förbi borta vid vägen. GT vred på bilstereon, som var förinställd på Radio Berlin. Skvalmusik. Han bytte till Berliner Rundfunk på 91,4.

*"Rudolf Hess grav har idag avlägsnats från byn Wunsiedel. Kyrkan befarade nya manifestationer av högerextrema grupperingar på Hess dödsdag, som inträffar om några veckor. Hess, som en gång betraktades som Hitlers efterträdare men sedermera föll i onåd efter att ha flugit till Storbritannien för att ensidigt förhandla om fred, tog livet av sig 1987. Han var då den siste kvarvarande Nürnbergdömde fången i Spandaufängelset. Förhoppningen i Wunsiedel är att man ska kunna dra ett streck över det förflutna och återgå till vardagen. Och nu Berlin. Vi får just in uppgifter om att syriska ambassaden på Rauchstrasse ska ha stormats av demokratiaktivister. Situationen var till en början allvarlig men tycks ha stabiliserats. Ett ögonblick – nu får vi veta att minst åtta människor har dödats i skottlossning mellan ambassadpersonal och demonstranter, och ett tjugotal ska ha skadats svårt... polis och specialstyrkor är på plats och uppges nu ha läget under kontroll. Minst åtta döda, ett tjugotal skadade på syriska ambassaden. En vettlös tragedi mitt i huvudstaden. Vi ber att få återkomma om detta så fort mer information tillkommer."*

Programmet återgick till att spela musik och GT vred ner volymen.

"Jag tror inte vi behöver konstruera några 'parametrar' för att utvärdera det här", sa han mörkt. "Det har gått åt helvete."

"Vad gör vi nu?"

Inget svar.

"Sir?"

"Kör till ambassaden", sa GT.

"Syriska ambassaden?"

"Nej, för helvete. Vår ambassad."

Almond nickade och startade motorn. Däcken klafsade i gyttjan på den obelagda parkeringen. Han började köra norrut, bort från sirenerna.

Uppe vid Siegessäule tog Almond av österut i den jättelika rondellen: mot Brandenburger Tor. Efter viss tvekan frågade han: "Och Licht?"

"Om han har tagit sig loss hör han av sig", muttrade GT. "Annars är det ju uppenbarligen ambulanser på plats."

Almond log. Det var inte chefens pragmatiska hjärtlösheter han hade något emot; dem skulle han snarast komma att sakna.

★

Gell ryckte till när lastbilens bakdörrar smällde igen. Kort därefter började fordonet röra sig. Han gned sig i ögonen. Det värkte fortfarande i huvudet av tårgasen, och där elbatongen träffat hade känslan gått från hetta till kyla.

Vart var de på väg? Till ett häkte, såklart. Han måste tänka ut någonting, en plan för att ta sig därifrån utan att bli identifierad. Kanske simulera ett anfall av något slag, epilepsi, diabeteskänning…

En äldre man snett mittemot såg forskande på Gell och växlade sedan en blick med de bägge männen på ömse sidor om honom. De ställde sig upp.

"Vem har vi här då?" sa Kamal Gemayel och reste sig han också.

"Jag råkade bara befinna mig i området", sa Gell och försökte se uttråkad ut. "Jag har inget med det här att göra, det är ett missförstånd."

Lastbilen krängde till men Gemayel behöll balansen. Han tog ett par steg fram och drog bryskt av Gells palestinasjal.

Ett isande leende började sprida sig över den gamles läppar. "Det är han", sa syriern och skådade ut över sina trupper. "Han som samarbetar med Mukhabarat. För *pengar*."

Hatiska blickar riktades nu mot den skräckslagne Gell.

"Nej, nej! Jag är på er sida! Det är ett missförstånd, säger jag!"

De båda närmast Gell fattade tag om honom och vräkte ner honom på golvet. Där naglade de fast hans armar med knäna. Gell fick inte fram mer än ett utdraget pipande.

Och så kapitulationen. Det tog bara en sekund innan han märkte att han slappnade av i hela kroppen, mjuknade som en klump stearin i ett hårt varmt grepp. Han hade inget motstånd kvar. Den eld som alltid drivit honom framåt, som han själv spytt ut över världen, hade till sist torkat ut varje skrymsle i hans inre så att han inte längre kunde röra sig. Det var förbi. Han hade inget mer.

Gemayel såg sig omkring. "Gud har gett oss en chans att vända nederlag till seger", sa han för att tala med sina underhuggare på deras vis.

Alla nickade sitt bifall.

"Vad är det ni västerlänningar brukar säga..." Gemayel höjde blicken mot taket i jakt på minnet. "Just det." Han sken upp och såg åter på Gell. "Du är på fel sida av historien."

Det sista Lucien Gell såg i jordelivet var en klack på väg rakt mot hans struphuvud. Trettiosju år av hat och äckel och meningslös kamp. Det fick ta slut nu. Han blundade. Det var mörkrets tur att dricka av honom.

polizeirevier abschnitt 42
berlin schöneberg / de
tors 21 juli 2011
[22:40] / cet

Fran Bowden, chef för CIA:s operativa Europaavdelning och föremål för ett otal skräckinjagande rykten inom sin organisation, behövde bara vänta i några minuter nere i polisens gulmålade betonggarage under Hauptstrasse i Schöneberg innan den första fångtransporten anlände. Vid sin sida hade hon Berlinpolisens vakthavande befäl: en femton centimeter längre, något smalare och betydligt ängsligare kvinna i fyrtioårsåldern. Tyskan hade en kvart tidigare fått ett telefonsamtal från statssekreteraren på justitieförbundsministeriet. Instruktionerna var att lyda Bowdens minsta vink.

Lastbilen stannade. Utan ett ord klev Bowden fram till de uniformerade poliserna, som genast öppnade dörrarna baktill på fordonet. En av dem hoppade upp och bjöd henne sin hand; Bowden avböjde med en road grimas och hävde sig upp för egen maskin.

Sju syrier betraktade henne vaksamt. Den åttonde tycktes mer intresserad av golvet hon beträdde.

"Gell?" sa Bowden och gick fram till den nionde. Hon örfilade honom lätt på kinden två gånger. När det inte hjälpte ruskade hon om honom. Gell damp ner i knät på mannen intill, som flög upp. Polisen hoppade fram och tryckte ner demonstranten i sätet igen. Under tiden rasade Gell i golvet som en tung, hopvikt segelduk.

"Polisbrutalitet!" skränade Kamal Gemayel och pekade triumferande på Lucien Gells lik. "Polisbrutalitet!"

Det hade varit en lång flygning över Atlanten för Fran Bowden, den tredje turen inom loppet av fyra dagar. Nu kastade hon en sista blick på Gell, vände sig om, hävde sig ner från lastbilen och gick fram till vakthavande befälet.

"Jag beklagar verkligen", stammade poliskvinnan, "vi hade aldrig satt honom i samma transport som de andra om vi hade vetat... Vi tog för givet att alla demonstranterna var på samma sida, jag förstår inte hur –"

Bowden snörpte med munnen. "Ta du och ordna fram lite kaffe istället", sa hon överseende. "Så sköter jag tänkandet."

★

Ludwig kisade försiktigt mot det starka ljuset.

"... beror alltid på", hördes en kvinna i bakgrunden. "Ibland märks det inget på flera timmar. Det viktigaste är att de tar det lugnt efteråt så att inget... nu vaknade han, tror jag."

"Men godkväll", sa en mansröst. Ludwig öppnade ögonen helt och tittade upp på en man i grå kavaj och röd slips.

"Godkväll", svarade Ludwig och ryckte till av ett hugg i revbenen.

Han låg ner i ett fordon som rörde sig. En ambulans.

"Namn och adress, tack?" sa slipsen.

"Jag minns inte", försökte Ludwig.

"Åh jo", sa slipsen och log försonligt. "Men vi kan återkomma till det. Ni har blivit skjuten, det minns ni kanske?"

"Jaså minsann." Ludwig harklade sig, och där var smärtan igen.

"Vi kanske kan börja med vad ni gjorde på syriska ambassaden? Ni är tysk medborgare, inte sant?"

"Mer eller mindre."

"Så vad gjorde ni där inne?"

"Jag hörde rop på hjälp."

"Inifrån ambassaden?" Polisen såg mäkta missbelåten ut.

"Ja, och skottlossning. Så jag kutade in. Ropen kom nerifrån källaren. När jag gick ner blev jag skjuten."

"Ska jag förstå det som att ni bara gjorde er medborgerliga plikt, herr…?"

"Jag minns inte. Vem är jag?" sa Ludwig teatraliskt och slog ut med armarna. Det skulle han inte ha gjort; smärtan fick honom att tappa andan.

Polisen gav honom en trött blick och sa: "Brukar ni vara ute och promenera i diplomatkvarteren med skottsäker väst?"

"Det är hårda tider", sa Ludwig och menade varje stavelse.

Polisen grymtade.

"Är det här er pistol?" Mannen höll upp Ludwigs Glock i ett plastkuvert. "Är det här er radioutrustning?"

"Nej", sa Ludwig och behövde inte göra sig till för att stöna ljudligt. "Jag tror jag har brutit några revben. Lite morfin vore inte fel."

"Han kan få lite till då", hördes sköterskan i bakgrunden.

Efter tio sekunder spred sig den lätta ilningen genom blodet och det började gå lättare att andas. "Tack", sa Ludwig matt och såg sig omkring.

Det var bara han, polisen och sköterskan där inne. Polisen var ung, uppspelt och segerrusig. Han var Ludwigs diametrala motsats.

Hjärnan började värma upp. Ingen hade handfängslat honom, det var det viktigaste. Droppet var det enda som höll honom fast. Sirenerna var inte på, vilket innebar två saker: han var inte allvarligt skadad – en teori som också stärktes av att de inte tagit av honom skorna – och ambulansen skulle förr eller senare stanna vid rött.

Det var bara att vänta. Polisen pladdrade på och Ludwig stönade att han inte mindes. Färden fortsatte.

Tills Ludwig kände hur de bromsade in – inte i samband med att de svängde, utan direkt på en raksträcka. Det måste vara ett rödljus.

"Fast vänta nu", flämtade Ludwig med svag röst. "Nu minns jag att…"

Han mumlade de sista orden så svagt att de omöjligt gick att urskilja. Polisen lutade sig fram med vänlig uppsyn.

Ambulansen stod helt stilla. Ludwig slet tag i mannens slips, ryckte honom till sig, skallade honom, vräkte honom åt sidan. Den chockade polisen blinkade och började reflexmässigt famla efter sitt vapen men Ludwig hann komma på fötter och sparka till honom över hakan. Det gjorde minst lika ont på honom själv att slita loss droppet.

Med polisens pistol i handen och sin egen i den andra vände han sig mot sköterskan: "Inga dumheter nu."

Kvinnan, som var kring fyrtiofem, satt nersjunken på huk och höll underarmarna för ansiktet. Hon skakade sakta och tydligt på huvudet.

"Bra", sa Ludwig. Så öppnade han ena bakdörren, hoppade ut och stängde försiktigt efter sig. Bilen bakom ambulansen hade just börjat accelerera när ljuset slog om till grönt och fick nu tvärnita. Ludwig tog sig snabbt till trottoaren, såg ambulansen köra iväg – sköterskan hade alltså ännu inte slagit larm till föraren – och orienterade sig. Torstrasse, knappt en kilometer väster om Rosenthaler Platz. De hade varit på väg mot Krankenhaus Prenzlauer Berg.

Han gick ett kvarter söderut och tog till vänster på Linienstrasse, en smal parallellgata. Österut, ett mödosamt kvarter i taget, längs muren vid Garnisonfriedhof; mittemot låg hyreshus med världens alla flaggor från balkongerna och nazigraffiti nederst på väggarna. Parabolantennerna var ett fyrverkeri av identitetsmarkörer: invandrarfamiljerna betalade extra för att de skulle prydas av en bild på äldsta sonen, av favoritfotbollsstjärnan, av hemlandets kartbild, av helgon och halvmånar och hederliga dollartecken.

Polisens vapen virade han in i regnjackan och slängde i en soptunna. Den dåliga nyheten var att hans kevlarväst var borta, att hans plånbok och mobil var hemma i lägenheten, att minst ett revben var brutet och att han förmodligen hade hjärnskakning. Han kände efter i jeansen: jo, sedlarna var i alla fall kvar. Den goda nyheten var att han hade sin pistol, att ingen kunnat identifiera honom och att regnet äntligen hade upphört. Men efter några hundra meters vandring österut ångrade han bittert att han inte bett om ännu mer morfin.

Snart skulle polisen gå ut med ett signalement och börja efterspana honom; det gällde att byta utseende. Vid korsningen till Gormannstrasse låg en kvällsöppen souvenirbutik. Alltid hade han tur med detaljerna i livet, det var bara helheten som inte riktigt ville sig.

Han köpte en obehagligt åtsittande svart T-shirt med Berlinbjörnen, en svart och grå LA Kings-keps och en stentvättad grå jeansväst. Helhetsintryck: fyrbarnsfar som för länge sedan gett upp drömmen om att få gå med i en mc-klubb och numera nöjde sig med att någon gång per halvår ta sin 125-hästars Kawasaki till huvudstaden, frossa i öl och snaps och currywurst samt avrunda kvällarna med att försöka få med en strippa upp på hotellrummet. Den sortens man Ludwig gärna hade bytt plats med just nu.

Så började han gå. För varje meter blöt asfalt han la bakom sig stärktes hans övertygelse om två sakförhållanden. Ett: det var Gell som hade skjutit honom. Två: det var det sista som gått den unge mannens väg i livet.

En snuthelikopter stod stilla i luften nere vid Alexanderplatz som om den trott sig få syn på någonting. Fem sekunder, åtta – sedan for den vidare med ljuskäglan snett neråt. Förmodligen var den på väg till nästa knutpunkt i kollektivtrafiken. Den hade noll att gå på. Tänk att man betalade skatt för att myndigheterna skulle kunna jaga efter en.

Ludwig fortsatte mot sitt mål. Det fanns lägen då det gällde att lyda order, att göra som man förväntades och hålla käften. Det fanns lägen när det till och med var rätt. Och så fanns det ett helt annat läge.

★

Månen syntes nu över Berlin som en blixtbelyst plattfisk i någon exotisk underhavsfilm. Segergudinnan på Brandenburger Tor betraktade omsorgsfullt CIA:s stationschef. Han stod i jämnhöjd med henne på taket till amerikanska ambassaden och glufsade i sig de sista resterna av två Big Mac. Ett och annat utryckningsfordon hördes fortfarande yla fram genom stan. Molnen var färdiga med sitt bombardemang och hade dragit vidare österut. Klockan var över elva.

Tio minuter hade gått sedan samtalet från Fran Bowden. Kvinnan var på väg dit och hon var inte på gott humör.

GT kom på sig själv med att sakna Martha.

Vid någon tidpunkt i deras äktenskap hade hans hustru slutat be honom berätta om sin arbetsdag. I fyrtio års tid hade han dessförinnan grymtat och protesterat över hennes frågvishet men ändå gått henne till mötes. Så en kväll var det över. Var det hans spelade motvillighet hon tröttnat på, eller historierna han hade att berätta? För vid någon tidpunkt hade han slutat berätta om sina egna framgångar och istället börjat redogöra för andras misslyckanden. Vid någon tidpunkt – vid exakt samma tidpunkt, naturligtvis – hade han slutat spela motvillig. Nuförtiden var det Martha som bad honom att sluta berätta.

Ståldörren till trapphuset öppnades; GT vände sig om. Almond höll upp dörren åt Bowden som ångade förbi lakejen.

GT föste generat undan den bruna McDonald's-påsen med foten. "Fran", sa han kort.

Almond försvann nerför trappan.

"Vad har du gjort?" sa Bowden och ställde sig bredvid honom och blickade ut över parken och riksdagshuskupolen.

"Vi har en president nuförtiden", sa GT, "som står för ett nytt tonläge och vill att alla ska se varann djupt i ögonen och älska varann och tända lägereldar tillsammans utanför FN-skrapan och hålla varann i handen och sjunga fredssånger på esperanto. Samtidigt hatar han när folk håller på och rotar i det förflutna."

"Clive."

"Allt ska bli nytt, men inget av det gamla ska granskas. Det ska bara försvinna. Av sig självt. Undrar vad Mandela skulle sagt om det. Rätt långt från några sanningskommissioner, det kan man lugnt säga. Har han inte en byst av Mandela i Ovala rummet?"

"Martin Luther King."

Lång tystnad.

GT sörplade i sig lite av läsken. "Vad jag har gjort för nånting? Jag har försökt göra mitt jobb. Jag tror inte på att skit försvinner av sig självt, så jag lokaliserade Lucien Gell. Min tanke var att få ut honom från ambassaden och lämna över honom till de tyska myndigheterna. Någorlunda levande."

Bowden stirrade rakt fram och sa med avmätt röst: "Utan att stämma av med oss i Langley först?"

"Det gällde att agera snabbt, kände jag."

Vem var det som hade förrått honom och ringt och skvallrat? I samma stund visste GT svaret. Den som tjänade på det: Almond. GT hade själv agerat exakt likadant i den åldern, en ålder då det ännu fanns manöverutrymme uppåt.

Bowden stod tyst ett tag innan hon sa: "Du har förstört åratal av arbete, Clive." Hennes tonfall var rent sorgset. "Åratal."

"Det är ingen som vet att vi låg bakom stormningen", försökte GT blekt. Han sög i sig det sista av Colan så att sugröret sprakade i pappersmuggen.

Hon fnös till. "Jag skiter väl i våra relationer med syrierna! Det är inte det jag pratar om. Jag pratar om Lucien."

GT mörknade. "Vadå Lucien?" sa han sakta.

"Han var med oss."

GT skakade på huvudet.

"Lucien var med oss", upprepade hon.

Det lilla som ännu kunde brista i GT såg nu till att göra det med besked. Han vände sig mot henne med ett besegrat hat i blicken.

"Operation CO?"

"Ja", sa Bowden.

"Jag frågade dig om Operation CO i Bryssel för *tre dagar sen*."

"Och vad rådde jag dig?"

"Det är inte möjligt", mumlade GT. "Det är fanimig inte möjligt."

Syftade han på att Gell jobbat för CIA eller på att han själv inte anat något? Eller på att det var såhär det slutade för hans del: i ett oöverträffbart misslyckande, i en klantighet utan motstycke?

Eller, förstås, på livet som sådant: den första och sista omöjligheten.

Bowden fortsatte. "Vi värvade honom för femton år sen, när han fortfarande gick på universitetet. Från början tänkte vi ha honom till att infiltrera högerextrema kretsar här i Europa, men sen kom kriget mot terrorismen och hela... hela det här pisset med alla läckor." Hon tog ett djupt andetag och sänkte rösten. "Så vi satte honom på att bygga upp en konkurrent till de andra skvallernätverken. En konkurrent som vi kontrollerade."

"Men Hydraleaks har ju läckt hur mycket skadligt material som helst!"

"Bara sånt som vi var säkra på att andra redan hade fått tag på", sa Bowden med en axelryckning och glodde på snabbmatspåsen som börjat röra sig bortåt i vinden. "Och så en hel del som de andra inte var intresserade av, som till exempel vad iranierna sysslar med. Och kineserna, och ryssarna. Och så vidare. Rättvist och balanserat, som det heter."

GT kunde fortfarande inte riktigt släppa taget om jakten. "Var är Gell nu?"

"Han är död. Syrierna hade ihjäl honom."

"Vilka syrier då?"

"Gör dig inte dummare än du är", sa hon salt. "Dina syrier såklart. Hjältesyrierna."

"Jag sa att han helst skulle tas levande."

Bowden skrattade rått och gjorde sin motsvarighet till att himla med ögonen – det gick så snabbt att man var tvungen att vara beredd på minen för att uppfatta den.

"Ja, ja", sa GT. "Men vad gjorde han med Mukhabarat om det nu var ni som styrde honom?"

"Lucien var en mycket labil pojke. Mycket labil. Och han hade en egenhet som aldrig är bra hos en agent."

"Nämligen?"

"Personlighet."

"Narcissism är en personlighetsstörning, inte en personlighet", invände GT.

"Personlighet är den värsta personlighetsstörningen man kan tänka sig i de här sammanhangen." Bowden skakade beklämt på huvudet. "Vi borde ha tagit bättre hand om honom, gett honom mer uppskattning. Framför allt borde vi ha låtit honom framstå som mer av en hjälte. Nu blev han lämnad vind för våg. Det var av säkerhetsskäl såklart, vi bestämde oss tidigt för att inte ha nån övervakare på plats inne i Hydraleaks för att kontrollera honom. Ett risktagande i riskminimeringens namn. Det var dumt. Han gick vilse. Vi lämnade ett livsfarligt tomrum som vi borde ha fyllt."

"Jag har alltid hatat honom, från första gången jag såg honom på teve. En riktig fullblodsidiot."

"Det är du som är en idiot, Clive."

"Jag vet." Han slog ner blicken. "Vem blir min efterträdare?"

"Jack Almond, skulle jag tro. Det är inte klart än. Men han har visat goda takter."

GT log besegrat. "Det kan nog bli bra. Särskilt om du lånar honom åtminstone en av dina pungkulor."

"Du har haft din tid", sa Bowden mer försonligt. "Vi är skyldiga dig mycket, Clive. Jag tänker inte solka ner ditt rykte."

GT nickade stelt.

Det var uppenbart att kvinnan fortfarande ville ha något av honom, och som på beställning frågade hon: "Men hur hittade du honom? Vi har letat i snart ett år. Jag började nästan tro att han hade tagit livet av sig."

"Vi har hans advokat", sa GT med viss tillfredsställelse. "Faye Morris. Amerikansk medborgare."

"Jag vet vem hon är. Vänsterradikal."

"Det skulle jag inte säga." GT skakade lätt på huvudet. "Mittenradikal, möjligen."

"Ännu värre."

"Hon har en lista som kan vara riktigt intressant", fortsatte GT. "Ett dokument, en sammanställning över alla som har läckt till Hydraleaks genom åren. Du kan få henne. Se det som min avskedsgåva."

Trapphusdörren for upp. "Sir", hojtade Almond. "Licht på telefon."

"Vem?" sa Bowden.

GT gick bort till Almond, tog mobilen och gick lite avsides. "Ludwig?" sa han andfått. "Hur gick det?"

"Jag som tänkte fråga dig detsamma", sa Ludwig.

"Var är du?"

"Telefonautomat." Paus. "Gell sköt mig. Jag tror att det var han i alla fall."

"*Sköt* han dig?"

"Ja. Kraftigt vapen, höll på att gå rakt genom västen. Jag tuppade av, han kom undan."

"Gemayels folk dödade honom", sa GT. "Det är över."

Papperspåsen virvlade nu upp och for över kanten. Den försvann ut över Tiergarten. GT påmindes om en skadad fågelunge hans far försökt få honom att avliva. Han hade vägrat och låtit den flyga istället. Två dagar senare hade han sett en fågel i mungipan på den skabbiga katten och intalat sig själv att det inte var samma exemplar.

Ludwig tog god tid på sig innan han sa: "Så lämpligt."

"Nu får du ge dig."

"Som om det inte var på dina order. Vad lovade du Gemayel – asyl i USA åt hans släktingar? Och vad hade hänt om jag hade försökt hindra honom?"

GT valde att inte svara.

Det gick uppemot en halvminut. "Det var fler som dog ikväll, Clive. Helt i onödan." Tysken skrattade till; det lät inte hjärtligt.

"Jag lämnade en tjugofemåring att förblöda ute i regnet. Och allt bara för att du har nån sorts skenande sextioårskris."

GT visste inte vad han skulle svara. Bowden såg nyfiket på honom en bit bort. Almond stod kvar i dörröppningen med nollställd uppsyn, som en understimulerad kypare. GT hatade honom bortom allt förnuft.

"Var är du nånstans?" upprepade GT.

"Jag måste dra."

"Ludwig. Gell jobbade för CIA. Sen femton år tillbaka. Men vi tappade greppet om honom."

"Hur vet du det?"

"Min chef berättade det nyss."

"Och det kunde ingen ha klargjort lite tidigare?"

GT såg sig omkring och började prata lägre. "Min gissning är att de ändå ville få tag på honom. Det blev prio ett. Med tanke på att min chef tog sig tid att flyga hit utan att ringa och avbryta operationen tror jag att alla är rätt nöjda ändå. Hon chansade, precis som jag. Men nu är det över, Ludwig. Och det är jag som får ta smällen. Det är över och förbi. Alltihop."

Flera sekunder gick.

"Det enda som är över", sa Ludwig Licht slutligen med en röst GT aldrig hört honom använda, "är vårt samarbete."

Klick.

GT såg sig förtvivlat omkring. Om det hade funnits någon sprit nere i hans arbetsrum hade han traskat raka vägen dit och tömt varenda flaska.

Bowden kom fram till honom med rynkad panna.

"En gammal vän bara", sa GT och svalde. "En mycket sentimental man."

soho house
berlin stadtmitte / de
tors 21 juli 2011
[23:15] / cet

GT:s vakt utanför hotellsviten kände igen Ludwig men krävde ändå att få höra lösenordet.

"Stoppa pressarna", sa Ludwig och blev insläppt.

Faye låg på den stora sängen och tittade på tevenyheterna. Hon hade tappat all färg. På nattduksbordet stod en halvtömd rödvinsflaska och ett champagneglas.

"Vi måste härifrån", sa Ludwig och gick fram till henne. "Nu med en gång."

Faye gjorde en åtbörd med fjärrkontrollen mot bilderna av liksäckar som bars ut från ambassadområdet. Vad hon än försökte säga fick hon inte fram det.

Ludwig rätade till kepsen och stirrade ner i golvet. "Litar du på mig?" sa han och svalde.

"Jag litar på att hålla mig i rörelse", svarade Faye dämpat. "Det har blivit mitt naturliga tillstånd, tror jag."

Ludwig kliade försiktigt på bulan i bakhuvudet. "Bra. För du blir så illa tvungen."

De såg på varandra som två medbrottslingar. *Men det är inte vi som har gjort oss skyldiga till någonting*, tänkte Ludwig – en del av Ludwig, en förkrympt och förhånad liten del. Andra delar var förstås av en helt annan uppfattning.

"Inget av det här är ditt fel", sa han och gick fram till henne, försökte lägga en hand på hennes axel. "Vi har bara... hamnat... i nånting."

Hon drog sig undan till fönstret där gardinerna var fördragna. Till slut var det hon som bröt tystnaden. Hon vände sig om och sa med ett vettlöst leende: "Men vad fan har du *på* dig egentligen?"

"Jag funderar på en karriär inom mc-kulturen", muttrade Ludwig. "Kom nu. Sista chansen. Annars får du reda ut det här själv."

"Var är det dumma fettot?"

"Han är ute ur bilden, och jag har sagt upp mig. Det är dags att vi drar innan den nya ordningen är på plats." Han tog sats innan han la till: "Lucien Gell är död."

Faye verkade inte förvånad. Ändå försvann något i hennes blick, något som kanske hade hoppats på ett mirakel. Det var beklämmande att se.

"Hur dog han?" undrade hon resignerat.

Ludwig nickade mot teven.

"Det var inte jag", tillade han. "Men kom nu, jag berättar sen. Är du klar?"

Hon gick till klädkammaren, hämtade sin väska, försvann i badrummet, kom tillbaka, började gå i cirklar i rummet. Så stannade hon upp och ryckte på axlarna. "Jag är klar."

Ludwig öppnade dörren och sa till vakten: "Jag har order att flytta henne."

"Har jag inte hört nåt om", sa amerikanen. Han drog genast fram mobiltelefonen.

Ludwig la varsamt handen på mannens arm och övergick till att viska.

"Det beror på att det är total nersläckning efter katastrofen borta på syriska ambassaden."

"Vadå, var det *vi*?" sa vakten med uppspärrade ögon.

"Helst inte. Så ring ingenstans. Dessutom är det ingen som vill bekräfta nåt i alla fall just nu. Vill du bli insyltad i det här?"

Vakten skakade på huvudet.

"Meddela dem där nere över radion att vi kommer", sa Ludwig. "Och sen packar ni ihop om tio minuter. Ingen ringer nånstans. *Total* nersläckning, okej?"

"Uppfattat."

Två av GT:s gorillor naglade fast dem med blicken från varsin position nere i lobbyn. Men inget hände. En sak hade Ludwig lärt sig med åren: inget blir så blint åtlytt som order om att en operation ska packas ihop.

★

"Kan du skruva upp lite", sa Ludwig fem minuter senare till taxichauffören.

*"Det är nu bekräftat att ett av offren för kvällens våld blev Hydraleaksgrundaren Lucien Gell, som varit försvunnen sedan lång tid. Gell hade fått kraftig kritik i vissa människorättskretsar för sin allt ensidigare kritik av västmakterna, och i samband med den arabiska våren i Mellanöstern uppmanades han ofta att tydligare ta ställning för demokratikampen. Enligt säkerhetskällor spekuleras det nu i om Gell kan ha deltagit i kvällens stormning för att göra en spektakulär markering. Samtidigt låter Der Spiegel meddela att man imorgon fredag publicerar en längre intervju med Gell, den första på nästan ett år. Lucien Gell blev trettiosju år. Nyheter i övrigt: ett nytt gangsterkrig tycks vara under uppseglande mellan moldaviska och ryska kriminella gäng i huvudstaden. Den så kallade porrtsaren Pavel Menk påträffades i eftermiddags mördad på en båt i Wannseetrakten. Källor inom polisen uppger att det är den andra brutala avrättningen på kort tid med kopplingar till –"*

"Du kan stänga av", sa Ludwig.

Chauffören vred ner volymen till ett minimum. "Jag har träffat honom", sa han med ett litet skratt.

"Lucien Gell?" sa Faye.

"Vem då? Jaså, nej. Pavel Menk. Han var på min svågers begravning för några år sen. Trevlig. Pratglad."

Tio minuter senare var de framme på Adalbertstrasse i Kreuzberg.

★

GT och Bowden drack kaffe på hans arbetsrum och väntade på en lägesrapport från Almond. Det var sista gången GT satte sin fot i rummet – hans pensionering skulle verkställas med omedelbar verkan och därmed all säkerhetsbehörighet. En flyttfirma skulle anlända till Dahlem om några dagar med hans tillhörigheter.

Dahlem. Det smärtade honom att behöva sälja huset och flytta hem till USA igen. Han och Martha hade talat om att börja leta bostad uppe i New England om några år. Men inte än. Inte redan.

Dessutom var den europeiska fastighetsmarknaden åt helvete just nu. Det var en fasansfull tidpunkt att tvingas sälja. De skulle få tillbaka pengarna med råge, visst. Men inte med samma råge som om de hade sålt två år tidigare eller haft möjlighet att vänta ut krisen ett tag till.

Bowden sa något. Hon var märkligt tillfreds och avslappnad, tyckte GT; det hade hon alltid varit, var han än träffat på henne. Det var något mer än bara vanan att ständigt befinna sig på resande fot, det var hela hennes grundinställning: att hon befann sig i krig. Att alla miljöer där ingen eldgivning förekom var en oas. Det var förstås denna air av rovdjursvila inför nästa jakt som gjorde henne så skräckinjagande.

Om han fick börja om, tänkte GT med sorgblandad fascination, skulle han härma henne i allt.

"Eller?" sa hon nu.

GT harklade sig och återvände till nuet. "Förlåt, jag hängde inte med."

"Jag sa –"

Almond öppnade utan att knacka. Han såg mer skärrad ut än vanligt. Raka motsatsen till Bowden, faktiskt: bytet slutkört efter att ha blivit jagad.

"Morris är borta", sa den blivande stationschefen. "Licht hämtade henne."

"På dina order?" frågade Bowden GT.

"Nej", sa GT.

"Vem är Licht?"

GT gnuggade sig över ena tinningen. "En gammal resurs. Han var med på Rauchstrasse ikväll. Fan vet vad han håller på med nu. Det skulle kunna… nej, jag vet inte. Han kan ha fått en släng av hjältesjukan."

Bowden rörde inte en min.

Så var det tyst. GT återgick till grubblerier om framtiden.

"Men vänta nu", sa Almond och sken upp. "Ingen har väl tagit bort spårningen på hans bil?"

"Inte fan vet *jag!*" väste GT sammetslent. "Leta rätt på Johnson."

★

Faye väntade nere på gatan iförd LA Kings-kepsen medan Ludwig hämtade plånbok, bilnycklar, värktabletter och hennes mobiltelefon i lägenheten. Han var uppe och vände på ett par minuter. Det kom nästan som en överraskning att hon var kvar.

"Vart ska vi?" frågade hon och följde honom till Range Rovern, som stod vid tobaksaffären snett mittemot Ludwigs portingång.

Ludwig hoppade in, öppnade passagerardörren inifrån och sa: "Det tänkte jag att du skulle svara på."

Faye satte sig och spände fast säkerhetsbältet. Ludwig vred om startnyckeln. Någonting började hosta: skralt men ihärdigt, först gällt, sedan allt dovare... och tyst.

"Förbannade – jävla – engelska – *fittbil*", vrålade Ludwig och bankade till ratten flera gånger. "Jag hatar den! *Jag hatar den!*"

Sekunderna gick. "Vad är det för fel?" sa Faye försiktigt.

"Batteriet. Det blir fukt i kontakterna ibland när den står för länge i regnet. Tar flera timmar att få bort." Han vilade pannan mot ratten och sa för sig själv: "Vilken jävla dag."

"Kan tänka mig det."

"Nej, det kan du inte. Kom."

Han klev ur, väntade på henne, låste bilen och började gå mot Venus Europa.

Inne på krogen var matgästerna hemgångna. Klockan började närma sig midnatt. Stället var nu i händerna på de sprit- och kärleksentusiaster som använde det som uppvärmningsplats fram till stängningsdags vid ett. De mer nogräknade fortsatte då via taxi till någon klubb; övriga mäktade inte ta sig längre än till någon av de många nattöppna svinstiorna i närheten. Som vanligt var mångfalden mest bländande för de minst kräsna.

"Kaffe", sa Ludwig till Scheuler i baren. "Och jag behöver låna din bil."

Scheuler var svettigare och glåmigare än vanligt. En halskedja i silver kompletterade hans rakeksem. "Varför det?" sa han och öppnade en Colaflaska.

"Vad fan är det här nu då?" sa Ludwig och blängde på flaskan.

"Jag har inte klurat ut maskinen än. Den är kinkig. Tänkte ladda ner manualen imorgon."

Ludwig tog tre värktabletter och sköljde ner dem med läsken. "Bilnycklarna. Nu med en gång, Martin."

"Hur ska jag komma hem då?" sa Scheuler och synade Faye. Blicken han gav henne växlade snabbt över från nyfikenhet till svartsjuka.

"Men ta en taxi för helvete." Ludwig sköt ifrån sig flaskan. "Hit med nycklarna nu."

Vid tio över tolv satt han med Faye i Martin Scheulers hustrus buteljgröna Chrysler Voyager. Hela skåpbilen var full med dvd-skivor och små bärbara tevespel och tomma godispåsar: ett ambulerande dagis för minderåriga hedonister.

Ludwig körde åt sydväst, mot nedre delen av Kreuzberg. Han ville undvika att komma för nära Brandenburger Tor. För sent slog det honom att han även borde hålla sig borta från området vid Pavels strippklubb. Fast varför det, tänkte han med viss befrielse. Varför det.

"Vart ska vi?" frågade Faye igen.

"Till Ziegendorf, skulle jag tro. Om jag har gissat rätt?"

Faye nickade. "Och sen?"

"Sen får du göra vad fan du vill. Själv tänker jag gå i pension. Fokusera på krogen. Det är krävande nog, om man gör det på riktigt."

De fortsatte västerut. Efter kvällens sirenstinna hyperaktivitet började Berlin återgå till sitt vanliga jag och fann sig snabbt tillrätta i rollen som underbefolkat, översubventionerat katastrofprojekt. Den evigt blivande storstaden. Någonstans i alla dessa glåmiga tomrum måste det ha gått spöken omkring som fortfarande hoppades på det utlovade uppsvinget.

★

"Lichts bil står kvar på hemadressen", sa Almond i dörröppningen. "Ingen aktivitet i lägenheten."

GT:s adrenalintank var redan tömd. Allt han ville var att åka hem och få vara ifred. Han reste sig sakta ur fåtöljen. "Då har de lämnat stan vid det här laget."

"Några tankar om vart de kan vara på väg?" sa Bowden bekymrat.

"Fråga underbarnet." GT gick fram till Almond och klappade honom på axeln. "Han har säkert horder av nyskapande idéer."

Almonds uppsyn tappade inte ett uns av stress bara för att den släppte fram en dos av det kränkta. "Det är du som känner honom. Vad har han för kontakter? Har han några kända gömställen?"

GT:s halvt föraktfulla, halvt medlidsamma leende hade förtjänat att bevaras på en målning.

Ingen ropade efter honom när han för sista gången gick genom korridoren. Ingen skulle sakna honom. Imorgon var i sanning en ny dag, insåg han i hissen ner. Första dagen av slutet på hans liv.

★

Ludwig körde in på parkeringen till strandhotellet i Ziegendorf där han snart fem dagar tidigare hade hämtat Faye. Hela hotellet var släckt förutom nere i receptionen. En liten röd traktor med grävskopa stod på sandstranden och någons tvätt hade blivit genomsur på en lina i regnet. Klockan närmade sig två på natten.

Han stängde av motorn och öppnade dörren. Syrsorna var igång för full maskin efter väderomslaget.

"Men gå och hämta den då."

Faye såg ut att räkna på en invecklad formel. "Hur kunde du veta att den var här?" frågade hon nästan irriterat.

"När vi lämnade ditt rum i söndags såg du dig inte ens om för att kolla om du hade glömt nåt. Det enda du tittade på var den där."

Han pekade på gulaschkanonen framför entrén.

Faye skrattade till. "Och när kom du på det?"

"Så fort du berättade om listan för GT."

"Men då –"

Hon tystnade.

De såg varandra i ett nytt ljus. För Ludwig var hon inte längre en skräckslagen kameleont i färd med att härma första bästa monster bara för att överleva. För henne var han inte längre en hopplös medlöpare.

Faye klev ur bilen, gick bort till den lilla vagnen, satte sig på huk och öppnade en lucka. När hon återvände hade hon med sig ett inplastat paket, stort som en pocketbok.

"Det där är en hel hårddisk", konstaterade Ludwig.

"Jo."

"Mer än bara en lista över vilka som läckt till er. Vill jag veta vad det är för nåt?"

"Det är det enda som finns kvar av Hydraleaks material, den enda backupen. Pete och Dan tömde servrarna innan de åkte till Marocko."

Ludwig började ana vidden av den väg han slagit in på. Men det var för sent att vända om.

"Jag hjälper dig på ett villkor", sa han samlat. "Att du raderar den där listan. Resten skiter jag i. Men namnen får inte komma ut. Folk måste få läcka material. Det var så sanningen om Vietnamkriget kom ut, det var så såna som jag fick ut sanningen om Östtyskland. Spara materialet du har och gör nåt vettigt med det. Men radera listan. Okej?"

Faye satt bara där helt stilla med hårddisken i knät. Hon såg på den med någon sorts ömhet eller tacksamhet – som om den hade helande egenskaper. Det var uppenbart att den hade saknats henne.

"Faye?"

"Vad gör vi nu?" mumlade hon.

"Nu gör vi nåt som jag drömde om dagligen en gång i tiden", sa Ludwig Licht, vred om startnyckeln och la i backen. "Vi flyr landet."

# FREDAG

väg 158
oder / de, pol
fre 22 juli 2011
[04:30] / cet


De korsade Oder och polska gränsen vid halv fem på morgonen. Väg 158 övergick i 124, riktning nordväst. Inga passkontroller. Det var inte första gången Ludwig ägnade Schengenavtalet en tacksam tanke. Men rörligheten hade en annan sida: på papperet berodde den på EU, i realiteten var den en konsekvens av att Polen numera var NATO-medlem och pålitlig bundsförvant till CIA. Staketen var inte borta, de var bara flyttade. Amerikanerna skulle hitta honom. Det var en tidsfråga.

Strax utanför Orzechów stannade de på en bensinmack. Faye satt kvar i bilen medan Ludwig köpte cigaretter, en tändare och varsin mugg kaffe. Medan kassören knappade in varorna iakttog Ludwig amerikanskan utan att hon var medveten om det. Hon följde den sparsmakade trafiken med blicken; fällde ner solskyddet och tog en titt i spegeln, pillade med radion. Ludwig hann nätt och jämnt uppfatta hur hon blundade och gömde händerna i ansiktet. Det lilla sammanbrottet var över på femton sekunder.

Hon hade inte mer än fått en skymt av den värld Ludwig

verkade i, och redan var hon så illa berörd. Som vanligt hade Ludwig svårt att smälta hur veka civilisterna var, hur skört deras förträngningsarbete visade sig vara när de tvingades se själva köttproduktionen med egna ögon. Samtidigt visste han att hennes reaktion var sund. Det var hon som hade kvar en någorlunda hel själ, hon som hade rätt att gå vidare och fatta de beslut som måste till, hon som var tillräckligt ung för att fortfarande ställa lika höga krav på sig själv som på andra. På många sätt blev hela hennes existens en påminnelse för Ludwig om skälen till att det var civilisterna, inte generalerna, som måste ha den yttersta kontrollen över all form av krigsmakt. Eller försöka ha det, åtminstone.

Hans egen och GT:s tid – skuggeneralernas tid – var förbi. Någon gång i framtiden, tänkte han när han återvände till den blåtonade belysningen vid bensinpumparna, skulle han kanske sörja det.

"Varsågod", sa han och gav henne kaffet och cigaretterna. "Och du glömde den här hemma hos mig", la han till och drog fram hennes mobiltelefon.

De fortsatte färden. Faye började kedjeröka och Ludwig öppnade sidorutorna.

"Gell jobbade åt CIA", sa han när det inte gick att skjuta upp längre.

Faye bara stirrade på honom.

"De värvade honom för femton år sen", fortsatte Ludwig. "Hela er organisation var en fasad."

"Vad har du fått det ifrån?"

"Så är det." Han saktade in för att inte studsa av vägen i de kraftiga håligheterna. "Och såhär tänker jag. Jag tänker att allt var frid och fröjd för den gode Gell tills du dök upp. Du med ditt... glödande engagemang."

Faye svarade inte.

"Jag tänker", fortsatte Ludwig obevekligt, "att det var du som fick honom att skåda ljuset. Du väckte nåt jävelskap inom honom. Men han var inte vuxen att möta det han träffade på."

"Jag vill inte höra mer."

"Jodå. Han ville hoppa av från amerikanerna men klarade inte att göra det utan att ta steget över till motsatt sida. Så på sätt och vis var det du", avrundade han kyligt, "som skickade honom rakt i armarna på Mukhabarat. Jag lägger ingen värdering i det, jag bara konstaterar att så var fallet."

Hon var bra på att gråta utan att det hördes något, noterade Ludwig när han till sist såg på henne.

"Så har det alltid varit med nyttiga idioter", sa Ludwig med mjukare röst. "De letar efter nya fäder hela tiden. Gell var inget undantag. Att det gick som det gick var CIA:s fel, inte ditt."

Faye torkade tårarna och harklade sig. "Jag hatar allting", sa hon innerligt. "Precis allting hatar jag."

"Gör det. Men se till att överleva. Om några minuter släpper jag av dig inne i Chojna. Du tar en taxi därifrån till Kraków. Jag skickar med dig pengar och en adress till en klädbutik inne i stan. När du är framme väntar du tills de öppnar och så ber du att få prata med Daniel. Säg att Fimbul har skickat dig."

"Fimbul."

"Daniel är en gammal kollega till mig. Tillverkar pass och körkort, och så vidare. Han kommer försöka ta alldeles för mycket betalt. Vad han än begär så säg att jag har sagt att det skulle kosta hälften så mycket. Och sen går du möjligen, möjligen upp till sjuttiofem procent."

"Vad är det för liv? Vad är det jag har att se fram emot om jag gör som du säger?"

"Ett fritt liv, vad sägs om det? Inte så tokigt."

Hon skakade sakta på huvudet. "Jag måste hem."

"För att ta hand om din mor?"

Faye gav ifrån sig ett bittert litet skratt. "Det är inte hon som behöver tas om hand. Min far dör före henne om jag inte åker hem och får ordning på dem."

"Det förekommer att barn överskattar sin... betydelse", sa Ludwig ihåligt.

"Vet du vad Lucien sa? 'Jag har redan sålt min själ till djävulen en gång. Om jag gör det en gång till kanske det blir ogjort.' Fattade aldrig vad han menade. Inte förrän nu."

Det dröjde tio sekunder innan Ludwig insåg vad hon fiskade efter.

"Nej", sa han förskräckt. "Nej nej nej. Tänk inte ens tanken. Du är inte rätta virket. Ingå inga pakter med de där människorna."

"Du känner inte mig."

"Nej, men jag känner dem. Håll dig borta från den världen. Annars slukar den dig. Tro mig, efter några år fattar du inte vem det är som står och glor på dig i spegeln."

"Du har säkert rätt."

"Radera listan. Och dra igång nånting som funkar. Skydda alltid källorna. Sålla och gör ett vettigt urval. Och bli aldrig som jag. Motsatsen till en nyttig idiot... en oanvändbar cyniker. Bli nåt eget."

De fortsatte och körde rakt fram genom en rondell som ledde in till Chojna. Vid ett torg stod några taxibilar parkerade. En enda chaufför syntes till. Han såg inte så pigg ut där han stod lutad mot en citrongul lyktstolpe och drack ur en plastmugg.

Ludwig stannade. "Lycka till nu", sa han och gav henne ett kuvert.

Hon stoppade det på sig och stirrade förläget på sina kängor.

"Vad händer med dig nu när du har hjälpt mig?"

"Ingenting", sa han. Det var en trösterik tanke. Han hade ingen aning om ifall det var sant.

"Är det säkert?"

Ludwig knäppte upp säkerhetsbältet, sträckte sig förbi Faye och öppnade hennes dörr. "Jadå. Det är det som är så tjusigt. Att misslyckas, till och med att begå förräderi... på vår sida händer det ingenting. Man glöms bort bara. Det är väl därför vi aldrig vinner den här skiten", tillade han med ett brett, härsket leende.

Och med de orden föste han Faye ur bilen. På trottoaren liknade hon än en gång en figur ur en reklamfilm. Hon såg professionell ut, som en konsult. Som den jurist hon en gång varit.

Hon lutade sig in och sa: "Din chef. Berner. Han är med på listan."

"Jaså?" Om Ludwig förvånades av något var det av att han ändå blev förvånad. "Vad har han läckt för nåt?"

"Det blev inget av det. Han försökte smutskasta nån CIA-chef i Hamburg, har jag för mig. Sexgrejer. Vi kom fram till att det bara var trams."

"Eller så var det inte det."

"Jag kan inte radera listan", sa Faye vädjande. "Jag behöver den om jag ska bygga upp en ny organisation."

"Memorera namnen då."

"Det är hundratals!"

Ludwig himlade med ögonen och sa: "Ni duger verkligen inte mycket till, er generation."

"Det är era uppfinningar som har förstört oss", log hon.

"Bara radera skiten", sa Ludwig.

"Vi får se."

Det fanns inte mycket mer att säga. Han drog igen dörren och åkte.

I backspegeln såg han henne börja traska mot taxin. Själv vände han tillbaka mot rondellen och tog till höger. Efter femhundra meter var han nära att missa grusvägen åt vänster och fick bromsa in kraftigt. Därefter var det bara fält och spridda dungar.

Kilometer efter kilometer färdades han i den släta grönskans försiktiga hjärtslag. Och i öster glödde soluppgången rött, rött, som om stora vettlösa änglar gjöt sitt blod över en nästan hopplös planet.

★

Gårdarna låg spridda med hundratals meter emellan. En vit hund stod i en pöl vid några brevlådor. Djuret lyfte knappt blicken först, och när helljusen väl var på honom blundade han – hårt, förnärmat, med en terawatt påklistrad värdighet.

Fem minuter senare var Ludwig framme. Ett hundrafemtio, hundrasjuttio år gammalt ställe låg inklämt vid randen av en lövskog som sträckte sig västerut. Åt andra hållet öppnade sig åkrar och betesmark. Gården var ordnad i hästskoform med stenlagd gårdsplan: själva bostadshuset flankerades av en gammal stallänga och ytterligare någon ekonomibyggnad. Mörkrött tegel, duvblå snickerier. Ludwig ställde bilen och klev ur.

Doft av diesel och gödsel och någonting torrt varvat med lager av fukt. På stenläggningen några meter från ytterdörren stod en mörkturkos Honda CR-V av tidig modell. Tre monster kastade sig ut från en buske när Ludwig gått några meter – han hade handen på pistolkolven och en puls uppåt trehundra innan han fattade att det bara var några panikslagna fasaner.

Allt la sig igen. Kunde ha varit i Frankrike någonstans. Kunde ha varit Ludwigs gravplats i någon av alla mardrömmar.

Men det var det inte. Det var en helt annan sorts slagfält.

Dörren till bostadshuset öppnades.

"Vad fan gör du här?" sa en yrvaken Walter Licht.

Det var tre år sedan senast. Sonen hade på sig en för kort,

ljusblå morgonrock som rimligen var hustruns. Hans mörkbruna hår hade vuxit och han hade skägg som en skogshuggare.

Ludwig gäspade, försökte se normal ut. "Jag var ändå i krokarna. Får jag komma in?" Han sträckte fram armarna.

"Om du uppför dig", sa hans son hotfullt men besvarade kramen.

Det gjorde så ont i revbenen att Ludwig kiknade och svor till.

"Men hur är det med dig egentligen?" sa Walter och synade honom. "Är du sjuk?"

Ludwig skakade på huvudet. "Om du har en filt eller nåt så sover jag gärna en stund på soffan."

I vardagsrummet fanns ingen teve, bara en anrik stereoanläggning i teak och krom. Den öppna spisen med vitkalkad mantelkåpa var tömd på aska och minutiöst rengjord någon gång efter vårens sista eldning, och tre superhjältar i plast gjorde paus i drabbningarna på bronsplattan som skyddade golvplankorna från gnistor. Det sista Ludwig såg innan han somnade var en pojke som smög in i rummet, satte sig på huk och samlade ihop sina hjältedockor.

chojna / pol
fre 22 juli 2011
[08:15] / cet

Regn senare på morgonen. Ludwig vaknade på soffan i vardagsrummet, gick över det iskalla tegelgolvet och gjorde kaffe i det stora, kvadratiska köket. Genom fönstret såg han att familjens Honda var försvunnen. Men något hördes på ovanvåningen. Det måste vara Walter där uppe; svärdottern och barnbarnet hade däremot flytt fältet. På eget initiativ, eller hade Walter skickat iväg dem?

Vid ytterdörren fanns gummistövlar och ett par röda paraplyer. Det var varmare än på länge ute och regnet var inne på sista varvet. Ludwig fällde upp paraplyet och gick en runda. Vad var det de odlade ute på fälten – betor? Såg ut som gigantiska, tillplattade vinodlingar åt alla håll utom västerut där skogarna tog vid. Ånga lyckades stiga från markerna här och där som från dolda varma källor. Dofter av blöta ekollon och salt jord.

Han hade sovit illa, sovit bara till hälften.

I brevlådan låg veckans *Polityka* och *Der Spiegel*. En leende Lucien Gell prydde omslaget tillsammans med rubriken:

FRAMTIDEN HAR KNAPPT BÖRJAT

Ludwig fumlade upp tidningen så gott det gick med paraplyet i ena handen och läste:

"*Det sista jag vill*", *säger Gell med eld i blicken,* "*är att folk ska minnas mig som en rebell. Nej. Absolut inte. Jag vill bli ihågkommen som en konstruktör, som... som en samhällsingenjör. Det ordet har fått en nedsättande klang, men det säger mer om den här tiden än om någonting annat.*"

*Och hur långt har han kommit i sin gärning?*

"*Jag har bara börjat. Livet har så mycket i beredskap för den som verkligen vill någonting.*"

Regnet hade upphört. Ludwig la paraplyet på en låg mur och stoppade tidningen under armen. Han sökte skydd från sina tankar där skogen tog vid.

Minuterna senare hann hans son ifatt honom på grusvägen med en gråvit plåtmugg i handen.

En helikopter hördes i fjärran.

"Du ser jävligt tärd ut, pappa", sa Walter när de promenerat en stund i tystnad på den leriga vägen mellan ekarna.

Ludwig höll upp tidningen. "Om du bodde i Berlin eller Hamburg istället hade det varit du som skrev det här." Han pekade på omslaget.

"Och?"

"Vad skriver du på nu?"

"Vi får se vad det blir."

De var tillbaka vid skogsranden. Helikoptern kom allt närmare; den fladdrande skuggan gled fram över fältet.

"Har det hänt nåt?" framhärdade sonen. "Du ser värre ut än nånsin. Säkert att du inte är sjuk?"

"När du var liten hade jag en återkommande dröm", sa Ludwig. "Att jag la dig i spjälsängen, men så blev det alltid nån form av problem."

"Problem?"

"Som att spjälorna var ett trappräcke."

Ludwig stannade upp. Helikoptern var av amerikanskt fabrikat: en vit, stramt muskulös Sikorsky S-76 med röda och gula randmarkeringar. Emblemet på sidorna – en rödvitrandig pelare, en örn som påminde om en tupp och bokstäverna "SG" hörde till Straż Graniczna, polska gränsskyddet. Besten hängde i luften ett kort tag och gick sedan ner för landning på vägen framför huset. Buskarna och slyet slets i vild panik. I kabinen satt en svart kvinna som såg fullkomligt livsfarlig ut.

Och bredvid henne.

Faye.

Hon hade gjort det. Hon hade sålt sig till dem. För det äldsta reapriset i världen: fri lejd.

"Vad i helvete... Vad är det frågan om?" sa Walter.

Ludwig slog besegrat ner blicken. "Det är cirkusen som vill att jag ska rymma med den."

"Polska inrikesdepartementet?"

"Nej. Den amerikanska cirkusen. De vill att jag ska hänga med på en turné till. De tänker lova mig att det blir annorlunda den här gången, att det är nya tider, att vi har en helt ny repertoar."

Walter var nu ett levande frågetecken till borgerlig hippie. En och annan pollett började trilla ner i skallen på pojken, men det skulle ta tid. Det fick det väl göra.

"Åt helvete med dem", sa Ludwig sakta. Så höjde han högerhanden och räckte fingret åt helikoptern. Var det ett leende han såg i Fayes ansikte precis innan hon skakade på huvudet?

Än klamrade sig Walter fast vid sin ganska begränsade bild av fadern, och sa som en besvärjelse: "Är du efterlyst på nåt sätt?"

Ludwig såg den magre och ovårdade men förmodligen lycklige pojken länge i ögonen. "Du borde ansa skägget och lägga på dig några kilon."

Så började han gå mot helikoptern, som nu stängt av motorn. Rotorbladen snurrade allt långsammare och oväsendet dog av.

"Vänta här", ropade Ludwig till sin son. "Jag ska bara förtydliga några saker."

Skjutdörren till kabinen gled upp. Den äldre kvinnan vinkade åt Ludwig att hoppa in.

Två polska gränsvakter med automatkarbiner hoppade ur och gick ett tiotal meter bort; ställde sig bredbenta mellan Walter och helikoptern. Ludwig hävde sig upp – det brann till i bröstkorgen igen som om skiten aldrig skulle läka – och satte sig på den lediga britsen, mittemot Faye och den andra.

Det luktade flygbränsle och tung damparfym där inne. Ett anslag demonstrerade vanligt förekommande passförfalskningar. Från cockpit hördes av och till fräset av radiokommunikation.

Innan någon av kvinnorna hann öppna munnen sa Ludwig: "Vad håller du på med?"

"Vi har ingått ett avtal", sa Faye sammanbitet.

"Jaså?"

"Jag tar över Hydraleaks efter Lucien."

Ludwig stirrade ut genom den öppna dörren.

"Det är ändå det mest logiska", fortsatte Faye. "Nån måste göra det. Och vad gäller de amerikanska myndigheterna så måste det gå att hitta en... en formel för samexistens."

"Det finns en sån formel", sa Ludwig. "Den har många namn förstås. Kapitulation. Underkastelse. Kollaboration."

"Fran Bowden", sa den svarta kvinnan och sträckte fram handen. "Jag har hört mycket gott om er, Licht. Det vore tråkigt om ni inte ville höra vårt förslag."

Ludwig lutade sig fram, skakade hand med henne och brast ut i ett leende. "Ert förslag?"

"Miss Morris har särskilt bett om att ni ska ta hand om hennes säkerhet framöver."

Tysken såg på Faye.

"Tror du att det är det här du vill?" sa han och gjorde en gest som innefattade helikoptern, Bowden, piloten där framme – allt.

"Det är såhär det får bli", sa amerikanskan och glodde på en punkt mellan Ludwig och några seldon.

Ludwigs leende blev allt vildare. "Men vad vet du om hur det *blir*! Ingenting, inte ett jävla dugg. Och det värsta av allt" – han väntade tills hon mötte hans blick – "det värsta av allt är att en dag så sitter du där mittemot nån som är precis som du själv en gång var." Hans axlar sjönk ihop. "Och det är ditt jobb att förstöra henne. Att göra henne till din nya avbild."

Det blev tyst. Radion sprakade till. Och det var tyst igen.

"Lite väl dramatiskt kanske", sa Fran Bowden försiktigt.

"Sen finns det två alternativ", matade Ludwig på. "Antingen sitter jag på första parkett och ser dig förvandlas till ett monster, eller så spjärnar du emot. Och då är det jag som får i uppdrag att lösa det, att räta ut din lilla formel för samexistens."

Faye såg ursinnigt på honom; som om han slagit till henne, som om han tänkte göra det igen. I någon sekund var det som om hon hittat ett argument att dra till med. Så kom hon av sig. Att se henne sitta där var som att se en rovfågel just när den vaknade upp och insåg att den blivit vingklippt. Det var outhärdligt.

"Enligt vad jag förstår", bröt Bowden in, "har vi inte tagit hand om er så väl efter murens fall. Jag föreslår att –"

Ludwig reste sig. "Det var ingen mur som *föll*." Han hoppade ur, började gå därifrån. Över axeln ropade han:

"Vi rev den."

# FÖRFATTARENS TACK

Gabriella Håkansson. Anders Meisner. Martin Ahlquist. Joakim Hansson på Nordin Agency. Helena Ljungström, Ulrika Åkerlund och Martin Kaunitz på Albert Bonniers Förlag. Thomas på skjutbanan Target. Och så mor och far.

**+ extra material**

Exklusivt extramaterial – de första sidorna ur *Söder om helvetet*, den andra delen i serien om Ludwig Licht. Boken kommer ut på Albert Bonniers Förlag sommaren 2014.

# PROLOG

casino countryside inn
bear creek township, pennsylvania / usa
ons 17 okt 2012
[07:05 / est]

Till och med självmorden betedde sig illa i Wyoming Valley.

Pojken i motellrummet hade bara ett par boxershorts på sig och låg i fosterställning ovanpå det beiga, indianmönstrade sängöverkastet. Han var högst arton år gammal; halvlångt, rågblont hår, breda axlar, smal om höfterna. Runt vänster biceps var en slips stramt åtdragen, och strax intill de slutna ögonen vilade en tömd uppdragningskanyl som tycktes vara det sista han skådat i jordelivet.

Det var inte första gången Decker, Bear Creeks polischef, såg ett lik; han hade tjänstgjort i marinkåren under invasionen av Grenada. Och under de gångna femton åren i Pennsylvanias fattigaste region hade han tappat räkningen: jaktolyckor, bilolyckor med och utan vilt, urspårade knivslagsmål – ett och annat kallblodigt mord, till och med. Men den här gången var det annorlunda. Pojken såg mest ut att ligga och sova, även om han hade spytt ner sig. Det var något med hans ungdom, med att han inte hade råkat ut för en deformerande olycka, som gjorde det hela så mycket mer tragiskt än de fasor Decker sett efter bilkrascher och granatattacker. Det var själva frivilligheten.

För det måste vara självmord, inte en vanlig överdos. Papper och penna på ena nattduksbordet; prydligt hopvikta kläder över en stolsrygg.

Rummet var det billigaste man kunde hitta på flera mils omkrets. Väggarna hade ingen klassificerbar färg. TV:n, en burkig tjugotummare som genomlevt decennier i fångenskap, stod fastkedjad ovanpå ett kylskåp med träpanel. Det lilakaklade trånga badrummet var fuktigt som en ångbastu och fläkten överröstade nästan dånet från motorvägen utanför. Alla lampor var tända, ändå var det som om mörkret där inne var för kompakt för att riktigt låta sig skingras. Mellan heltäckningsmattan och det fuktskadade rågolvet hade man stoppat tidningspapper som gjorde att det frasade när man gick.

Assistenten, en kvinna som luktade hårfärgningsmedel var tredje vecka och alltid harklade sig när det var tyst för länge, klev åt sidan när Decker gick förbi och förde undan de skotskrutiga gardinerna. Genom fönstren syntes morgondimman ånga in från bergen och sakta dra ner över dalgången.

Decker strök med handen över skäggstubben.

"Vem är det?"

"Christopher Warsinsky", sa assistenten och läste vidare på körkortet. "237 Lakeron Drive. Skulle ha fyllt sjutton om två månader."

"Bilnycklar?"

"Nej."

"Hur kom han hit då?" Decker såg sig omkring i rummet.

"Det ligger en busshållplats tvåhundra meter bort. Eller så fick han skjuts."

På ena nattduksbordet stod en tom, öppen medicinflaska. Decker böjde sig fram och luktade utan att plocka upp den.

Ingen doft alls. Heroin, naturligtvis.

"Kolla här", sa assistenten vid det andra bordet och lyfte pappret med en pincett.

"Säkert att du har fotograferat allt?"

"Ja. Kom hit."

Decker gick runt till hennes sida, drog på sig läsglasögonen:

*Dra åt helvete, Ron.*

Ron?

"Får jag se hans mobil", sa Decker.

Pojkens vita iPhone gick inte att låsa upp med handskarna på. Assistenten tittade Decker över axeln och sa: "Det är färdigt med fingeravtrycken också."

Decker nickade, drog av sig handskarna.

Utan minsta övertygelse sa kvinnan: "Borde vi inte vänta på –"

"Äh. Det man kommer åt utan lösenord är det ingen som vet att man har tittat på."

Han låste upp, började med att kolla pojkens mail. Ingenting intressant från de senaste dagarna. Inga SMS heller förutom typiska tonårsmeddelanden om dryga lärare och orättvisa utegångsförbud. Men en samtalstråd var med Tina Harriman.

Harriman ... som i Ron Harriman? Som i *Dra åt helvete-Ron* Harriman?

De skrev till varandra om en ... teaterpjäs. *Zoo Story*. Tina regisserade, Chris spelade en av rollerna.

Decker återgick till hemskärmen och tryckte på Facebook-ikonen.

Och det var nu han insåg att helvetet snart skulle bryta lös.

"Hans sista statusuppdatering var från klockan fyra inatt", sa han till assistenten. *"Ron Harriman håller inte sina löften"*, läste han högt. "*Han har utnyttjat mig och krossat mitt hjärta. Jag vill inte leva längre.*"

Med ett höjt ögonbryn stirrade assistenten länge och väl på pojken, utan att släppa pappret. "Har man sett på fan. Då blir det en riktig valrörelse i alla fall."

Decker gav henne en blick och sa: "Jag åker ner till sjön och ser om jag hittar Harriman. Ring mig när nåt av distrikten har åtagit sig att göra obduktionen. Kolla med stationen i Scranton först. Och hör efter i receptionen om de har nåt på övervakningskamerorna. Se om han kom hit ensam. Kontrollera alla bilar i närheten."

"Vem underrättar hans anhöriga?"

"Du har ju adressen."

Det var rått ute på parkeringen, rått och glåmigt. Sju grader nu på morgonen; framåt lunchtid skulle det bli uppemot 20. Motellet – en gammal kråkslottsvilla i murket, grådaskigt trä plus tre röda, låga tegellängor med en parkeringsficka vid varje dörr – låg på en kulle snett ovanför väg 115. Stället liknande mest en elstation eller ett slakteri som någon byggt om. Ännu högre upp, i ett skogsparti, låg en vit kyrka. Ner åt andra hållet vrålade långtradare och morgonpendlare förbi på motorleden, som vette djupare ner i dalen: mot traktens stora köpcentrum och universitetsstaden Wilkes-Barre. Och Kanada, för den delen; om man bara hade tid, pengar till en tank bensin och gott omdöme. Två timmar bort en annan värld. Även österut kunde man fly, till Manhattan, på samma tid. Det fanns gott om flyktvägar. Ändå stannade en halv miljon människor kvar i dalen. Chris Warsinsky hade valt en annan lösning.

Självmord bland unga var vanligt i Wyoming Valley – så vanligt att pressen talade om en epidemi. Men här handlade det inte om vilket självmord som helst. Det som briserat på Casino Countryside Inn var en politisk självmordsbomb.